OCCASIONS

Pages de garde de tête et de fin :
La Brocante, réalisation collective
des membres du Club de la miniature française
pour le 10e anniversaire du club (voir page 156).

Crédits photographiques :
Patrick Müller.
Merci au Musée Rêve et Miniatures (Brantôme),
et à Poupée Tendresse (Paris).

Illustrations :
Jacques Guyon, et divers.

Conception graphique et maquette :
Claude Milon.

16-18, rue de l'Amiral Mouchez, 75014 Paris. Tél. 01 45 65 48 48.

ISBN : 2-7072-0329-7.

Photogravure R.V.B. Montrouge.

Imprimé par MAURY-EUROLIVRES
45300 Manchecourt.

Remerciements :

Ma gratitude va tout d'abord à
Ingeborg Riesser qui m'a fait découvrir
le monde merveilleux de la maison
de poupée et m'a donné l'impulsion
et l'envie d'écrire ce livre.

Je remercie chaleureusement
Jacques Guyon qui a dessiné la plupart
des croquis de cet ouvrage et l'a enrichi
de ses suggestions avisées, ainsi que
Patrick Müller qui a su capter dans
ses photographies la vie de ces scènes
miniatures, avec une particulière sensibilité.

Merci de tout cœur aux artisans
et amateurs qui ont participé avec
générosité et enthousiasme à cet ouvrage :
Jean-Pierre Abeil, Francine Coyon,
Bernard Desportes, Laurence Disle,
Claire Gounot, Marie-Pierre Gratias,
Florence Lazzari, Sylvaine Lenoir,
Julien Martinez, Elise Morizet,
Catherine et Mathias Soubzmaigne, sans
oublier ceux dont les réalisations n'ont
malheureusement pas pu trouver place.

Toute ma reconnaissance va
à Véronique Drouin et Michèle Herpin
pour leur actif et amical soutien.

Je remercie enfin affectueusement
mes trois "hommes",
Jean-Marie, Nicolas et Hadrien,
qui supportent (dans l'un ou l'autre
sens du terme selon les moments !)
ma passion de la miniature.

Miniatures, scènes de la vie

Pascale Garnier

créations
massin
EDITEUR

Préface

Il nous a souvent été demandé s'il existe un livre pour apprendre à faire des miniatures de maison de poupée de qualité.

Voici un livre qui vous permettra de sortir du simple bricolage pour vous approcher des réalisations de miniaturistes professionnels. Ces derniers répondent à une demande de collectionneurs qui recherchent des miniatures de plus en plus perfectionnées. Au fil des années, certains artisans sont arrivés à une telle perfection que leurs œuvres sont parfois considérées comme de véritables objets d'art.

Des miniaturistes de notre Club se sont joints à Pascale Garnier pour présenter dans ce livre quelques-unes de leurs créations d'une réalisation accessible à l'amateur.

Ce livre n'expose pas la construction détaillée d'un meuble avec tenons et mortaises : un savoir-faire qui s'apprend auprès d'un ébéniste de métier et à adapter à l'échelle 1/12e. Il explique les techniques et les trucs qui vous aideront à réaliser des miniatures plus satisfaisantes.

Pascale Garnier a découvert la miniature en 1986. Depuis 1989, elle est la plus active collaboratrice au Magazine de la Maison de Poupée et de la Poupée d'Artiste édité par le Club de la Miniature Française. Ce livre est la suite naturelle de cette passion et de cette activité.

Ingeborg Riesser

Membre fondateur et présidente du Club de la Miniature Française

Les principaux matériaux

Quelques techniques adaptées à la miniature

Construire le contenant
qui va accueillir la scène miniature

Quelques scènes à réaliser

Un loisir de rêve

Collection Musée
Rêve et Miniatures.

Réaliser des scènes miniatures est un passe-temps profondément satisfaisant. Il permet d'exprimer pleinement sa créativité à partir d'une multitude de techniques et d'arts décoratifs : peinture, ébénisterie, marqueterie, sculpture, vannerie, modelage, céramique, broderie, couture, etc.

Il pousse à regarder plus attentivement le monde qui nous entoure. On découvre une foule de choses auxquelles on n'avait pas prêté attention jusqu'alors et qui contribuent à créer une atmosphère : la hauteur d'un plafond, la patine d'un meuble, la forme et la matière d'un objet...

Chaque miniaturiste exprime ses goûts personnels dans des réalisations qui reflètent son caractère : l'un réalise des intérieurs contemporains aux lignes sobres, l'autre excelle à travailler le bois et crée des meubles parfaits dans le moindre détail, tel autre encore imagine un univers poétique où les blaireaux prennent le thé avec les taupes...

Ce monde intérieur qui nous habite tous, la miniature permet de l'exprimer en trois dimensions : c'est une porte ouverte sur le rêve. Une scène miniature est un univers à elle seule. On y connaît des moments d'intense jubilation : ah ! la joie qui nous envahit quand la lumière jaillit de ces petites ampoules pas plus grandes qu'un grain de riz !

À travers ce livre, nous avons voulu dire à tous ceux que cette aventure tente, qu'ils doivent se lancer : après tout, on ne sait jamais de quoi on est capable avant d'avoir essayé !

Collection Musée
Rêve et Miniatures.

Une échelle... pour le paradis

L'échelle de référence dans le monde de la miniature est le 1/12e, dite aussi un pied-un pouce, le pouce (environ 2,5 cm) étant la douzième partie du pied (environ 30 cm). Dans les maisons de poupées anciennes, les échelles variaient d'une maison à l'autre, et parfois même dans une même maison : d'où quelquefois une bouilloire trois fois plus grosse que la tête de la cuisinière !

Collection Musée Rêve et Miniatures.

Au début du siècle, la maison de poupées de la Reine Mary d'Angleterrre fut construite au 1/12e et tous les meubles et accessoires la décorant respectaient cette échelle. Tout au long du XXe siècle, elle s'est imposée peu à peu : les premiers fabricants anglo-saxons l'ont adoptée et les premiers éléments disponibles sur le marché étant à cette échelle, les miniaturistes l'ont respectée dans leur presque totalité.

Quelques rares fabricants ont tenté une autre échelle, tel Lundby, une entreprise suédoise aujourd'hui disparue qui avait créé une ligne de maisons, meubles et accessoires au 1/18e.

Bien sûr, on peut choisir de réaliser ses miniatures à une autre échelle que le 1/12e, mais cela implique de se passer de tout ce que l'industrie et l'artisanat en miniature peuvent nous offrir, et de tout faire soi-même.

Toutes les miniatures présentées dans ce livre ont été réalisées à l'échelle 1/12e.

Collection Musée Rêve et Miniatures.

Les principaux matériaux

Le bois dans tous ses états

Les autres matériaux

Le bois dans tous ses états

Quel bois choisir ?

Les différents bois

Le choix du bois dépend de l'utilisation qui en sera faite.

Si l'on veut réaliser **un beau meuble non peint**, y passer du temps et y apporter du soin, il faut une essence noble : en miniature, l'alisier, le poirier, le merisier, le noyer gris (pour ne citer que les plus "courants") font merveille. Leur grain très serré (pores peu ouverts, aspect lisse et presque velouté), leur structure peu fibreuse les rendent parfaits pour les assemblages minutieux (tels que tenons/mortaises) et certaines décorations (comme la marqueterie). Ils sont un peu plus chers, certes, et pas toujours très faciles à trouver (en planchettes fines et carrelets seulement dans certains magasins de modélisme), mais ils ne déçoivent pas. Bien choisir le bois au moment de l'achat à cause du veinage (trop apparent, il trahira l'échelle).

De haut en bas : acajou, poirier, pin d'Orégon, noyer marron, peuplier, noyer gris, balsa.

Pour **un meuble simple ou à peindre, une fenêtre, une porte**, les essences courantes conviennent : bois blancs (peuplier, ramin, ayous, pin d'Oregon...) ou exotiques rouges (acajou...). Le peuplier est un bon bois ordinaire : son aspect est satisfaisant et il est très agréable à travailler. Malheureusement, il n'est pas toujours facile d'en trouver (à Paris, chez STAB). Le ramin assez dur ne se met pas en forme. Attention en coupant à contrefil le samba très fibreux.
Avant de peindre, il faut toujours boucher les pores du bois, avec un produit couvrant comme le gesso acrylique (passer une 1re couche mince diluée à 10 % d'eau, laisser sécher, poncer, dépoussiérer, et recommencer sans diluer). Si le bois doit être teint, ce produit ne convient pas : il faut teindre d'abord et utiliser ensuite un bouche-pores adapté.

Les utilisations spéciales :
- **Sculpture :** le tilleul a un beau grain lisse et il se sculpte très facilement car il est tendre (presque trop). Pour des sculptures un peu plus minutieuses, le peuplier donne de bons résultats tout en restant très agréable à travailler.
- **Marqueterie :** bien sûr, la marqueterie ne s'improvise pas. Toutefois, il existe des filets marquetés tout prêts à partir de 3 mm de largeur chez certains fournisseurs (ex. Ets Maréchaux), qui permettent à l'amateur de décorer un parquet sans connaissances approfondies. Il sera plus facile de les utiliser en placage qu'en incrustation, en les collant sur un support de contreplaqué, et en complétant le reste par des lattes de noyer par exemple.
- **Placage :** il existe des essences rares pour des effets particuliers : loupe d'amboine, ébène, érable moucheté... Les grands miniaturistes les utilisent pour des réalisations prestigieuses qui partent chez les collectionneurs.
- **Tournage :** le buis est l'essence reine, mais le poirier est excellent aussi. A défaut, on peut tourner du noyer à condition de choisir le "gris" de France (peu fibreux) et non le "marron" d'Espagne. Il existe des tours adaptés au travail miniature.

Leur présentation

Tous ces bois se trouvent dans les magasins de modélisme et de modèles réduits mais certains magasins n'ont qu'un choix réduit. Ils existent (en principe) en **planchettes** de 1 000 mm de long et 100 mm de large, dans des épaisseurs allant généralement de 1 à 5 mm (voire un peu moins :

0,5 mm, voire beaucoup plus). Cependant, les planchettes de poirier, par exemple, dépassent maintenant rarement les 500 mm de long.

Dans les magasins de modélisme, l'épaisseur du bois est souvent exprimée en dixièmes de mm : 5/10e, 10/10e (1 mm), 15/10e (1,5 mm) etc. Cette terminologie utilisée couramment par les modélistes permet de **bien repérer l'épaisseur parmi les différentes cotes** données pour une pièce de bois, elle réduit donc les risques d'erreur. C'est pourquoi nous la reprenons dans ce livre, souvent de façon simplifiée, en disant 10/10e (voire même 10/10) pour dire **10/10e de mm d'épaisseur, soit 1 mm.**

Parmi les baguettes, on distingue les **baguettes plates**, les **carrelets** (section carrée), les **tasseaux** (section rectangulaire) et les baguettes rondes ou **tourillons** (section ronde) qui existent dans des sections et diamètres divers, toujours en 1000 mm de longueur.

Les moulures décoratives pour corniches, encadrement de tableaux, etc. se trouvent dans les magasins spécialisés pour maisons de poupées, et existent en 450 mm de longueur environ.

Il est bien utile d'avoir en permanence chez soi un petit assortiment pour ne pas avoir à courir les magasins quand on a les doigts qui démangent... Stocker les planchettes et baguettes bien à plat.

Un réflexe qui s'acquiert vite : que ce soit pour couper, poncer, teinter, travailler toujours dans le sens du fil du bois !

Et le contreplaqué ?

Le contreplaqué de **modéliste** (qui vient souvent de Finlande) se présente dans des épaisseurs allant jusqu'à 0,4 **mm** pour la plus fine... Il est plus résistant que le bois, ce qui le fera préférer pour certains usages : il serait impossible de découper des contours compliqués dans du bois tendre de 0,5 mm d'épaisseur sans risquer la rupture à cause des fibres. Son aspect, en revanche, est moins satisfaisant que le bois, aussi on le réservera pour des objets à peindre ou à plaquer.

Un ersatz, le **carton-bois** : plus économique que le bois et ne nécessitant pas de préparation préalable, mais attention, il est fragile. Il ne peut servir pour des fenêtres vitrées et des portes sur charnières. Les retouches répétées sont plus difficiles : une fois peinte par exemple, une porte peut avoir "forci" un peu et ne plus rentrer dans son encadrement, et le carton supporte mal d'être poncé et repeint plusieurs fois.

Non au balsa !

En voyant des meubles miniatures, beaucoup de gens demandent s'ils ont été réalisés en balsa. Ils associent ce bois à la maquette parce que, du fait de sa légèreté, c'est le bois idéal pour les modèles réduits d'avion : mais le balsa ne peut servir à faire de jolis meubles dans nos maisons de collection. Mou, il s'écrase plus qu'il ne se coupe. Poreux, il est très inesthétique une fois teint. Fibreux, il est très fragile : l'ongle suffit à l'entailler. Nos réalisations miniatures doivent pouvoir être manipulées sans risque et elles doivent durer longtemps ! Au lieu de décevoir l'observateur attentif, elles doivent réjouir l'œil : le plaisir de les regarder doit être intact des années après. Le balsa pourra servir à faire des gabarits légers et faciles à découper.

Toutes les dimensions de bois dans ce livre sont données en mm, l'unité de référence du miniaturiste...

Comment le couper ?

Les coupes droites :

Jusqu'à 2 mm d'épaisseur environ (selon densité du bois), le plus simple est encore d'utiliser un cutter. A l'aide d'un crayon bien taillé, d'une règle et d'une équerre métalliques, reporter les dimensions des pièces à découper sur les planchettes de bois. Couper en tenant le cutter bien droit contre la règle.

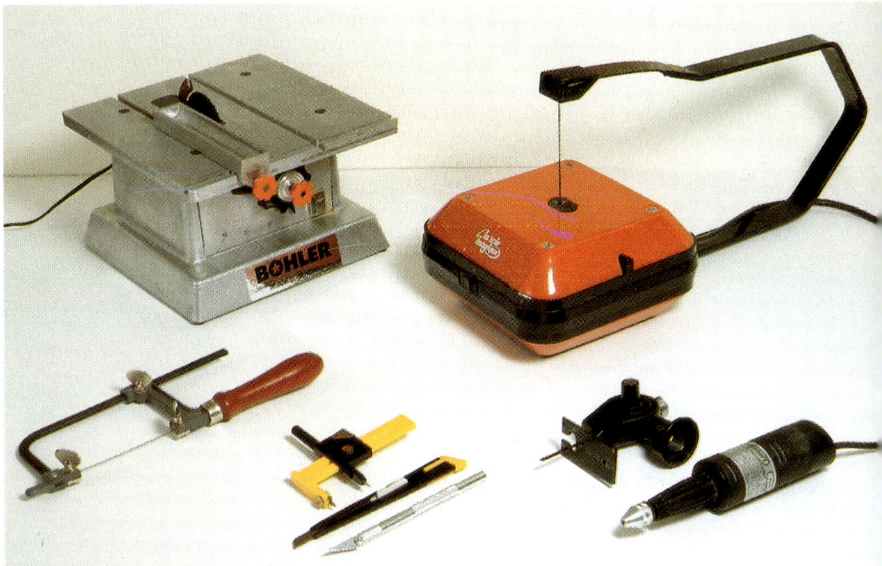

Dans le sens des aiguilles d'une montre : scie circulaire, scie électrique à lame vibrante (électromagnétique), perceuse avec accessoire scie sauteuse, cutter et compas-cutter, scie à archet.

Le fait de relever puis de reporter des mesures peut être source d'erreurs. Les plus exigeants préféreront cette autre méthode : faire un dessin précis des éléments à découper. Poser ce dessin (ou sa photocopie, ou son calque) sur le bois : l'y fixer (colle repositionnable, collant double face, voire colle qui partira à l'eau) et découper ensemble le bois et le papier.

Poser le bois sur un carton épais ou un tapis de découpe en PVC auto-cicatrisant (rayon travaux manuels), jamais sur une surface dure qui abîmerait la lame.

Au-delà de 2 mm d'épaisseur, le cutter ne suffit plus. Le choix de l'outil dépend alors de la nature de la coupe :
- Pour tronçonner (couper un morceau de baguette ou de carrelet par exemple), on peut utiliser la boîte à onglet avec sa scie à dos. Pour les plus grosses épaisseurs, une scie égoïne à main (il en existe de relativement petites) fera l'affaire.
- Pour déligner (couper dans la longueur une planchette par exemple), une mini-scie circulaire est parfaite à condition d'adapter la lame à la nature du travail (ex. Bohler). Un outil à adapter au plateau est très appréciable pour guider le bois, surtout dans les grandes longueurs.
- Pour découper une surface "enclavée" comme l'emplacement d'une fenêtre : selon l'épaisseur et la dureté du bois à découper, il faudra soit une scie à archet (voir infra), soit une mini-scie sauteuse : la plupart des mini-perceuses du commerce peuvent se transformer en mini-scies sauteuses avec les accessoires adéquats (voir page 66 comment découper une fenêtre dans du contreplaqué).

Quel que soit l'outil choisi, il faut toujours couper le bois dans le sens du fil, ou bien perpendiculairement à lui.
Pour couper des éléments identiques, superposer plusieurs épaisseurs en les collant sommairement, et les couper ensemble.

Les coupes sinueuses :

Pour **les petites épaisseurs**, la scie à archet de bijoutier (ou bocfil, ou scie à chantourner à main) est très performante car elle permet une grande maîtrise du geste. Il existe plusieurs modèles : la plus grande précision sera obtenue avec une scie à bras peu profond, dont la tension de lame peut se régler (présence d'une 3e vis à oreilles). Si la surface à découper est enclavée loin du bord, il faut une scie avec un bras plus long. Pour tous ces outils à main que l'on utilise en tenant la lame verticalement, le sciage se fait à la descente. Veiller à monter la lame dans le bon sens : on doit en sentir les aspérités en passant le doigt du bas vers le haut.

Pour **les petites et grandes épaisseurs** (avec une lame adaptée), les scies électriques à lame vibrante (ex. Abarel) ou oscillante (ex. Hegner) sont des outils appropriés.
Ces scies comportent un plateau sur lequel on pose le morceau de bois à découper en le poussant loin de soi, le sciage se faisant de la lame vers la surface d'appui. Comme on utilise toujours la même partie de la lame, elle s'use rapidement : pour scier avec une partie neuve, "relever" le plateau de la scie en posant dessus une épaisse plaque de contreplaqué marine dans laquelle on aura percé un trou pour le passage de la lame.

Pour introduire la lame dans une surface enclavée, il faut dévisser la vis de serrage de la lame à l'une des extrémités, introduire la lame dans le trou où elle se retrouve prisonnière et revisser. La découpe terminée, refaire l'opération en sens inverse.

On peut aussi faire des coupes droites avec la scie à lame oscillante à condition d'être bien entraîné.
Et si l'on n'a pas cet outillage, on peut aussi faire quelques coupes droites au cutter avant de poncer
en arrondi.

Coupes droites ou courbes : il arrive, notamment quand le bois est fibreux ou la lame usagée, que le bois s'écaille du côté où la lame ressort. On peut réduire, voire supprimer ce problème en posant le bois à couper sur un autre morceau de bois (ordinaire) : on tient fermement les deux épaisseurs ensemble et c'est la dernière qui s'écaillera. On peut aussi coller un ruban adhésif sur l'envers du bois à couper, à cheval sur la ligne de coupe en pressant bien avec l'ongle pour faire adhérer le ruban.

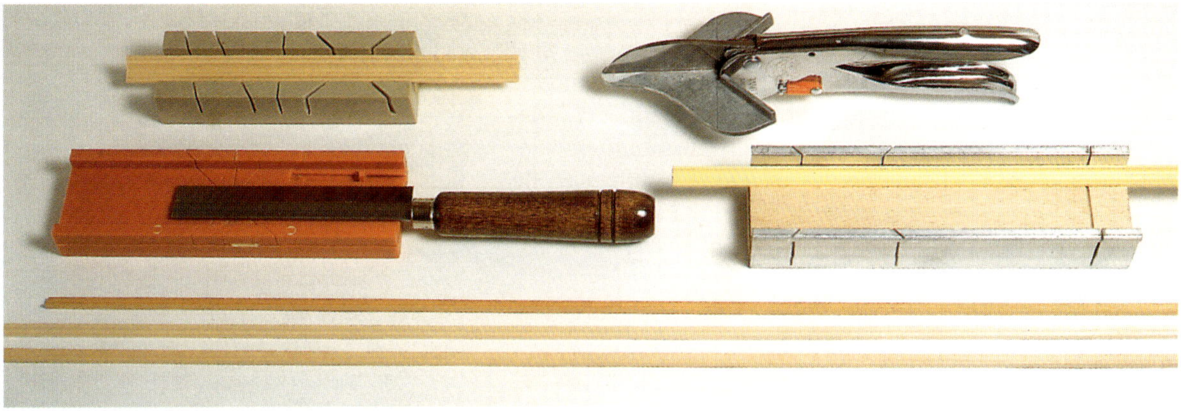

Couperet perfectionné, équipé de 3 couteaux fixes.

Comment le couper à onglet ?

Il existe dans les magasins spécialisés pour maisons de poupées des baguettes et moulures raffinées qui permettent d'encadrer des tableaux et des broderies, ou de réaliser des panneaux décoratifs et des corniches.
On trouve également des mini-boîtes à onglet vendues avec leur scie à dos pour des coupes à 90, 45, 30 et 15° (magasins de bricolage et Philbois).

Pour prolonger la vie de la boîte à onglet en plastique, découper dans du contreplaqué un morceau aux dimensions du fond : ainsi la lame en bout de course n'attaquera pas le plastique. A changer de temps en temps...

Cette scie peut s'avérer parfois trop épaisse (cas des moulures très fines pour tableaux). Il existe un outil encore plus précis (appelé couperet) composé d'une plaque de contreplaqué avec un couteau fixe équipé d'une lame de rasoir : en déplaçant un gabarit de coupe, on obtient d'impeccables coupes à 30, 45, 60 et bien sûr 90°. A défaut, on peut utiliser une lame de rasoir protégée d'un côté en la glissant dans les 2 fentes de la mini-boîte à onglet (voir page 50 la réalisation d'un encadrement).

Comment le cintrer ?

Exclure les bois trop durs comme le ramin ; parmi les bois durs, le hêtre se courbe bien.

Pour mettre en forme une baguette de bois pas trop épaisse prise dans le sens des fibres, la placer dans le panier de la cocotte-minute et faire cuire sous pression à la vapeur un quart d'heure (ou tremper dans l'eau tiède). Travailler rapidement : fixer le bois encore chaud sur une forme ronde (bouteille, boîte de conserve...) à l'aide de gros papier adhésif, élastiques, etc. Laisser refroidir.

Au-delà d'une certaine épaisseur, il faut procéder en collant ensemble (Araldite séchage lent plutôt que colle blanche) plusieurs fines épaisseurs de bois (toujours en nombre impair : 5 est un bon chiffre). Les disposer en contrariant le sens : tantôt dans le sens du fil, tantôt à contre-fil et mettre en forme sans attendre que la colle soit sèche.

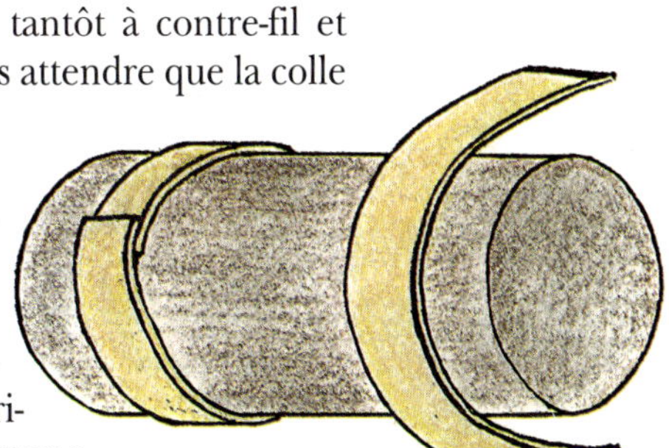

Pour des épaisseurs extrêmement fines, il sera plus facile d'utiliser du papier-bois : ce papier imprimé façon bois soit sur une seule face, soit recto-verso, permet notamment des réalisations rondes très convaincantes : boîte à camembert, tamis, tambour à broder... Pour l'arrondir, le mettre en forme autour d'un tourillon et fixer par un point de colle (s'aider éventuellement d'un élastique le temps du séchage).

Le trusquin sert à reporter un trait sur une surface courbe ou plane : à défaut d'en posséder un miniature, on va en fabriquer un de fortune.
Fixer un petit bout de crayon sur un support quelconque comme un bloc de bois dont la hauteur est telle

qu'une fois le crayon fixé sur lui (avec du ruban adhésif), le trait soit à la hauteur voulue. Il suffira de faire glisser l'ensemble bloc-crayon le long de la surface courbe pour obtenir un trait régulier à la bonne hauteur.

Comment le poncer ?

Il faut éliminer au maximum les fibres du bois pour un aspect et un toucher satisfaisants. Pour un ponçage tout en finesse, **l'abrasif dit "à l'eau"** (que l'on peut tout aussi bien utiliser à sec) est à préférer au papier de verre (que l'on réservera pour le dégrossissage). Ce papier abrasif est quelquefois aussi appelé papier carrosserie ou corindon et se présente le plus souvent en feuilles de couleur grise, plus rarement orange. Il faut avoir plusieurs grosseurs, **jusqu'au n° 1200**. Se fabriquer plusieurs cales à poncer avec des feuilles de grains différents sur des morceaux de bois de tailles diverses. Recouvrir la cale sur 3 côtés en utilisant une agrafeuse murale.
La lime à ongles en carton est également très commode pour le travail "de gros", surtout les modèles bien larges (Body Shop).
Pour poncer un arrondi, on peut entourer de papier abrasif un objet de forme cylindrique du bon diamètre.
Il faut poncer en promenant **le bois bien à plat sur la cale**, plutôt que l'inverse : varier fréquemment la position des doigts sur le bois pour éviter des pressions excessives à certains endroits. Ne jamais utiliser le papier abrasif directement, mais toujours sur une cale, si minuscule soit-elle, ceci pour **ne pas arrondir les angles et les arêtes.**
Certains ébénistes mouillent volontairement la surface du bois pour que les fibres se redressent : le ponçage permet alors de les éliminer.

Un petit "truc" étonnant : en "râclant" la surface du bois brut avec une lame de rasoir tenue à 60° environ, on obtient un beau bois lisse.
Les coffrets mini-perceuses sont souvent équipés d'accessoires de ponçage mais attention aux traces circulaires que laissent les disques abrasifs.
Un accessoire précieux : les éponges à poncer qui existent dans des grains très différents (Philbois). Très souples, elles permettent d'accéder à des endroits difficiles sans gommer le relief (cas des moulures en bois blanc brut).
Pour la touche finale, la laine d'acier **très fine** donnera un beau fini. Mais attention avec les bois tendres dans lesquels les fibres risquent de s'incruster.
Penser aussi aux accessoires "polissage" du coffret mini-perceuse.

Rappel : le ponçage se fait toujours dans le sens du fil du bois. Penser aussi à bien dépoussiérer avant de peindre...

Comment le sculpter ?

A défaut de mini-ciseaux à bois ou mini-gouges, le **cutter** va permettre de dégrossir le bois. Il existe des cutters de modéliste (exemple X-Acto) aux lames de formes variées. Quand le travail devient plus précis, un bistouri jetable (dont la lame est plus fine mais moins résistante) peut prendre le relais. Finir au papier abrasif (sur cale) et/ou éponge à poncer très fine.
On trouve facilement de petites limes à métaux de formes diverses, plates, rondes, demi-rondes, triangulaires, etc. (ex. Maxicraft), parfois de la taille d'une aiguille à laine (chez STAB). Elles conviennent très bien pour le bois à condition de les réserver pour cet usage ou à défaut, de très bien les nettoyer avec une brosse métallique après un travail sur métal car la limaille pourrait rayer le bois.
Les coffrets complets mini-perceuses contiennent toutes sortes d'outils pour sculpter, mais un outil électrique ne sera jamais aussi précis que la main.

Réalisation et photo Ivan Turner.

Comment le percer ?

Un foret monté sur un **porte-foret à main** permettra les perçages les plus précis. Percer d'abord avec un foret d'un diamètre inférieur, puis augmenter la taille : cette précaution est particulièrement nécessaire avec les bois tendres ou de faible épaisseur. Au lieu de tourner toujours dans le même sens comme pour visser, faire des demi-rotations alternées en tenant le porte-foret bien droit : ce geste a pour effet de faire ressortir la sciure au fur et à mesure du perçage. A partir d'un certain diamètre, une vrille à main ou une mini-perceuse électrique prendront le relais. Cette dernière, associée à une installation fixe comme une colonne, pourra permettre des perçages répétés bien réguliers, ou avec un flexible, d'atteindre des endroits difficiles d'accès ou encore permettre d'autres possibilités avec les accessoires : disques à poncer, meuler, tronçonner, etc.

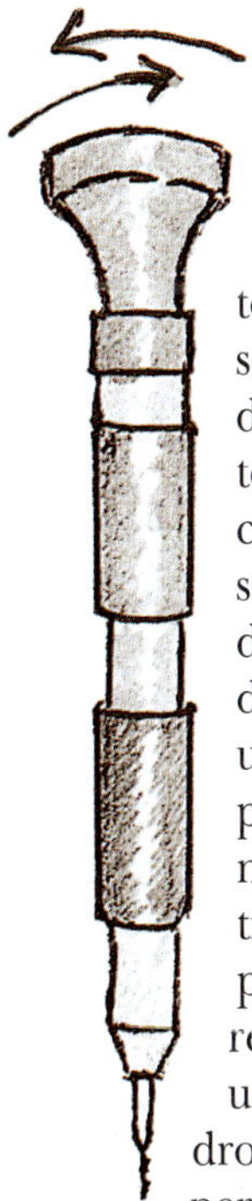

Avoir une gamme de forets la plus étendue possible, et trouver pour eux un bon système de rangement facilitent grandement le travail.

Comment le teindre ?

Il existe des teintures à l'alcool et à l'eau (toutes prêtes ou en poudre). La teinture à l'eau est d'utilisation plus facile, mais redresse les fibres du bois. Il faudra donc le reponcer légèrement après l'avoir teint ou passer une lame de rasoir (voir page 16).
Il faut teindre en passant le produit dans le sens des fibres, en travaillant assez vite et en essuyant régulièrement avec un chiffon ou un papier absorbant. La teinture ne prend pas sur la colle : raison pour laquelle **il faut teindre le bois avant de le coller.**
Il existe des produits qui permettent de teindre et de cirer en une seule opération.

En cas de pénurie totale, on peut aussi utiliser du cirage liquide avec son embout en mousse ou passer du thé très fort au pinceau.

Le choix du coloris est très important et contribue beaucoup à rendre le style du meuble et à créer l'ambiance que l'on veut donner à la scène. Pour un plancher foncé, la nuance noyer est parfaite. Le châtaignier donne une belle couleur dorée. Le chêne clair tire sur le jaune, en tenir compte. Si l'on veut une nuance très sombre (marron-noir des colombages par exemple), le brou de noix ou le chêne foncé sont tout à fait appropriés. Et pour donner à des meubles en pin de style anglais de chauds reflets, il existe la nuance Pin victorien.
Lorsqu'il n'est pas très épais, le bois peut se déformer lorsque l'on passe un produit aqueux sur une surface importante : gesso, teinture à l'eau, peinture acrylique, colle blanche... En effet, le bois se dilate avec l'humidité. Il suffit généralement de passer le produit sur les deux faces du bois (ou passer de l'eau au pinceau) pour supprimer cet inconvénient.

Comment le cirer ?

La réponse semble évidente, et pourtant la cire n'est pas sans inconvénient. Dans une scène miniature fermée dont l'air n'est pas renouvelé et dont une surface importante est cirée, il n'est pas rare de constater des dégâts tels que textiles jaunis ou taches grasses et moisissures sur les papiers peints (qui ne sont pourtant pas en contact avec le plancher). C'est la raison pour laquelle les ébénistes ne cirent jamais l'intérieur des tiroirs ni même l'arrière des meubles.
Il existe des produits spéciaux non gras comme le bouche-pores ou fondur (parfois appelé sealer) qui donnent un très bel aspect satiné et de la profondeur à la nuance du bois. Essayer aussi l'huile danoise.

A défaut, on peut, là aussi, utiliser du cirage, mais en crème cette fois : il sera de toute façon moins gras que la cire.

Comment le vernir ?

Prudence avec les vernis : un vernis trop épais peut gâcher tout le travail ! Pour obtenir un aspect velouté au toucher et de jolis reflets, le bouche-pores + ponçage est

une solution souvent bien préférable à un vernis mal passé.
Si l'on tient à vernir, éviter absolument les vernis teintés. Il vaut mieux teindre le bois avant tout collage et passer en dernier du vernis incolore dilué au maximum en s'interdisant les couches épaisses. Plusieurs couches extrêmement diluées puis poncées après chaque séchage donneront un meilleur résultat.

Seul le vernis posé dans les règles de l'art est beau ! Quand on n'est pas expérimenté, il vaut mieux renoncer devant cette finition délicate à mettre en œuvre.

Comment le coller ?

Sans aucune restriction : avec de **la colle blanche à bois** ! Choisir une colle à prise rapide qui devienne transparente après séchage (grandes surfaces de bricolage). Cette colle pourra servir pour bien d'autres matériaux poreux, à quelques réserves près. Elle colle aussi les tissus mais elle les durcit (il existe des colles spéciales pour eux), elle colle mal les plastiques pour lesquels la colle néoprène en gel est plus performante, et pas du tout le verre et le métal : dans ce cas, il faut de la colle époxy à deux composants (type Araldite : il existe une version à séchage rapide en 90 secondes).
Déposer une petite quantité de colle sur un morceau de papier et en prendre très peu à la fois avec un pique-olives. Si l'on a besoin d'en prendre plus, une seringue jetable en plastique (sans l'aiguille) sera plus pratique : après l'avoir remplie, on peut la laisser séjourner dans l'eau même plusieurs jours, et l'orifice ne se bouchera pas.
Il sera parfois plus facile de coller avec une colle moins liquide : pour l'épaissir légèrement, attendre quelques minutes avant de l'utiliser après en avoir déposé sur un morceau de papier.
Pour tous les types de collage, maintenir les parties serrées durant le séchage à l'aide de mini-serre-joints, pinces crocodiles, élastiques, pinces à linge, papier adhésif, etc.
Pour coller avec précision, **une plaque d'assemblage est indispensable**. Il existe un modèle en métal aux bords relevés à angles droits où les éléments à coller sont maintenus dans la bonne position avec des aimants : malheureusement, cet accessoire bien utile *made in U.S.A.* n'est pas facile à trouver. A défaut, on peut recycler les Lego (ou Duplo) des enfants : prendre une grande plaque plate de base d'un format satisfaisant (celle-ci mesure 25 cm x 15 cm), si possible épaisse de 1 cm pour une plus grande stabilité. Clipper tout autour une rangée de briques en les disposant en quinconce. Faire ainsi plusieurs étages. Poser dans le fond une plaque de contreplaqué découpée aux dimensions exactes pour avoir un fond bien plat. On a ainsi quatre angles droits bien utiles pour les assemblages à 90°, mais on n'a pas les aimants. Il faut donc maintenir pendant le temps de prise les éléments à assembler en légère pression avec les mains, en s'aidant éventuellement d'une barrette de briques Lego pour mieux répartir la pression.

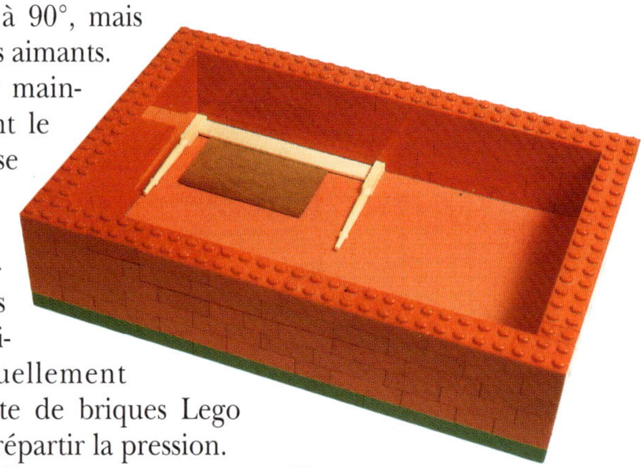

A défaut de Lego, on peut aussi utiliser une plaque épaisse de contreplaqué (si possible de qualité marine) sur les bords de laquelle on colle des tasseaux en s'aidant d'une équerre pour que l'angle soit parfait. L'important est d'avoir un fond stable et des bords à angle droit.
Pour assembler les panneaux de contreplaqué d'une scène, une ou deux presses d'angle à vis réglables sont bien utiles (voir page 69).
Pour vérifier qu'un plan est bien horizontal, on peut utiliser un petit niveau à fil : cet instrument ne mesure que 7 cm et son support plastique permet de le poser.
A défaut, on peut utiliser une ampoule de médicament pleine, et y tracer deux traits (feutre à alcool ou indélébile) en les centrant parfaitement.

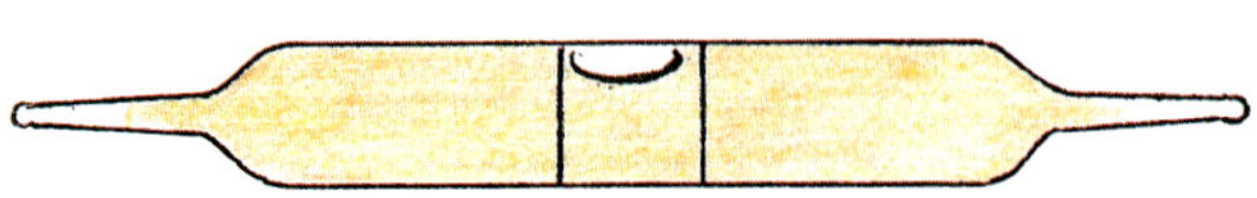

Comment le peindre ?

A la peinture glycérophtalique, on préférera **la peinture acrylique**, si facile d'emploi : inodore, séchant vite, et qui se dilue à l'eau. Cette peinture fonce en séchant : en tenir compte dans le choix des couleurs.
Même pour le blanc, on a rarement l'usage en miniature de pots de 0,5 litre : penser aux Touches Essai de Valentine qui contiennent 50 ml de peinture satinée. Beaucoup de fabricants proposent de petits conditionnements pour les travaux manuels, de 10 à 50 ml : la gamme FolkArt (ABC) offre notamment une superbe palette de nuances pour reproduire les tons des Painted Ladies, ces maisons victoriennes qui rendent si bien en miniature. On trouve aussi maintenant des conditionnements de 5 ml (vendues par 8, 16 ou 24 couleurs dans de nombreuses marques).
Le travail de peinture sera toujours beaucoup plus satisfaisant sur un bois préalablement préparé au gesso (1re couche diluée à 10 % d'eau), puis poncé et dépoussiéré. Le gesso est un produit acrylique destiné à la préparation de tous les supports absorbants maigres. Les peintres l'utilisent pour enduire leurs toiles.
Pour certains usages (pour peindre du métal par exemple), la peinture dite pour maquettes (ex. Humbrol) sera préférable : dégraissage préalable au trichloréthylène pour une meilleure adhérence, et nettoyage du pinceau au white spirit ou diluant de la marque.

Les pots de peinture se conserveront mieux, stockés en position retournée. On peut aussi mettre du ruban adhésif autour du couvercle par sécurité...

Les pinceaux laissent souvent les traces de leurs poils : il est plus satisfaisant de peindre avec un pinceau plat en mousse ou un mini rouleau en mousse (rayon travaux manuels tendance maternelle), voire une simple éponge. De même, les peintures en aérosol sont très appréciables en miniature : il existe des mini-bombes dans plusieurs marques.

On trouve assez facilement des bombes de peinture (en général pour carrosserie) aux puces et dans les solderies en tous genres.

Comment le vieillir et le patiner ?

Poissonnerie présentée pages 110 et suivantes.

Beaucoup de possibilités à expérimenter en s'amusant.

Pour vieillir du **bois non peint** sans l'abandonner 10 ans aux intempéries, user les parties les plus "exposées" avec un cutter, tremper dans des produits chimiques ménagers agressifs (Javel, etc.). Passer de façon irrégulière des "jus" colorés divers, de préférence à base d'eau (pour pouvoir atténuer ou même effacer) : mieux vaut dix couleurs très diluées qu'une seule couche épaisse. Il existe aussi des pigments (ex. Terres Décor de Zebulon) qui s'utilisent au gré de l'inspiration. Un exemple au hasard : pour salir et moisir le bas des planches d'un appentis, déposer les coloris Ombre naturelle et Vert de mousse sur le sol au pied des planches mouillées : la couleur va monter toute seule par capillarité. On peut renouveler l'expérience en variant les paramètres : plus ou moins de poudre ou d'eau, couleurs différentes...

Pour du **bois d'intérieur peint**, des effets intéressants seront obtenus en passant une sous-couche de couleur différente avant de peindre (voire deux sous-couches de tons dégradés). Aux endroits les plus exposés à l'usure, frotter légèrement et délicatement avec un abrasif pour faire apparaître la sous-couche, voire la couleur du bois. Ou bien avant de peindre, on peut déposer sur ces parties du produit à masquer (bougie, Graphigum) : il suffira de le retirer par frottement pour laisser apparaître la sous-couche ou le bois. Pour patiner les couleurs, penser aux coloris Ombre naturelle et Gris de Paynes : salir autour des poignées de meubles et les parties creuses des moulures. Il existe aussi de la patine en tube, comme Patine ancienne de Pébéo.

Il existe des glacis pour obtenir des effets de matières extrêmement variés : à signaler le médium acrylique des Ets Mauler (les outils se rincent à l'eau, ce qui est toujours agréable...).

Expérimenter, mélanger, effacer, recommencer : **tout est possible sauf le "maigre" sur "gras"**.

Est maigre tout produit qui se dilue à l'eau et dont l'outil se rince à l'eau : peinture et médium acryliques, teinture à l'eau... Est gras tout produit dont l'outil se nettoie avec un solvant : peinture vitrail, peinture Humbrol, Patine ancienne...

Collection Ingeborg Riesser "Poupée Tendresse".
Crémerie et fromages de C. Soubzmaigne. Enfants de M.-F. Beglan.

Les autres matériaux

Outre le bois, beaucoup de matériaux sont utiles en miniature et la liste de tout ce qui est susceptible de servir un jour remplirait des volumes ! Nous ne parlerons que des matériaux les plus couramment utilisés ; les pâtes à modeler, si utiles dans nos scènes, sont envisagées avec le modelage.

Le métal

Les feuilles de métal

Le plomb est un métal très facile à travailler : on en trouve en feuilles de 1/10e, 2/10e etc. d'épaisseur dans certains magasins spécialisés (comme Weber Métaux à Paris). On peut le couper avec de simples ciseaux et le coller à l'Araldite (on ne peut pas le souder). On peut le patiner, le peindre, etc. Il a malheureusement peu de tenue, mais on peut s'en servir pour recouvrir un gabarit en bois ou carton (voir par exemple les lanternes page 125).

Dans les magasins de modélisme, on trouve des feuilles d'aluminium, de cuivre, de laiton et de maillechort en différentes épaisseurs que l'on coupe avec des cisailles à métaux.

A défaut, passer en revue le garde-manger : on y récupèrera les pellicules qui obturent les boîtes de thé Lipton, l'emballage doré des grosses pièces en chocolat, les capsules d'étain des bouteilles de vin de très bonne qualité... Les canettes de boisson pourront être coupées à la cisaille et pliées, quoique difficilement : procéder **progressivement** en s'aidant de deux blocs de bois. Mais il sera très difficile de réaliser de petits objets. Aplatir les reliefs et passer au trichloréthylène pour dégraisser et permettre à la peinture d'adhérer.

Les fils, tiges et tubes de métal

Le fil de plomb ou d'étain utilisé en soudure étant extrêmement malléable peut servir à faire des décors comme les volutes d'une étagère de boulangerie, à condition de n'être plus manipulé ensuite (petite vitrine murale fermée par exemple).

Les fils de cuivre électriques et de téléphone trouveront de très nombreuses utilisations.

Dans les magasins de modélisme (ex. STAB), il existe des tiges pleines et des tubes creux de diamètres divers (aluminium, ou laiton plus résistant), et toutes sortes de profilés en U, en T, etc. Les tubes creux d'aluminium sont plus faciles à travailler mais ils ont tendance à s'écraser quand on veut les courber : les réserver de préférence pour des utilisations droites. Pour les courbes, préférer le laiton : si l'on ne parvient pas à le mettre en forme facilement, le chauffer sur la flamme du gaz (en le tenant avec une pince).

Les plastiques

Si l'on veut privilégier la légèreté et la sécurité, on peut remplacer le verre par du plexiglass transparent : ce dernier se coupe avec un cutter au tungstène. Cependant il vieillit moins bien que le verre, il se raie et se ternit.

Garder les rhodoïds et les plastiques transparents de toutes épaisseurs. Les "transparents" pour la rétroprojection trouveront plusieurs usages. Se rappeler notamment qu'ils passent bien à la photocopieuse et à l'imprimante : on peut ainsi faire l'inscription d'une façade de magasin en utilisant une police de caractères fantaisie de l'ordinateur et en imprimant sur le transparent. On pose ensuite ce dernier sur la façade peinte et on le recouvre d'une vitre en verre.

Les plastiques d'emballage thermoformés ("blisters") peuvent être très utiles, notamment pour y mouler des formes (on est étonné de tout ce qu'on peut mouler dans les alvéoles de médicament) ou être utilisés tels quels : ainsi, un blister passé à la bombe de peinture blanche à l'extérieur présente à l'intérieur l'aspect de l'émail et pourra

faire un sanitaire lorsque sa forme s'y prête. Dans les magasins spécialisés pour modèles réduits, on trouve des tiges de plastique sous forme de carrelets et baguettes rondes en 350 mm de longueur, dans des sections et diamètres **inférieurs au mm** : par exemple StripStyrene de la gamme Evergreen Scale Models. Ils font des filets décoratifs bien réguliers, qu'il serait impossible d'obtenir dans cette épaisseur dans du bois. Ils sont très utiles et se peignent très bien.
Les tubes creux auront aussi leur utilisation : cylindre transparent qui protège les poils des pinceaux, tube semi-souple de vaporisateur ou de certains feutres, paille fine pour boisson (magasins chinois) ou chalumeaux, etc.

Le verre

Les plaques

Le verre **courant** le moins épais fait 2 mm d'épaisseur : les miroitiers et grandes surfaces de bricolage le découpent aux dimensions demandées (même très petites). Cette épaisseur convient pour une fenêtre, une porte ou une vitrine de magasin. On peut en faire polir les bords (plateau de table moderne, étagère de boulangerie, etc.). Pour le coller, utiliser de l'Araldite à 2 composants.
En dessous de 2 mm, il faudra chercher un fournisseur spécialisé : matériel photo, matériel médical... Les lamelles de verre pour examen au microscope sont extrêmement fines : elles existent dans diverses tailles qui peuvent convenir pour de petits tableaux (les transparents pour la rétroprojection conviennent aussi pour cet usage).
Le verre peut être décoré avec de la peinture vitrail (voir page 47) ou être dépoli pour un usage particulier : soit totalement (vitre de douche, étagère ou plateau de table moderne), soit partiellement (guirlande ou inscription pour bistrot rétro). On peut obtenir cet effet avec le Vernis aspect verre dépoli des Ets Mauler : bien dégraisser à l'acétone et passer le vernis au pinceau.
Le verre peut aussi être gravé à la main avec une pointe très fine, spéciale pour cet usage : c'est amusant à faire et à cette échelle, plus facile qu'avec un outil électrique.

Les tubes

Les petits tubes d'échantillons de parfum trouvent de nombreuses utilisations dans nos scènes : bocaux, biberons, verres de table... Pour les couper, utiliser les accessoires de la mini-perceuse : raccourcir avec le disque à meuler de couleur grise (gros grain) et égaliser avec le disque à meuler rose (grain fin). Si l'on peut s'en procurer, les pipettes de laboratoire sont également utiles.

Les cartons et papiers

Tout le monde connaît le **carton plume** ultra-léger qui sert à bien des choses, comme épaissir une cloison trop mince. Le **carton bois** plus résistant (c'est un mélange de colle et de pâte à papier fortement compressé) peut être utilisé en remplacement du bois ou du contreplaqué. Le **carton mousse** est moins courant : entre ses deux épaisseurs de carton, se trouve une couche de mousse dense de couleur grise. On ne peut pas le confondre avec le carton plume car il se pèle (on peut retirer le carton) et il se sculpte très facilement au cutter. On peut faire avec lui des gabarits de petites tailles et toutes formes sans aucune difficulté (voir par exemple les paniers en bois page 124).
Le **contrecollé** est un carton très lisse utilisé pour les maquettes : malgré sa faible épaisseur, il a beaucoup de tenue.
Garder les **bristols** qui trouveront de nombreux usages et le **carton ondulé** qui, une fois peint et "rouillé", fera une tôle vieillie très honorable (carton très fin ondulé des deux côtés au rayon travaux manuels ou Beaux-Arts).
Les **papiers** sont une ressource inépuisable : dans les albums de **papiers peints**, on peut trouver des unis ou de petits motifs. Certains papiers granités feront un crêpi parfait (avec éventuellement un coup de peinture en bombe). Dans **les catalogues** que les magasins de puériculture ou d'ameublement donnent en fin de saison (Ashley, Jacadi...) on trouve des frises et des papiers à tout petits motifs : même quelques cm^2 pourront servir pour emballer un paquet-cadeau, tapisser l'intérieur d'un coffre, décorer un abat-jour ou un cahier... Garder les papiers divers

comme le **papier calque** et le **papier crépon** (il existe plusieurs épaisseurs dont une très fine que l'on peut encore aplatir au rouleau pour rendre le relief à peine perceptible) qui fera des cache-pots ou des pétales de fleurs. Le **papier cellophane** qui entoure les paquets de cigarettes est parfait pour recouvrir des livres d'écolier ou présenter un bouquet ou un pot de fleurs (en n'oubliant pas la petite étiquette et le ruban de bolduc frisotté). Il servira aussi à réaliser les sachets plats où sont présentées les marchandises sur des tourniquets dans les magasins. Le **papier métallisé** de couleur qui entoure les chocolats en boîte ou en tablettes (Crunch) sera utilisé entre autres pour les œufs de Pâques. Garder aussi les **papiers de soie** blanc et de couleurs (voir pages 79 et 153). Pour rendre brillant un papier et lui donner de la tenue en même temps, on peut le recouvrir de ruban adhésif : par exemple pour faire une carte de crédit, découper avec une marge (dans une publicité ou un catalogue) une reproduction de carte à l'échelle. La poser en sandwich entre deux morceaux de ruban adhésif et découper. Penser aussi aux **papier alu, papier vitrail, papier imprimé bois** (certains magasins Beaux-Arts ou encadrement).

Le **papier dentelle** découpé au laser (ci-contre) se trouve dans les magasins spécialisés en maisons de poupées et à Paris-Création. Il existe en bandes de 4 mm de large pour décorer une étagère (voir page 81) ou décorer une mini-maison de poupée (voir page 133), en feuilles prédécoupées (fougère, lierre, etc.) et en napperons (voir page 35) : un accessoire à petit prix vraiment appréciable !

Découper dans les magazines et les publicités les motifs que l'on aime, les couvertures de livres, les étiquettes, les cartes géographiques, les chromos, etc. Dans les dernières pages de certains magazines, on trouve des photos de produits alimentaires, d'entretien ou cosmétiques. A la page consacrée aux abonnements, presque tous les magazines présentent leurs propres couvertures en réduction. Classer dans de petits albums photos à pochettes transparentes. S'ils ne sont pas à l'échelle, réduire à la photocopieuse couleur.

Ces emballages imprimés sur toutes leurs faces ont été réalisés à partir de produits alimentaires ou d'entretien factices destinés aux épiceries des petites filles ; leur la taille varie entre 4 et 8 cm environ. Les ouvrir complètement en passant un cutter entre les rabats collés. Mettre à plat et réduire à la photocopieuse. S'aider de deux bristols pour des pliages nets.

Les tissus et les rubans

Bien garder les chutes de tissus, surtout ceux usagés qui seront ainsi plus souples. Ah ! ce regard qui devient soudain fixe en examinant les 2 cm^2 de dentelle d'un sous-vêtement ou le tissu de la chemise du mari... Ils auront vite faits d'être catalogués "bons pour chiffons" ! On est souvent étonné de trouver un jour un usage à un textile qui ne payait pas de mine : ainsi, le tulle passé à la bombe de peinture grise imite le grillage à la perfection (voir aussi l'épuisette page 79).

Choisir les **tissus** les plus fins en faisant attention au choix des motifs. Une bonne solution : se procurer aux puces des combinaisons ou grandes culottes de grand-mères en batiste très fine et les teindre soi-même. Penser à tous les colorants végétaux qui donnent de belles couleurs passées : le thé (tremper le tissu lavé dans du thé chaud, éponger l'excédent et repasser), épinards pour teindre en vert, myrtilles en violet, betteraves en rouge, baies de genièvre en brun, et même pelures d'oignons pour l'orange... Un feutre peut aussi dépanner : sortir la mine de feutre du tube plastique et la tremper dans très peu d'eau chaude. Penser aussi qu'un uni peut être facilement décoré de rayures, points et motifs (comme des petits cœurs) avec des feutres pour tissus à pointe fine, voire de simples feutres. Beaucoup de fabricants proposent de la peinture pour tissus que l'on peut utiliser au pinceau, ou avec un tampon en mousse pour un effet pochoir ou un embout ultra-fin (Tip-Pen de Plaid chez ABC).

On trouve du produit anti-effilochage (Fray-Check) dans certaines merceries et à Paris-Création : il est bien utile en miniature car il dispense des ourlets inesthétiques. A défaut, on peut utiliser de la **colle blanche** pour tissus pas celle en tube qui coule) qui ne raidira pas trop au séchage. Passer l'index imprégné de produit sur les lisières et laisser bien sécher : malheureusement, sur les tissus clairs ce produit peut laisser des traces en séchant. Il existe une autre solution : le durcisseur de tissus vendu sous le nom de Stiffener (ABC) : il raidit les tissus (plus ou moins selon la quantité d'eau ajoutée) que l'on peut ensuite couper sans qu'ils s'effilochent. Penser aussi à l'amidon en aérosol pour modeler un tissu.

Coudre tout ce qui peut l'être et coller seulement en dernière ressource car la colle risque de jaunir les tissus clairs à la longue. Certaines colles transparentes pour tissus coulent : préférer celles qui se présentent comme une colle blanche à bois, en crème semi-liquide (ex. Aleene's Glue dans certaines merceries ou à Paris Création).

Penser aussi que certains effets intéressants peuvent être obtenus avec du papier : on peut le peindre, le froncer, le coller en place et lui donner un aspect particulier avec du vernis.

Chiner aux puces les **dentelles** minuscules : on peut quelquefois les recouper avec des ciseaux pointus, quand le motif s'y prête. Les sous-vêtements de grand-mères ont souvent de minuscules jours faits main qui font de superbes draps : ne pas hésiter à utiliser les parties travaillées avec fronces ou broderie.

Dans les magasins spécialisés pour maisons de poupées, il existe des **rubans** spéciaux pour la miniature à partir de 2 mm de large : en soie, gros-grain pour canotiers, organza transparent... Ils se nouent avec souplesse et permettent toutes sortes d'effets décoratifs (voir page 151).

Pour repasser un ruban, poser le fer à plat sur le ruban et tirer ce dernier tout en maintenant le fer immobile : ainsi il ne se déformera pas.

Le cuir et la fourrure

Pour se procurer du cuir très fin, penser aux parties intérieures des portefeuilles usagés, ou aux vieux gants de dame (à chiner aux puces). Il existe du cuir extrêmement fin, appelé peaussier ou seconde peau ; les relieurs peuvent amincir du cuir jusqu'à l'épaisseur de papier à cigarettes en le passant dans une machine. On peut aussi diminuer l'épaisseur du cuir en râclant l'envers avec une lame de rasoir protégée d'un côté.

Gant au 1/12e de Daphne Turner (montré ici plus grand qu'en taille réelle).

Des chutes de fourrure souple et douce ne sont pas à dédaigner. Certains miniaturistes font des merveilles avec de simples poils de chat ou de lapin recoupés et leurs réalisations sont étonnantes de réalisme (voir le chien d'Elizabeth McInnis page 149) !

Elfe d'Helen Hartzell, (environ 11 cm).

Les richesses de la nature : végétaux, flocages, mousses...

Pour faire un arbre miniature, **les bonzaïs** (même désséchés), les pieds de **thym** sans leurs feuilles rendent très bien. On peut les reverdir avec du **flocage** ou des mousses (magasins de modélisme ferroviaire) retouchés éventuellement à la bombe de peinture.
La terre peut être obtenue avec du flocage marron ou avec de la vraie terre finement tamisée (plus réaliste).
Il existe aussi du gazon en flocage (diverses nuances) à utiliser avec d'autres éléments (sable, terre, fins gravillons...) pour un rendu plus naturel.
Pour floquer une surface, bien préparer d'abord le support. Pour un effet réaliste, il est très important de créer des reliefs : les méthodes et les matériaux ne manquent pas. On peut créer un support très épais (polystyrène extrudé, voir page 102,

Singes de Todd Krueger, (environ 4 cm).

épaisseurs de carton-mousse superposées ou autre matériau) et le creuser ; on peut aussi faire l'inverse et créer des reliefs (avec un aérosol de mousse expansée, des bandes plâtrées sur grillage ou de la pâte à papier, etc.) ou combiner les deux. Peindre ce support couleur terre. Passer de la colle blanche délayée à l'eau avec un gros pinceau et répartir le flocage, la terre, le sable et/ou les gravillons. Donner des coups secs et forts sur le côté du support pour redresser les fibres du flocage.

Quand tout est sec, retourner le support pour faire tomber l'excédent. Ne pas hésiter à patiner avec un gros pinceau et des poudres colorées (ex. Terres Décor). Rajouter des cailloux, graviers, fleurs (percer le support avec un foret pour les planter).

Dans les magasins de modélisme ferroviaire, il existe aussi du gazon en bandes prédécoupées que l'on ne peut pas conseiller à cause de son aspect uniforme trop artificiel.

Au bord de mer, on peut trouver des mini-coquillages à notre échelle ; ces moules ont été trouvées sur la plage basque d'Hossegor dans les algues échouées sur le sable. Selon les plages, on peut aussi trouver des mini-crabes, hippocampes ou étoiles de mer. Et l'on peut ainsi constater que rien ne vaut une chasse attentive aux mini-coquillages pour s'attirer la compassion de baigneurs s'offrant à vous aider à rechercher vos verres de contact !

Chromo rétro et "Souvenir de Concarneau" d'E. Morizet (voir page 147). Tableau de coquillages (en bas à droite) de Dominique Autin. Tous les coquillages et crustacés de cette photo sont des vrais.

Le raphia tressé sert à faire des chapeaux et couffins (voir page 39). Il existe aussi une fibre d'herbe naturelle ou teinte (pour faire des cabas sud-américains : rayon travaux manuels, et notamment 3 Hiboux au Bon Marché).

La nature nous fournit toutes ses richesses : mousses, écorces, graminées, champignons secs des arbres, lichen d'Islande (appelé aussi mousse de renne)... Le chapeau d'un gland est un bol pour un lutin des bois. Mais attention : tout ce qui est naturel va pâlir et s'abîmer avec le temps.

La neige

Pour enneiger de façon définitive, la méthode est la même que pour le flocage : support peint en blanc, colle blanche délayée et **bicarbonate de soude**. Verser le bicarbonate à travers un fin tamis pour le déposer de façon régulière. Pour enneiger des toits de façon naturelle, il sera utile de faire un test en versant d'abord la poudre pour observer comment elle se dépose : la colle sera ensuite déposée au pinceau ou vaporisée en tenant compte de l'observation précédente.

Cet elfe d'Helen Hartzell mesure 2 cm ! Ses ailes sont des feuilles partiellement décomposées.

Et la pluie ?

La pluie sur les vitres pourra être suggérée en délayant un volume de colle blanche avec deux volumes d'eau : avec un pique-olives, tracer sur le verre avec ce mélange quelques traits légers toujours dans le même sens.

Observer des vitres un jour de pluie ne peut qu'aider à l'opération !

et des fonds de tiroirs...

Surtout ne rien jeter ! Entasser joyeusement tout ce qui n'a pas de valeur intrinsèque mais va se révéler si précieux pour nous.
Nous gardons déjà les blisters vides, les capsules d'étain des bons vins, certains boutons... Nous piquons aussi le linge de la famille et les Lego et accessoires Playmobil de nos enfants. Nous récupérons les chutes de fil électrique et de téléphone après le passage de l'électricien, les restes d'isolants jusque dans les bennes, et même de la filasse après le départ du plombier (on ne sait jamais... pour des cheveux de sorcière). Il nous faut aussi garder les filtres métalliques des cafetières pour faire des tamis, les vieilles montres (le cadran pour une pendule et les rouages pour la machine de Frankenstein), les mini-ressorts des stylos rétractables (pour les diables à ressort), les stylos transparents Bic qui deviennent des pots de confiture, les épingles de pin's (support d'étiquettes dans une vitrine), les vieilles balles de ping-pong (un réflecteur d'halogène), et toute la verroterie qui nous tombe sous la main : des perles carrées en bois font des cubes d'enfant, une perle bleue en verre ou plastique un pot de Nivéa, une grosse perle ronde un pied de lampe... Sans oublier les apprêts et accessoires pour bijoux si intéressants : un rivet sera la base d'un rouge à lèvres...
Chacun sera heureux de découvrir un usage inattendu à une petite chose récupérée par hasard...

Mais attention aux détournements abusifs : une capsule en plastique de bouteille de vin ne fera jamais un joli chapeau ni une boîte d'allumettes un meuble !

NOEL

Quelques techniques adaptées à la miniature

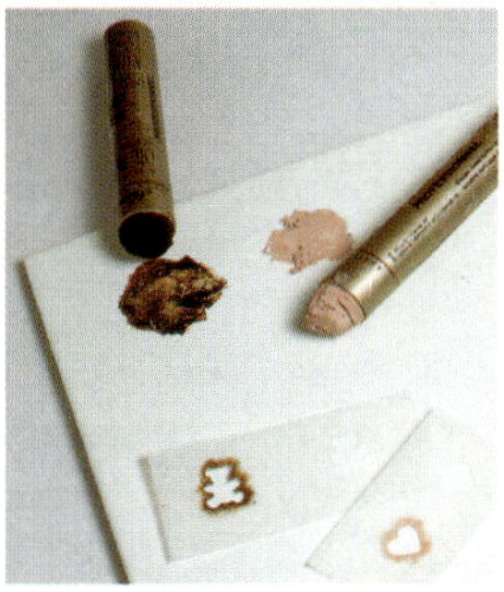

Janet Brownhill
"Country Treasures"

Modelage

Les pâtes à modeler

du commerce se répartissent en deux catégories :

Celles qui durcissent à l'air libre comme le Darwi, le Plastibo, le Jonco Moldi et le Das Pronto de couleur blanche, ou encore le Duroc de couleur terre cuite (idéal pour les tomettes). Il faut donc les conserver dans un plastique bien étanche et mouiller ses mains si la pâte a tendance à sécher pendant le travail. Des morceaux de pâte durcie peuvent toujours être ramollis en les laissant séjourner dans de l'eau quelque temps.

Laisser les objets modelés sécher à l'air libre sur un support absorbant (papier journal) ou les passer au four à la température la plus basse pour accélérer le séchage.

Attention ! En perdant son humidité lors du séchage, la pâte va rétrécir très légèrement : en tenir compte. Les morceaux trop gros et trop compacts risquent aussi de se fendiller : quand cela est possible, on peut pratiquer un petit trou sous la pièce (en enfonçant de quelques mm une grosse aiguille). Les surfaces planes peuvent également se gondoler quelque peu : lisser de temps à autre pendant le séchage la surface avec un doigt mouillé pour lui garder sa forme et son aspect lisse.

Une fois secs, les objets modelés se prêtent très bien à la peinture : les pains ne seront jamais aussi bien rendus que de cette façon. On peut utiliser les peintures acryliques, les craies ou les pastels secs, ou mieux, l'aquarelle.

Celles qu'il faut cuire au four ménager comme le Fimo, le Jonco Hobby, le Cernit et le Sculpey. Les emballages de ces pâtes plastiques indiquent 130° (100° pour les coloris chair et transparent), mais par prudence, mieux vaut abaisser ces températures (ou laisser la porte entrouverte) et cuire plus longtemps qu'indiqué (enlever aussi la position chaleur tournante). Un objet cuit dans un four trop chaud "cloque" dans la masse.

Attention, en cas de dépassement excessif de la température, la pâte va brûler en dégageant des fumées nocives.

C. Soubzmaigne

Ces pâtes sont idéales pour faire des fruits, des légumes, des viandes et les préparations alimentaires à l'aspect lisse. Elles imitent bien aussi le plastique (jouets d'enfants...). Il est inutile et même déconseillé de vernir systématiquement les réalisations (certains vernis vieillissent mal surtout avec les couleurs claires), mais le vernis brillant pourra parfois être utile (pour une aubergine par exemple). Le coloris chair est parfait pour les personnages.

Le Cernit se présente comme une pâte à modeler "à reflet de porcelaine" et peut être utilisé pour faire de la vaisselle.

Tous les coloris d'une marque se mélangent facilement entre eux : faire de petits boudins que l'on torsade ensuite ensemble jusqu'à ce que la couleur soit homogène. Cette faculté peut être à l'origine d'effets intéressants en arrêtant le malaxage avant le mélange complet des couleurs.

Dans la gamme Fimo, il existe des pâtes spéciales : pâte fluo en plusieurs couleurs, anthracite (pour faire le charbon de bois, notamment), granit, jaspe, etc.

Avec le temps, et même gardées dans un plastique hermétique, ces pâtes ont tendance à sécher et le malaxage devient plus difficile. Dans chaque marque, il existe du ramollisseur qui le facilite (à défaut, on peut utiliser un petit pois de vaseline).

Pour retoucher une couleur après cuisson (petits points marron dans le jaune des bananes par exemple), on peut utiliser de la peinture acrylique, à maquette ou des pastels gras.

Comment choisir entre ces deux catégories de pâtes à modeler ? C'est avant tout affaire de goût personnel : tel aime le contact humide des premières qui rappelle la terre glaise. Tel autre préfèrera la rondeur de la pâte plastique et son toucher lisse. Mais cela dépend aussi de l'aspect recherché : si l'on désire un aspect plutôt mat et si l'objet doit être peint avec des nuances et des dégradés, mieux vaut choisir les premières car ces pâtes prennent très bien la peinture à l'eau. Si l'on recherche un aspect lisse ou plastique et une couleur dans la masse, choisir les secondes.

Pour résumer :
le pain → Darwi, le gruyère → Fimo.

Pâte à sel-balsa : même combat !

Dans les scènes miniatures, mieux vaut renoncer à la pâte à sel, trop sensible aux variations de température. Certes une couche de vernis pourrait remédier à ce défaut mais n'empêcherait pas quelques vers voraces de se promener dans les jolies pommes rouges, y creusant des trous qui ne seraient pas à l'échelle... Il ne faudrait pas que nos arrière-petites-filles aient des reproches justifiés à nous faire !

Les instruments

Leur liste est sans limite mais pourrait se résumer à : tout ce qui nous tombe sous la main au bon moment. Premier dans les sondages : le pique-olives en bois ! Et aussi : instruments de prothésiste ou de dentiste, aiguilles, lames de rasoir, outils à embosser (petites pointes rondes) ou à repousser le cuir ou le métal...

Pour texturer une surface, laisser aller son imagination : brosse à dents, tissus, papier de verre, la partie agrippante du Velcro (pour le chou-fleur par exemple) etc.

Se constituer une collection "unique" d'emporte-pièces : tout ce qui a la bonne taille et a des bords un peu coupants.

... et de moules : une capsule métallique (genre petite bouteille de bière) servira par exemple pour faire des tartes. Il existe dans le commerce des moules en cuivre pour maisons de poupée sous la marque Mini Mundus : ils sont un peu trop gros pour être utilisés en décoration au $1/12^e$, par contre on peut y mouler de jolis koupglopfs ou gâteaux en forme de cœur (idée de C. Soubzmaigne).

On peut aussi improviser un moule en prenant une empreinte dans de la pâte à modeler. L'objet à mouler doit avoir une forme simple comme une brique. Faire un modèle en pâte à modeler et le faire durcir (ou utiliser une brique déjà disponible). Prendre son empreinte dans la pâte, retirer le modèle et remplir avec du plâtre de Paris.

Pour mouler des assiettes en pâte à modeler, utiliser deux assiettes en métal au $1/12^e$ (magasins spécialisés pour maisons de poupée) et du Cernit ou Fimo ou Darwi. Etaler une abaisse de pâte et la presser entre les deux assiettes en maintenant serré pendant le séchage à l'aide de pinces crocodiles, petits serre-joints, pinces à linge ou étau. Le séchage terminé, découper si nécessaire l'excédent au cutter, passer un peu l'éponge à poncer pour un beau fini et arrondir très légèrement les bords.

La "méthode"

Chacun a la sienne ! Comme toujours en miniature, il n'y a pas qu'une façon de faire. Chacun découvre ses petits trucs qui lui simplifient le travail. Voir infra les gâteaux de Claire et les fromages de Catherine.

En vrac, quelques conseils concernant les pâtes plastiques :

- La surface de travail doit être absolument propre et nettoyée entre chaque couleur : des carreaux de céramique ou une plaque de verre conviennent très bien. L'idéal est de pouvoir porter les pièces avec leur support directement dans le four pour éviter une manipulation.

- De même, les mains doivent être très propres et lavées entre chaque couleur. Malgré cela, il reste encore d'infimes parcelles de pâte qui altèrent les couleurs. Pour l'éviter, C. Soubzmaigne porte des gants en latex extra-fins.

- Pour obtenir un volume creux dans la pâte après cuisson, un truc étonnant : modeler la pâte autour d'un morceau de polystyrène expansé de la dimension désirée pour le volume creux. A la cuisson, le polystyrène disparaîtra, il ne restera qu'un vide. C'est ainsi qu'avec une boule, on obtient une citrouille creuse pour Halloween (on peut y mettre alors une ampoule pour l'éclairer).

Les réalisations de cette double page sont présentées ici plus grandes qu'au 1/12ᵉ.

- Selon une technique qui rappelle un peu le millefiori, on peut obtenir des rondelles minuscules, d'œuf dur par exemple : on forme un boudin de jaune, on l'entoure de blanc, et on aplatit le boudin ainsi formé en le roulant entre deux plaques de verre ou carreaux de céramique jusqu'à obtenir le diamètre désiré. Il ne reste plus qu'à faire cuire et à découper avec une lame de rasoir à la sortie du four. Une fois passé le stade de l'œuf dur et du concombre, on peut s'amuser avec la rondelle de saucisson, la tranche de citron...

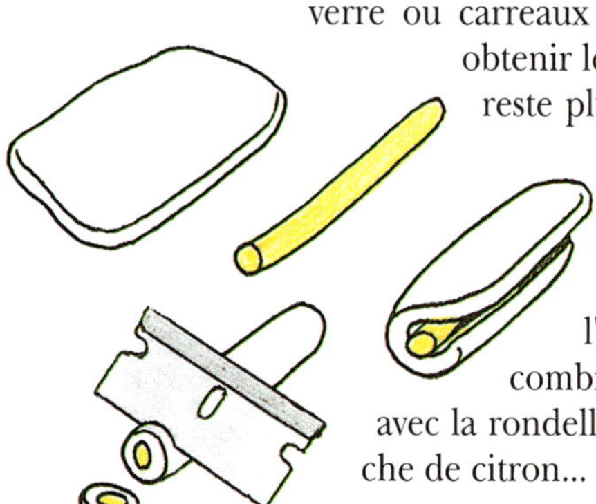

Les gâteaux de Claire Gounot

Matériel nécessaire :

- *du Fimo de différentes couleurs (en fonction des gâteaux), blanc et ramollisseur*
- *des carreaux de porcelaine ou de faïence blancs (avec 4, on travaille commodément)*
- *un rouleau de caoutchouc pour encrage pour la gravure sur lino*
- *une pointe de massage pour les gencives en caoutchouc : le caoutchouc colle peu à la pâte Fimo et est indispensable pour fixer une décoration non cuite sur un gâteau cuit*
- *un couteau de bureau*
- *un pinceau droit à poils durs en nylon, et du papier de verre pour donner l'aspect pâte à gâteau*
- *des emporte-pièces à l'échelle : n'importe quoi à bords un peu coupants, du capuchon de mini-vaporisateur ou de stylo, au tube de comprimés.*

Les gâteaux au chocolat

(gâteaux sans peinture avec emporte-pièces).
En travaillant par petites quantités (c'est plus facile), préparer deux couleurs de chocolat.
Chocolat noir : marron + noir + ramollisseur

Chocolat au lait : marron + beige ou blanc + ramollisseur.
Sur un carreau, aplatir au rouleau de caoutchouc le chocolat au lait à l'épaisseur voulue. Découper un rond à l'emporte-pièces. Avec le couteau de bureau, enlever du carreau la pâte autour du gâteau.

Si on fait plusieurs gâteaux à la fois, il faut les espacer les uns des autres afin de pouvoir enlever la pâte qui les entoure sans toucher aux gâteaux eux-mêmes qu'on ne décolle surtout pas du carreau.

Les gâteaux découpés à l'emporte-pièces sont légèrement bombés, ce qui ne convient pas pour ce genre de gâteaux : passer légèrement le rouleau afin d'aplatir sans bomber le pourtour.

Cuire sur le carreau à 80° environ (un peu en dessous du thermostat 3) durant 20 mn. Décorer le pourtour d'un fin ruban de chocolat, et le dessus de mini-copeaux de chocolat : prendre le chocolat noir et faire un boudin qu'on aplatit le plus finement possible au rouleau. Surtout, ne pas faire d'allées et venues avec le rouleau, mais appuyer de la gauche vers la droite (pour les droitiers) en tenant légèrement soulevé le bout gauche du boudin afin d'obtenir un ruban rectiligne.

Avec le couteau, couper le ruban de façon à ce qu'il soit un peu plus large que l'épaisseur du gâteau et plus long que son pourtour. Toujours avec le couteau, décoller et enlever ce qui ne servira pas, puis décoller la bande et grâce au masse-gencives, la fixer autour de l'arrondi du gâteau ; cuire 15 mn.

Selon le même principe, on peut faire une décoration de petits éventails, rosaces, etc.

Poudrer légèrement de sucre glace en posant quelques touches de gesso avec un vieux pinceau bien usé.

Charlottes et Bavarois

Les bavarois sont faits à l'emporte-pièces. Les couleurs acryliques sont très diluées à l'eau et appliquées en couches successives pour obtenir un effet de gelée sur le dessus.

Pour les charlottes, on recouvre de Fimo l'extrémité d'un tube (ou le bout d'une baguette ronde, un embout de collier, etc.). L'objet doit être plus petit que la charlotte puisqu'il y aura en plus l'épaisseur du Fimo. On roule sur le carreau pour obtenir une surface régulière.

Pour une charlotte aux biscuits à la cuillère : Fimo blanc + beige + un peu de jaune + ramollisseur.

Pour une charlotte aux biscuits de Reims : un peu de rouge framboise + jaune + blanc + ramollisseur.

Pour former l'arrondi des biscuits, le bout d'une paille en plastique fait très bien l'affaire. "Séparer" les biscuits avec le dos du couteau. "Granuloser" les biscuits avec le pinceau nylon. Cuire 20 mn (à 80°) puis démouler à chaud en s'aidant du couteau.

Les biscuits eux-mêmes ne sont pas peints : on leur applique juste du gesso pour imiter le sucre glace. Le dessus de la charlotte est peint à l'acrylique très liquide.

Pour une décoration de framboises, rouler de très petites boules rouges et les agrèger à cru avant de les faire cuire 15 mn. Les poser sur le gâteau lorsque la peinture est encore fraîche.

Si la peinture est sèche, on fixe les framboises avec un peu de colle à tissu.

Les feuilles sont faites en Fimo très pâle pour imiter la pâte d'amande, ou en tout petits bouts de feuilles artificielles en plastique pour imiter l'angélique.

Les fromages de Catherine Soubzmaigne

S'entourer de fromages ou de bonnes photos (si personne ne mange de fromage à la maison !).

Les fromages type mimolette, gouda, tomme, emmenthal sont faits en Fimo, dont l'aspect est très proche de la pâte cuite de ces fromages : bien étudier les couleurs cependant. La peinture peut être utilisée pour salir un peu la croûte ou marquer une inscription. Pour donner du relief à la croûte, écraser le fromage avec de la gaze ou entre deux feuilles de papier de verre (grain moyen ou gros).

Les fromages type brie, camembert ou chèvre sont faits en pâte Darwi ou Plastibo blanche : ces pâtes ont un aspect mat et absorbent irrégulièrement la peinture, ce qui permet d'obtenir des effets de moisissures par exemple.

Les bleus ou roqueforts sont un mélange des deux techniques. Les moisissures sont faites en Fimo en mélangeant du bleu, du vert et du noir. Faire de toutes petites particules et les cuire. Les incorporer ensuite dans la pâte blanche qui sèche à l'air. Une couche de vernis satin légèrement teinté de crème donne le fini des tranches. Une peinture plus franche termine

la croûte. Entourer le roquefort de papier aluminium et coller une petite étiquette découpée dans un magazine.

Pour avoir des tranches bien nettes (d'emmenthal, par exemple), il est préférable de couper le Fimo à la sortie du four avec une lame de rasoir.

Les trous de l'emmenthal peuvent être obtenus en mélangeant au Fimo de toutes petites boules de polystyrène expansé (matériau de rembourrage des coussins assez difficile à trouver dans ce calibre). A la cuisson, elles disparaîtront comme par magie en laissant des trous bien ronds.

Vannerie

Cette technique qui s'apparente un peu au tissage, permet de réaliser une foule de choses, du mobilier comme un fauteuil, un canapé, une table, un berceau alsacien, ou des accessoires : panier, corbeille à linge, etc. Bien lire tout le chapitre avant de commencer un ouvrage (certaines options devant être prises au début). Des exemples de réalisations sont présentés dans d'autres chapitres.

Les fournitures

Pour faire **l'armature**, il faut un fil de fer tout à la fois souple mais pouvant garder la forme qu'on lui donne. Ce qui fonctionne le mieux est un fil de fer entouré de fines bandes de papier enroulées, qui est normalement destiné à la réalisation de fleurs artificielles. Il existe en vert, marron et blanc, dans divers diamètres : le plus utile est le 5/10e de mm (mais des diamètres supérieurs sont utiles pour certains usages particuliers comme les pieds d'un fauteuil). Ce fil de fer est appelé **fil armé** dans les explications ; il est fabriqué en Allemagne sous le nom de Blumendracht.

A défaut d'en trouver, on pourra utiliser du fil de fer recuit (comme du fil de fer de fleuriste) que l'on peint dans la couleur désirée.

Pour le **"tissage"**, il faut de la ficelle ou du **fil de lin** normal (merceries) ou **ciré** (matériel pour cordonniers). Le fil de lin ciré garde la forme qu'on lui donne (voir photo page 36, bobine de gauche). Pour certaines réalisations, on pourra aussi utiliser des végétaux comme du raphia, de la fibre végétale, de fines tiges de graminées, etc.
La colle utilisée est la colle blanche à bois.
Il faut également une petite pince coupante et une petite pince à bouts ronds (type Facom pour l'électricité), des pique-olives en bois pour mettre la colle, et un outil pour tasser les fils en cours de travail : une très grosse aiguille, ou n'importe quoi de rigide et assez fin pour passer entre les fils armés.

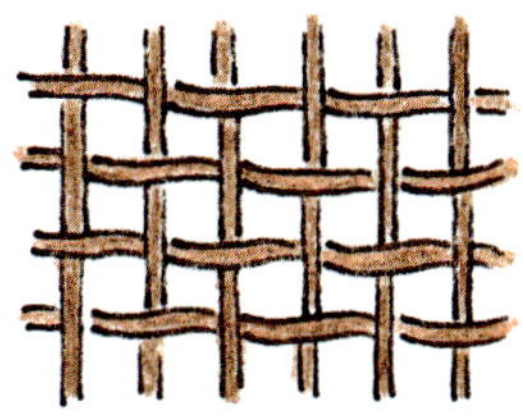
Point devant-derrière.

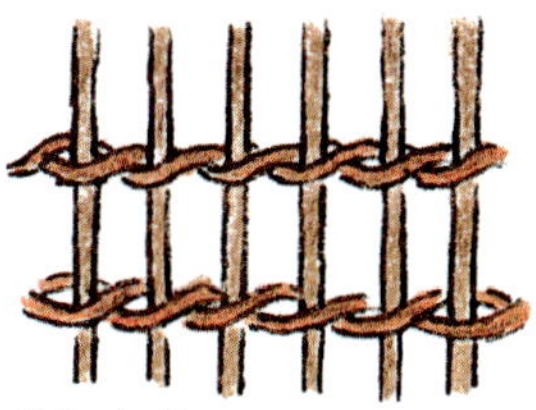
Point double.

La réalisation

Il s'agit de passer le fil de lin autour de l'armature en fil armé en créant éventuellement des effets décoratifs. Avec l'aiguille, tasser souvent le "tissage" pour un résultat régulier. Le point de base est le **point devant-derrière** : le fil de lin passe successivement devant un fil armé, puis derrière le fil suivant. Au rang suivant, on alterne : dans un ouvrage fermé (comme un panier), cela n'est possible que si le nombre de fils armés est impair.
Il existe le **point double** qui utilise deux fils à la fois ; on ne rencontre donc pas le problème précédent. On plie le fil de lin en deux autour d'un fil armé et on croise les fils en faisant toujours le même geste.
On peut varier les points. Pour créer des **jours**, découper dans du bristol une bandelette de la hauteur désirée pour le jour et l'intercaler entre les tiges (on ne la retirera qu'une fois l'ouvrage terminé). Les deux rangs qui encadrent le jour peuvent être faits au **point bouclette** qui donne un effet décoratif : on enroule le fil de lin autour de chaque fil armé (ce point peut se faire de l'intérieur vers l'extérieur ou le contraire). Mais on peut aussi reprendre le travail tout simplement au point devant-derrière : mettre quand même un minuscule point de colle lors de chaque point du premier rang qui suit le jour (pour la solidité). Si l'ouvrage doit être passé à la bombe de peinture, cela contribuera également à maintenir les jours écartés.

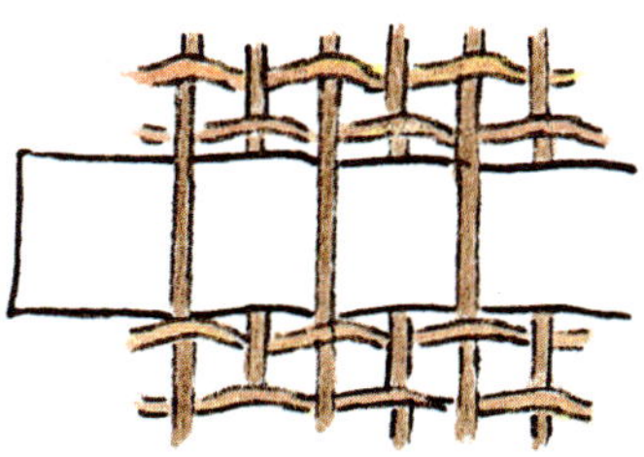
Faire un jour.

Point bouclette.

Comme au tricot, on peut faire des **diminutions** ou des **augmentations** en utilisant le point bouclette, soit pour créer un motif décoratif dans le travail, soit pour faire une finition arrondie (dossier de fauteuil par exemple).
Toutes sortes de combinaisons sont possibles : à chacun le plaisir d'en découvrir de nouvelles !

Finitions

Pour terminer l'ouvrage, il existe 2 possibilités : dans la vannerie traditionnelle, on introduit en la courbant l'extrémité du fil armé dans l'espace du suivant (ou de celui qui suit le suivant). C'est possible au 1/12e à l'aide d'une petite pince à bouts plats.
On peut aussi couper à ras chaque fil armé et mettre un point de colle. Par sécurité, il vaut mieux laisser sécher avant de passer au fil suivant. Coller ensuite une tresse ou une torsade sur la bordure.

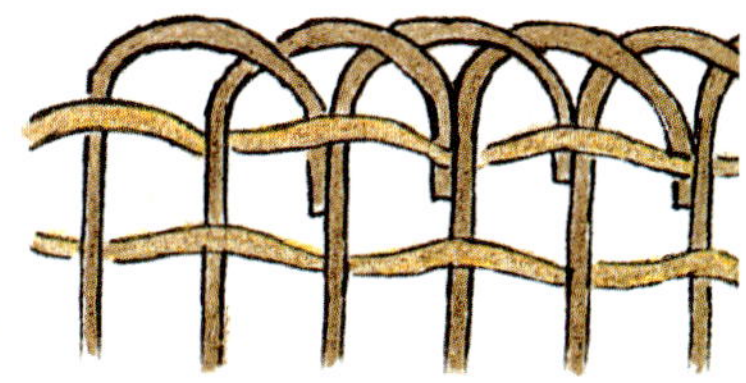
Finition traditionnelle.

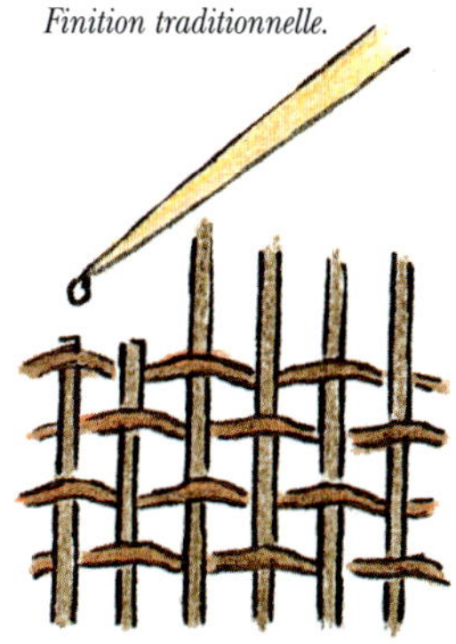
Finition simplifiée par collage.

Réalisation d'un panier

Pour faire un panier rond, couper 8 ou 9 fils armés de 7 cm. Les disposer en croix, coller, laisser sécher. Cela n'a pas d'importance si l'on choisit un nombre impair, en disposant 4 fils dans un sens et 5 dans l'autre. Si l'on désire un panier ovale, répartir les fils de façon inégale : par exemple, 4 et 7.
Avec le fil de lin, entourer les fils armés avec le point devant-derrière en laissant les fils armés 4 par 4 (voir croquis page 38). Au 3e rang, séparer les fils 2 par 2 et continuer le tissage. Au 5e rang, les séparer complétement. Dès le 6e rang, tous les fils étant écartés, nous constatons que le nombre de fils armés étant pair (forcément pair), on ne peut alterner d'un rang sur l'autre : il faut rajouter un autre fil armé (en le glissant dans le tissage), ou en supprimer un en le coupant (plus facile).
Continuer le point devant-derrière en tassant régulièrement avec l'aiguille.
Lorsque l'on a terminé le fond, redresser les fils armés pour faire les bords du

panier : procéder progressivement sur 2 rangs en tassant bien pour éviter les espaces. Si l'on a tendance à déformer le fond avec les pouces, mettre un cercle de carton dans le fond. Continuer le travail en imprimant de temps en temps la forme souhaitée au panier.
Le tissage terminé, couper les brins ou les rentrer (voir supra).
Pour faire **l'anse**, plusieurs possibilités :
- Faire une torsade* avec le même fil et la coller.
- Plus recherché : coincer deux fils armés dans la bordure et les torsader ensemble.
- Ou encore : coincer un fil armé dans la bordure d'un côté, l'enfoncer du côté opposé puis l'entourer de fil de lin.
- Une variante du précédent : au tout début du travail, au lieu de couper les fils armés à la même longueur, en prévoir un ou deux plus longs qui serviront pour l'anse et les entourer de fil de lin.

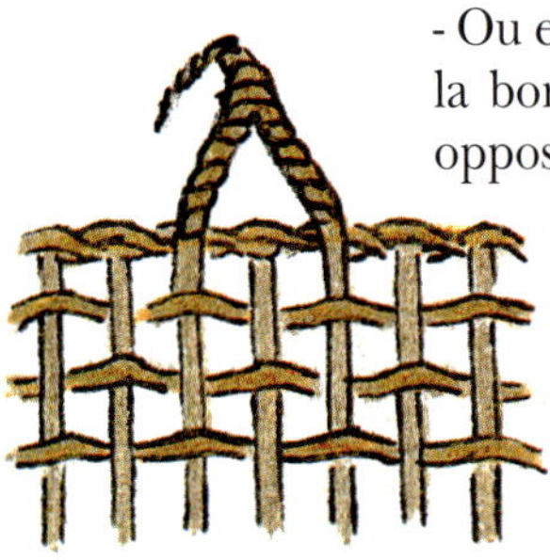

Anse avec 2 fils armés, entourés de fil de lin.

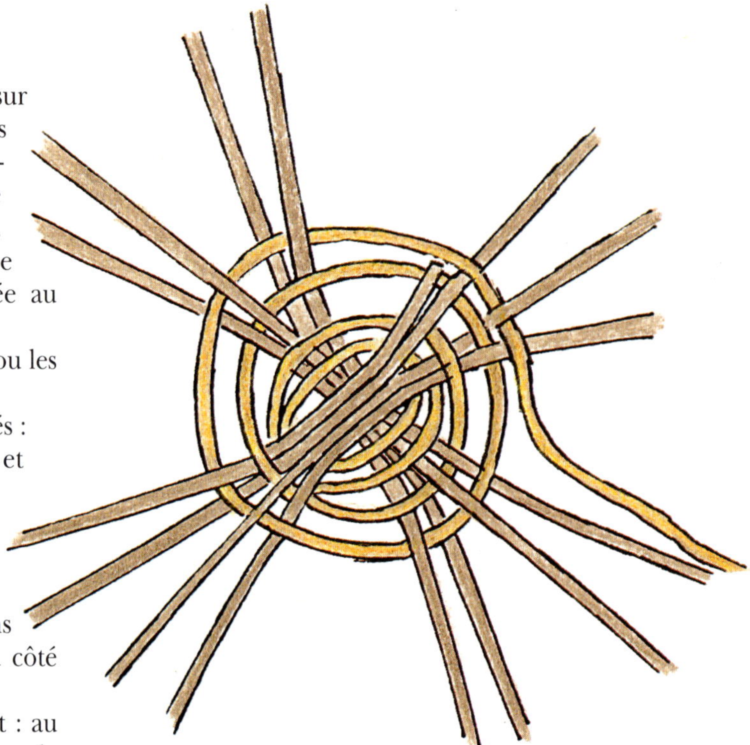

Réalisation à partir d'un fond plat en bois

Cette technique convient pour le mobilier (comme le fauteuil et le chariot à jouets de Petit Ours), mais aussi pour certains paniers. Reporter et découper le patron du fond sur le bois. Arrondir les angles et peindre si nécessaire. Indiquer au crayon les emplacements des trous. Les percer avec un foret de diamètre adapté (très légèrement plus fin que le fil armé) monté sur un porte-foret à main (plus maniable qu'une mini-perceuse électrique). Certains modèles comme le fauteuil nécessitent un perçage de part en part (le fil armé traverse le bois), pour d'autres (comme le chariot), ce n'est pas nécessaire : cependant, en pratique il sera difficile de faire autrement, le bois utilisé étant peu épais et le trou devant être assez profond pour que le fil armé y tienne. Prendre seulement une petite précaution : régulièrement lors du collage des fils armés, appuyer le bois bien à plat sur une surface dure pour qu'aucun fil ne dépasse par en dessous. Le travail fini, passer la cale à poncer sur l'envers.

* Pour faire une torsade : tourner en même temps les deux extrémités du fil chacune dans un sens opposé, plier le fil en deux et lisser.

Si le bois est tendre et fibreux, il sera difficile de percer très près du bord (risque d'éclatement). Pour y remédier, on peut poser le bois sur un autre morceau et percer d'abord avec un foret plus petit que le fil armé. On peut également percer à 2 mm des bords au lieu de 1, et poncer ensuite pour ramener à 1 mm.

Couper le fil de fer armé à la longueur nécessaire plus 30 mm par sécurité.
A l'aide d'un pique-olives bien pointu, déposer un minuscule point de colle dans un trou et y planter un morceau de fil armé. En procédant par petites quantités à la fois, faire de même pour les suivants. Laisser sécher.

Ne pas préencoller tous les trous d'un coup, la colle risquant de sécher trop vite.

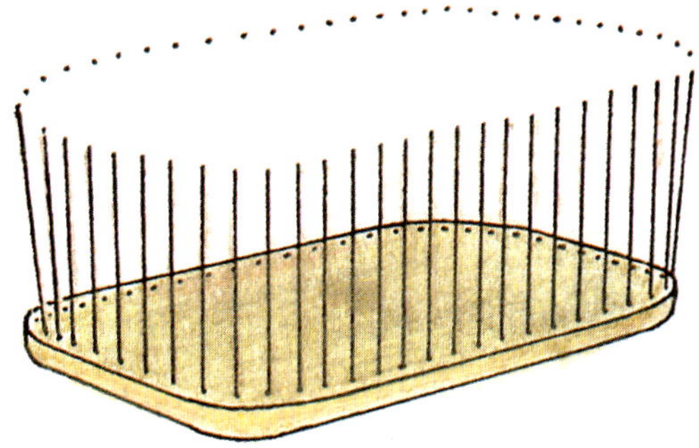

Tressage

Tout le monde sait tresser.
Mais que faire en miniature avec des tresses ? Cela dépend du matériau utilisé.

La technique de base

Nouer ensemble 3 fils à leur extrémité (si l'on veut une tresse plus large tout en restant plate, on peut tresser à 4 ou 5 fils* : cabas, sets de table...). Le départ de la tresse doit être solidement fixé quelque part : par exemple en piquant une épingle dans le nœud et en même temps dans l'étoffe de son pantalon ou avec du ruban adhésif sur un bord de table.
Tout en tressant, lorsqu'une main passe les fils l'un sur l'autre, le pouce et l'index restés libres pincent le bout de la tresse, ce qui rend le travail plus régulier et garde la tresse bien plate.

Pour calculer la longueur du fil nécessaire pour faire une tresse d'une longueur donnée, ajouter 1/3 à la longueur de la tresse désirée + quelques cm pour les nœuds de début et de fin.

S'il faut changer de fil en cours de tressage, il vaut mieux ne pas les changer tous les trois en même temps, mais les incorporer un par un en tressant avec deux fils à la fois (celui qui se termine et le nouveau) pour plus de solidité. S'arranger pour que les extrémités sortent sur l'envers ; le travail fini, on coupera ce qui dépasse.
La tresse terminée, on peut la repasser comme un ruban (voir page 25).

Tresser avec du raphia

Avec ce matériau naturel, on peut réaliser une foule de choses : des chapeaux de paille (canotiers, capelines...), des couffins de bébé ou de poupée, des cabas à provisions, des espadrilles (voir page 77)...
Le raphia est la (très longue) feuille d'une variété de palmier. On le trouve en drogueries ou au rayon travaux manuels. On pourrait le tresser à sec, mais la tresse sera plus jolie et régulière si on travaille avec des feuilles assouplies dans l'eau. Le raphia est très résistant, qu'il soit sec ou mouillé : le travail est donc facile. Le raphia se teint très bien ; y penser pour certaines réalisations.

Choisir bien sûr du raphia naturel et non synthétique.

Dans un récipient rempli d'eau tiède, faire tremper une feuille de raphia durant 30 mn environ : la déplier, vérifier qu'elle est bien de largeur régulière car la feuille s'amincit vers son extrémité. On observe que les bords de la feuille sont un peu plus durs : les retirer sur toute la longueur en tirant simplement dessus. Ensuite, partager la feuille sur toute sa longueur en deux ou trois parties selon la grosseur souhaitée de la tresse : les chapeaux sont faits en tresse fine (3 brins de 1 à 2 mm environ), le couffin de poupée en tresse moyenne (3 à 4 mm) et le couffin de bébé avec des brins de 5 ou 6 mm. Si le raphia sèche en cours de travail, le remettre à tremper. Les feuilles mesurent généralement entre 1 m et 1 m 20, ce qui est suffisant pour un chapeau.
La mise en forme des **chapeaux** requiert un support approprié : pour le chapeau à ruban rose de petite fille, on a utilisé une perle de 16 mm de diamètre (compter 20 mm pour un adulte). Enrouler la tresse toujours humide sur elle-même et coudre en utilisant un fil de raphia (pris sur une feuille humide) : ne pas faire de nœud, mais renforcer le 1er point par un 2e ou même un 3e. Une fois le raphia sec, couper ce qui dépasse. Repasser.

La base des **couffins** étant plate, on peut enrouler la tresse plusieurs fois sur elle-même et piquer de part en part (c'est plus rapide qu'en cousant à petits points) : amincir l'une des extrémités si on souhaite un couffin plus resserré vers les pieds. Une fois la base suffisante, la repasser puis l'entourer avec la tresse non plus à plat mais

* Pour tresser avec 5 fils : ramener le fil le plus à gauche vers le milieu en le faisant passer sur 2 fils, puis ramener le fil le plus à droite vers le milieu en le faisant passer sur 2 fils, etc.

Bébé de C. Munière.

verticalement, en évasant un petit peu progressivement. Du côté de la tête, on peut faire le bord du couffin plus haut. Repasser les bords. Les anses peuvent être faites en torsades ou au point boutonnière (pour un cabas on peut aussi faire des poignées en cuir).

La dentelle a été cousue et non collée pour éviter le risque de taches.

Tresser avec des fils à broder

Avec du mouliné, on peut ainsi réaliser des tapis pour chambres d'enfants. Le retors mat DMC qui est plus gros conviendra pour des scènes rustiques. Pour éviter que les écheveaux ne s'emmêlent, on peut enrouler le fil sans le serrer autour d'une bobine ou d'un crayon, et l'enfermer dans un petit sac plastique où l'on a pratiqué un trou juste suffisant pour le laisser passer. Il se dévidera sans tension au fur et à mesure de son utilisation.

Coudre ensuite en utilisant le même fil que pour la tresse. Le tapis peut être rond, ovale ou en forme de cœur selon la façon dont on démarre le travail de couture.

Il est indispensable de travailler sur un support plat si l'on ne veut pas que le tapis fini ressemble à un chapeau chinois : on peut utiliser un bristol que l'on manipulera facilement. Coudre sur l'envers à petits points. Repasser l'ouvrage terminé. On peut fixer un morceau de Wiseline auto-collante sur l'envers.

On peut aussi tresser avec de fines bandelettes de tissu (selon le principe de la lirette) pour un tapis de salle de bains par exemple.

Broderie au petit point

Broderie de S. Lenoir.

Les abécédaires brodés inspirés des samplers traditionnels ont énormément de charme, ainsi que les créations plus actuelles, notamment dans les chambres d'enfants. Mais là ne se limite pas l'intérêt du petit point en miniature : sièges tapissés, coussins et tapis brodés, ouvrage en cours dans une corbeille ou sur un tambour à broder donnent une note raffinée à toute scène miniature. On brode en miniature comme en taille réelle, en respectant quelques

Ce tapis a été brodé au petit point avec du fil de soie sur gaze de soie n°54 d'après un dessin de S. Garmize : il mesure 16,5 x 13,5 cm et a nécessité environ 104 000 points et près de 400 heures.

précautions supplémentaires (sens du tissu, sens du fil) et en utilisant un tissu spécial.

Les fournitures

Le support utilisé

Pour réaliser les broderies les plus fines, la **gaze de soie** (magasins spécialisés pour maisons de poupées et Paris Création) est idéale. Elle existe en diverses tailles exprimées en nombre de points au pouce : 24, 30, 34, 40, 48, 54, 60, 72, 84 pour ne citer que les plus utilisées. La taille 54 par exemple compte 54 points pour 2,5 cm, soit 22 points environ au cm linéaire, et 480 points au cm^2. Plus le n° est élevé, plus grand est le nombre de points au pouce et plus fine est la soie.

Il existe aussi du canevas unifil (10 points au cm) ; il se travaille avec 2 ou 3 fils DMC et est disponible en jaune et en blanc. Bien vérifier la taille au moment de l'achat car un canevas plus gros ne serait pas à l'échelle. A noter qu'avec la gaze de soie n°24 (c'est-à-dire de taille identique), on obtient un résultat beaucoup plus satisfaisant qu'avec un canevas unifil n° 25, le support étant plus fin.

On peut aussi utiliser un tissu très fin (fine étamine, batiste) à la trame très serrée et régulière sur lequel on pourra ne broder que les motifs, et pas le fond, ce qui représente un considérable gain de temps (pour coussins et abécédaires).

Les fils à broder :

La gaze de soie en tailles 48 et 54 peut être brodée avec un fil de **mouliné coton DMC** en prélevant 1 seul fil sur les 6. La gaze n° 40 nécessite un fil un peu plus épais, par exemple 1 fil de **mouliné de soie** (2 fils de mouliné coton DMC ne conviennent pas). Le mouliné de soie comporte 7 fils légèrement plus gros que ceux du mouliné coton. Sa gamme de coloris est superbe, mais attention, à cause des teintures végétales, il ne se lave pas.

Les brodeuses sur gaze n° 72 et au-dessus utilisent la soie à coudre en bobine (qualité "soie ovale" par exemple), non pas telle qu'elle se présente, mais en séparant quelques filaments pour obtenir un fil impalpable. Mouliné de soie et soie ovale sont disponibles "Au Ver à soie", une maison française réputée dans le monde entier (voir carnet d'adrcsscs pagc 157).

Le mouliné a un sens qu'il faut respecter. Sur les écheveaux DMC, une étiquette avec le dessin d'une main indique dans quel sens le fil doit être travaillé : cette précaution peut sembler superflue mais contribue cependant beaucoup à la régularité de l'ouvrage.

Pour s'y retrouver, le mieux est de ne prélever qu'un brin à la fois sur l'écheveau. Si on coupe les 6 brins ensemble, il y a de fortes chances pour que dès le deuxième brin, on ne retrouve plus le sens du fil.

Faire de petites aiguillées pour éviter que le fil ne s'amincisse et ne pas le laisser s'enrouler sur lui-même : laisser souvent pendre l'aiguille pour que le fil retrouve sa torsion normale.

Abécédaire sur gaze de soie n° 60 (taille réelle 4,2 x 4,8 mm).

L'aiguille

Jusqu'au n° 54 inclus, une aiguille ordinaire n° 26 convient. A partir de la taille 60, celles que l'on trouve dans les merceries ne conviennent plus. En général, les magasins spécialisés qui vendent la gaze de soie, vendent aussi les aiguilles nécessaires. Mais on peut trouver dans les brocantes d'anciennes aiguilles à coudre, beaucoup plus fines que les aiguilles modernes, en acier et courtes (donc rigides), qui conviennent jusqu'au n° 72.

Le motif à broder

Le support à broder est vierge, et l'on utilise un diagramme dessiné sur papier, dont chaque carreau représente un point. C'est la méthode dite du point compté.

Ouvrage en cours, de Daphne Turner.

Les brodeuses expérimentées créent leurs propres compositions sur un papier quadrillé en coloriant chaque case avec des feutres ou en y dessinant des symboles par couleur.

Et les "brodeuses informaticiennes" savent aussi dessiner leurs diagrammes sur ordinateur : voir infra l'abécédaire de Sylvaine Lenoir.

La mode du point de croix aidant, on trouve de nombreux et jolis diagrammes destinés à la broderie en taille réelle mais **si l'on ne choisit pas un motif trop grand**, ils conviendront pour la broderie au 1/12e : **c'est le support qui détermine la dimension de la broderie de par la taille des points.**
Une autre solution consiste à dessiner directement l'esquisse des motifs sur le tissu : mais attention, ce procédé n'est pas plus facile, même pour un canevas !
Daphne Turner qui crée d'extraordinaires ouvrages miniatures au petit point, dessine les silhouettes des motifs d'un crayon léger sur la gaze, et elle brode ainsi directement comme si elle peignait ! Surtout à cette échelle, c'est une performance exceptionnelle que seuls ses talents particuliers rendent possible.

Dans les magasins spécialisés pour maisons de poupées, il existe des kits tout prêts pour la broderie au 1/12e : diagrammes d'abécédaires et de tapis avec aiguille et gaze de soie ou canevas.

Dans la liste des choses indispensables pour broder, on a envie d'ajouter : de bons yeux ! Un bon éclairage est très important : une lumière directe sur l'ouvrage est très appréciable. Il existe une lampe lumière du jour munie d'une loupe x 2 : un investissement modeste mais très utile en miniature.

Préparation de l'ouvrage

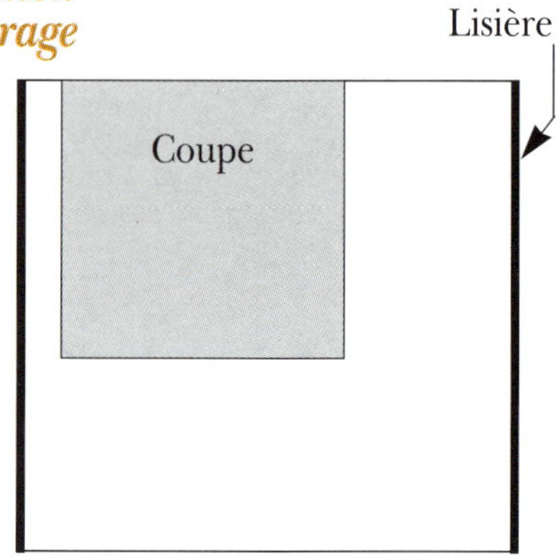

Avant de couper la gaze de soie, calculer avec précision les dimensions nécessaires en prévoyant de chaque côté une marge de 2 cm pour une petite broderie, davantage pour un tapis. **Bien respecter le sens de la coupe pour que la gaze ne se déforme pas.**
La gaze doit être solidement fixée sur un cadre à broder : en guise de tambour, on va utiliser un carton rigide dont on évide le centre aux dimensions de la broderie plus 2 ou 3 mm de marge de chaque côté. Les bords de la gaze sont collés et fixés par du ruban adhésif sur l'envers du cadre. Si elle est bien tendue, cela réduira considérablement le risque de déformation de l'ouvrage. En outre, l'ouvrage restera propre car les doigts ne toucheront jamais la broderie. Pour être tout à fait sûre que l'ouvrage ne pochera pas, Sylvaine Lenoir renforce cette fixation en cousant la gaze au point arrière sur le cadre en carton avec une grosse aiguille et un fil fin et solide de type Fil au Chinois.

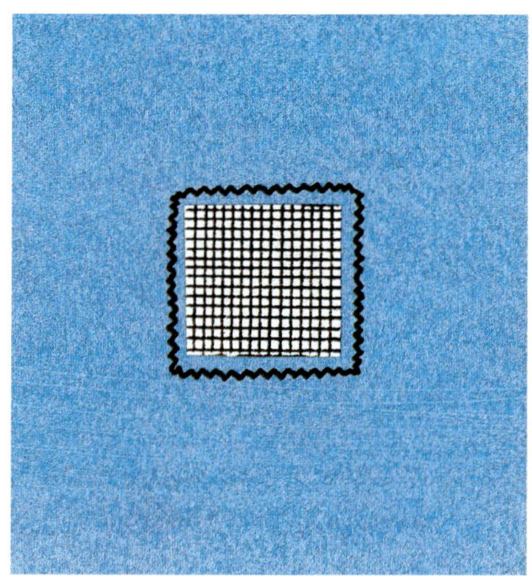

Une autre méthode pour tendre la gaze de soie : coudre à la machine au point zig-zag serré le morceau de gaze au milieu d'un tissu quelconque plus grand, puis découper précautionneusement le tissu avec des ciseaux pointus pour laisser apparaître la gaze : le

tissu peut alors être tendu sur un tambour de taille normale. Cette méthode convient particulièrement lorsque la découpe de gaze est si petite qu'il n'y a pas de marge pour la fixation sur carton.

Le canevas, lui, pourra être tendu directement sur un tambour ou même agrafé sur un cadre en bois.

La broderie

Le point utilisé

Au 1/12e, on utilise surtout le demi-point (ou petit point) qui se travaille sur un seul fil de gaze (mais si l'on tient au point de croix, il est possible de le travailler sur 2 fils de gaze). L'inconvénient du demi-point est qu'il tend à déformer l'ouvrage, surtout s'il est travaillé horizontalement de la gauche vers la droite (moins lorsque l'on brode de la droite vers la gauche). Il faut donc broder le plus possible **en diagonale**, au moins pour les grandes surfaces du motif et surtout pour le fond.

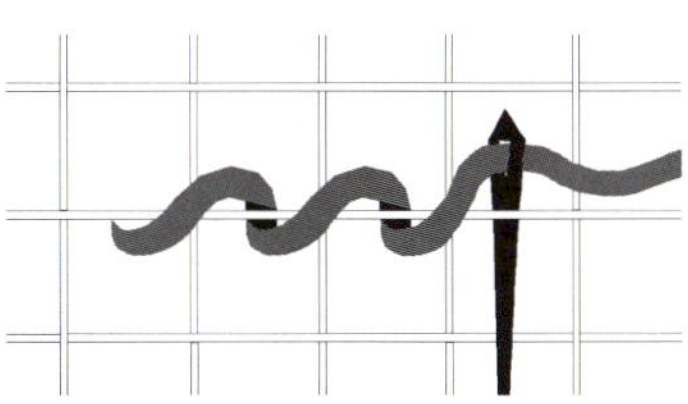

Demi-point travaillé horizontalement de gauche à droite. Tend à déformer l'ouvrage.

Demi-point travaillé horizontalement de droite à gauche.

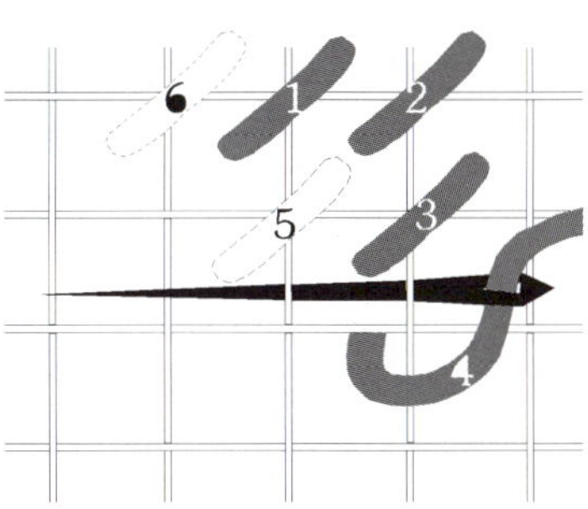

Demi-point travaillé en diagonale. Ne déforme pas l'ouvrage.

Point de chevron.

On peut trouver fastidieux de broder le fond au demi-point, surtout en diagonale : ne pas hésiter à le travailler de façon plus originale, en créant un effet de chevron très décoratif.

Où commencer l'ouvrage ?

Broder un demi-point revient à faire deux choses : la première, sortir l'aiguille de la gaze vers soi, et la deuxième piquer avec l'aiguille dans la gaze. Dans la première étape, le trou est vide, dans la deuxième le trou est partiellement occupé par un point brodé (sauf pour la toute première rangée). **Un demi-point se fait donc du non-brodé vers le brodé.**

Les motifs se brodent en commençant par le haut et en descendant au fur et à mesure de l'avancement du travail. Donc, logiquement, l'ouvrage se commence tout en haut. Cependant, tous les kits d'ouvrages donnent le conseil suivant : plier le tissu en quatre pour obtenir son centre exact et commencer à broder à cet endroit en repérant sur le diagramme le centre du motif (généralement le point de convergence de deux flèches, l'une horizontale, l'autre verticale). L'avantage est qu'ainsi, on est sûr que le motif est bien centré sur le tissu ; l'inconvénient est qu'il va falloir remonter pour broder toute la moitié supérieure du diagramme. Cela revient à inverser la règle et à travailler du brodé vers le non-brodé, ce qui d'une part n'est pas commode du tout, et d'autre part nuit à la qualité du résultat.

On va donc faire en sorte de commencer quand même par le haut tout en étant sûr que le motif soit bien centré dans la coupe. Avant de fixer la gaze sur son support en carton, piquer une épingle tous les 10 fils (ou coudre un fil) : avec ces repères visuels, il est ensuite facile de calculer la concordance avec les carreaux du diagramme.

Cette question du centrage du motif est importante, parce que généralement pour économiser la gaze de soie, on ne prévoit pas une très grande marge de sécurité.

Pas de nœuds !

Toutes les brodeuses savent qu'il ne faut pas faire de nœuds à l'envers d'un ouvrage, que ce soit au début d'une aiguillée ou à la fin : bien sûr, cela est tout particulièrement important au 1/12e !

Lors du 1er point avec une aiguillée, laisser 1 cm de fil sur l'envers du tissu et le coucher dans le sens où l'on va broder. Lors des 3 ou 4 points suivants, on va emprisonner ce fil sur l'envers en brodant pardessus. Autre procédé : laisser davantage de fil libre sur l'envers (il est nécessaire de le retenir un peu lors des premiers points avec l'aiguillée). Cette dernière terminée, enfiler le fil resté libre et procéder de la même façon que pour arrêter une aiguillée : faire quelques points sur l'envers de l'ouvrage (ou glisser l'aiguille sous quelques points) puis couper l'excédent.
En général, on n'a pas d'accidents avec le mouliné coton ; en revanche, le fil de soie a tendance à glisser, si bien que lorsque le fil est coupé trop ras, les arrêts peuvent se défaire lorsqu'on poursuit le travail. Il est plus prudent de laisser 1 cm de fil et de ne le couper qu'au moment d'encadrer, lorsque l'ouvrage ne sera plus manipulé.

Attention, pas de fil sombre passé sous un fil clair. Et bien sûr, il faut se laver régulièrement les mains pendant le travail, et conserver l'ouvrage en cours à l'abri de la poussière.

Finitions

L'ouvrage terminé, le détacher du support. Si l'ouvrage était bien tendu, et si l'on a beaucoup travaillé en diagonale, l'ouvrage ne devrait pas être déformé. Si c'est néanmoins le cas, il est possible d'y remédier mais attention si l'on a brodé avec le mouliné de soie, car certains coloris pourraient déteindre avec l'humidité. Prendre une planchette de bois, et poser dessus un linge propre plié de nombreuses fois (sinon le bois mouillé abîmerait la broderie) et scotcher dessus (ou agrafer pour un canevas) l'ouvrage, en le tendant bien pour réduire la déformation. Puis vaporiser un peu d'eau. Laisser sécher. Recommencer souvent en enlevant de temps en temps le ruban adhésif et en retendant l'ouvrage. Cette opération peut prendre plusieurs jours mais donne de bons résultats.

Dans le cas d'un tapis sur canevas, il faut couper à 2 ou 3 cm du bord brodé et enlever les fils inutiles : il s'agit des fils horizontaux pour la largeur, et verticaux pour la longueur. En laisser quand même 2 rangées pour que la broderie ne s'effiloche pas. Ensuite, replier la partie non brodée sur l'envers et repasser à la pattemouille. Si l'on désire des franges, il faut les fixer avant de replier.

Les ouvrages sur gaze de soie peuvent aussi être repassés avec une pattemouille, mais avec prudence : il ne faudrait pas écraser le relief du point. S'agissant d'une broderie destinée à être encadrée, il faudra bien sûr confectionner le cadre et un fond en carton fin et rigide (ou contreplaqué de 8/10e de mm) s'y emboîtant parfaitement. Ensuite couper le tissu brodé aux mêmes dimensions que le carton.
On peut doubler l'ouvrage avec de la Wiseline thermocollante qui le rigidifie un peu (il existe plusieurs épaisseurs, prendre la plus fine). On peut aussi, si l'on désire un aspect un peu gonflant (comme le font les encadreurs professionnels), découper aux mêmes dimensions une très fine épaisseur de ouatine que l'on intercale entre le tissu brodé et le carton. Wiseline ou ouatine, il faut choisir, car ces deux méthodes ne se complètent pas. On peut aussi encadrer l'ouvrage tel quel : c'est affaire de goût.
Pour terminer, fixer l'ensemble au cadre en bois sur l'arrière du tableau avec de l'adhésif d'encadrement.
S'il s'agit d'une chaussette de Noël, se limiter à une forme simple avec la pointe tombante et ne pas galber la cheville.
Si l'ouvrage doit être laissé en cours d'exécution pour animer un coin de fauteuil, on peut réaliser un tambour au 1/12e avec du papier-bois (voir page 108).

L'abécédaire de Sylvaine

Sylvaine Lenoir a créé cet abécédaire et l'a brodé sur une gaze de soie 72, soit plus de 28 points au cm linéaire et 830 points au cm^2 ! Elle a utilisé de la soie ovale "Au Ver à soie". Dans cette taille de gaze, l'abécédaire terminé mesure 50 x 42 mm. Cet abécédaire peut être monochrome ou polychrome : à chacun de choisir selon ses goûts. Ne pas oublier de personnaliser l'ouvrage avec ses initiales et la date !

Patchwork

Le patchwork traditionnel est cousu à la main, et sa beauté est à la mesure du talent de la couturière et de ses dons de coloriste. Celles (ou ceux) qui pratiquent le patchwork en taille réelle n'auront pas de difficultés à adapter la technique au 1/12e en réalisant de tout petits gabarits. Voici deux techniques qui permettent de réaliser des patchworks "de remplacement" et nécessitent moins de temps.

Le patchwork cousu à la machine

Il faut des tissus de coton uni ou à très petits motifs et surtout de texture et poids semblables. Le résultat sera d'autant plus satisfaisant que le tissu sera léger (voir page 24). Les carrés de ce patchwork ont 7 mm de côté : on peut les assembler selon sa fantaisie ou créer une composition géométrique.

Réalisation des bandes

Découper des carrés de 30 mm de côté environ : cela peut paraître beaucoup pour arriver à un carré de 7 mm de côté, mais n'oublions pas que nous allons travailler à la machine. Superposer 2 de ces carrés endroit contre endroit, et piquer sur un des côtés à la machine sur l'envers. Ensuite, ouvrir et superposer un 3e carré sur le 2e, toujours endroit contre endroit. Piquer sur l'envers, en positionnant le bord du pied de biche exactement sur la couture précédente, soit à 7 mm de la couture en cours. Continuer ainsi pour obtenir des bandes de la longueur souhaitée, et dont la largeur pour l'instant est encore de 30 mm.

Une méthode express pour réaliser toutes ces bandes en une seule opération : au lieu de couper des carrés, on coupe des bandes de tissu de 30 mm de côté et environ 150 mm de long que l'on assemble sur leur longueur. Il suffit ensuite de recouper tous les 30 mm, perpendiculairement au sens des coutures pour obtenir des bandes. On les assemblera ensuite tête bêche. Mais il y a une justice, car si ce procédé est plus rapide, il n'autorise pas une grande alternance de couleurs...

Assemblage des bandes

Lorsque l'on a réalisé un nombre suffisant de bandes, ouvrir les coutures sur l'envers en les repassant, et couper tout l'excédent de tissu. Il s'agit maintenant d'assembler les bandes ensemble. C'est la phase la plus délicate, car d'elle dépend la qualité du travail. Positionner 2 bandes endroit contre endroit, et piquer sur un côté dans le sens de la longueur, en progressant doucement et en vérifiant sans cesse qu'il n'y a pas de décalage entre les coutures des 2 bandes.
Quand le résultat n'est pas satisfaisant, il vaut mieux découdre et recommencer. Les deux premières bandes assemblées, continuer en superposant une 3e bande sur la 2e, endroit contre endroit, et piquer, toujours en positionnant le bord du pied de biche sur la couture précédente : on obtient ainsi des carrés de 7 mm de côté. Ouvrir, repasser, couper comme précédemment. Border le patchwork d'une bande de tissu et le doubler.

Le patchwork peint

Amusant et facile à faire, il est très souple du fait de l'absence de coutures, ce qui le rend idéal pour garnir une poussette ou un tout petit lit. Il faut du coton blanc et de la peinture pour tissus (il en existe dans de nombreuses marques). A défaut, on peut essayer avec les peintures dont on dispose, en faisant un essai pour vérifier qu'elles ne fusent pas.
Tracer sur le tissu quelques lignes légères au crayon (il existe des feutres qui s'effacent au bout de 48 h au rayon patchwork). Tendre le tissu sur un tambour à broder, ou le punaiser sur un petit cadre. Peindre selon son goût. Les couleurs peuvent être éclaircies avec du médium. On peut dessiner des petits motifs (cœur, rayures, points...) au feutre fin ou pinceau ou avec un embout ultra-fin (Tip-Pen de Plaid chez ABC). La peinture finie, retirer le cadre, repasser le tissu pour fixer les couleurs et le laver.
Maintenant, on va coudre à la main au point avant, de tout petits points au fil blanc pour délimiter chaque carré : les traits de crayon seront masqués et on aura l'impression que les carrés ont été cousus. Doubler de tissu uni et éventuellement rembourrer.

Effet vitrail

Cette technique utilise un tube de pâte imitant le plomb et des peintures spéciales vitrail (il en existe dans plusieurs marques). La pâte existe généralement en noir, noir plomb, gris, argent et doré. Les peintures sont transparentes et existent dans toutes les teintes, y compris l'incolore pour les éclaircir : on peut d'ailleurs les utiliser avec succès sur des supports plus inattendus. On peut décorer des fenêtres, mais aussi des vitres de lanternes, de portes, une imposte, un lustre, un pare-feu, etc. sur verre ou sur plastique.

Fournitures

- un tube de Cern'couleurs noir plomb
- peinture vitrail et pinceau
- diluant spécial ou essence de pétrole
- vitre (à faire découper chez un miroitier ou grande surface) ou plastique
- crayon, ruban adhésif, réglet métallique.

Réalisation

Décalquer le motif ou en dessiner un autre et fixer la feuille sur la table avec du ruban adhésif.
Nettoyer la vitre à l'alcool des deux côtés (ou dépoussiérer le plastique) et la positionner sur le dessin. Fixer par du ruban adhésif en délimitant exactement la surface à décorer.
En utilisant directement l'embout du tube, et en s'aidant du réglet métallique, repasser les traits du dessin. Il faut obtenir un débit fin et régulier et, pour cela, la pression sur le tube doit être constante. Laisser bien sécher avant de repasser les traits qui viendront couper les précédents pour faire les carrés ou les losanges.

En cas de fausse manœuvre, on peut tout nettoyer immédiatement à l'essence ou attendre le séchage et rectifier délicatement à l'aide d'une lame de rasoir protégée d'un côté.

Après quelques essais, on arrive aussi à faire des courbes et des motifs.
Après séchage complet, il sera très facile de passer la peinture vitrail dans les zones ainsi délimitées : on peut créer une harmonie à base de jaune, orange et marron plus ou moins mélangés et dilués ou s'en tenir au jaune seul.
Coller ensuite sur la vitre les menuiseries et encadrer éventuellement l'ensemble d'une fine baguette de 5/10e pour faciliter le collage avec le dormant.

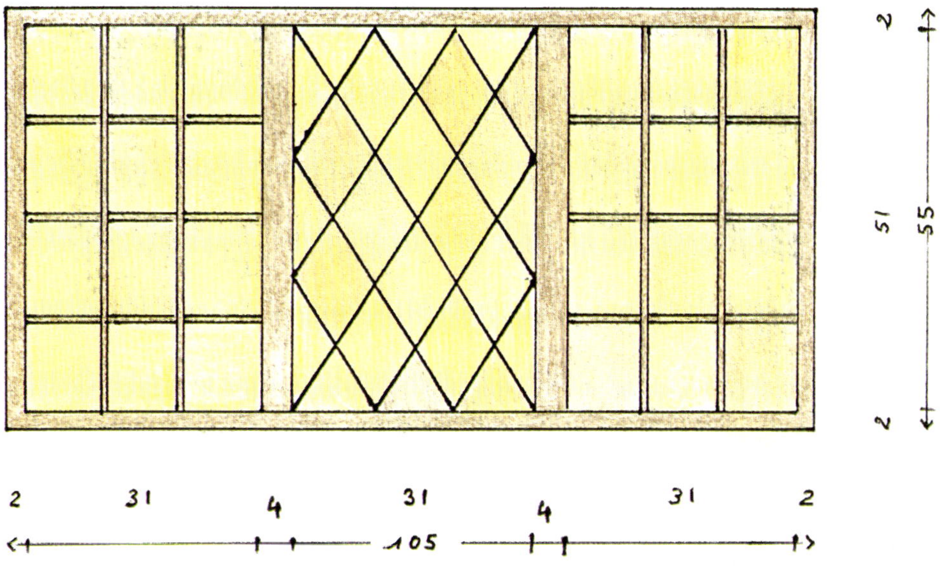

Pochoir

Quand on aime la décoration au pochoir mais que l'on hésite à couvrir les murs du salon familial, une scène miniature est l'occasion rêvée pour se faire plaisir ! On peut "pocher" les murs, les meubles, les tissus, les objets de décoration et même les planchers en réalisant un superbe effet de tapis. Attention toutefois dans l'enthousiasme à ne pas surcharger la scène, ce qui fatiguerait l'œil et gâcherait l'harmonie recherchée.

Les pochoirs traditionnels se marient bien avec les coloris sourds et les teintes patinées.

Les fournitures

La méthode traditionnelle nécessite un **pochoir** prédécoupé. Il en existe de parfaits en métal pour cet usage dans la marque American Traditional Stencils.

On peut aussi découper avec une mini-poinçonneuse un motif au 1/12e dans une feuille de plastique souple ou calque : il existe une trentaine de dessins simples pouvant convenir pour une chambre d'enfants (cœur, canard, étoile...).

Les pochoirs s'utilisent de préférence avec des **crayons de peinture** à l'huile spéciaux pour cet usage (rayon travaux manuels ou Beaux-Arts).

Enfin, il faut une **brosse** (ou mieux, une par couleur) : les brosses en soie de porc Lefranc et Bourgeois n°2 par exemple conviennent bien. Mais un vieux pinceau n°4 aux poils durcis de vieille peinture fonctionne très bien également (il ne faut décidément rien jeter en miniature...). Dans les deux cas, ne pas hésiter à recouper les poils et n'en garder que 4 mm environ pour obtenir une brosse aux poils raides.

La méthode

Bien sûr, ce sera la même en miniature qu'en taille réelle à une précaution près. Les motifs sont si petits que le pinceau a vite fait d'aller où il ne doit pas : pour délimiter les zones et éviter le mélange des couleurs, on peut masquer les parties évidées qui correspondent à une autre couleur avec du ruban adhésif : mais ce mélange peut être aussi à l'origine d'effets intéressants (pour du feuillage par exemple).

Il est préférable de travailler à plat. Les guirlandes nécessitent un patron sur papier pour bien calculer les raccords.

Peindre d'abord le fond avant de faire la décoration au pochoir. Commencer par les couleurs claires. Gratter la pellicule qui protège le crayon de peinture avant de le frotter sur un support non absorbant et lisse : tamponner avec la brosse la peinture bien à plat, puis enlever l'excédent sur un morceau de papier. Il est maintenant possible de tamponner le pochoir d'une main légère.

Chaque fois que l'on déplace le pochoir, le nettoyer sur les deux faces (pour éviter de salir le support). Les brosses se nettoient à l'essence de térébenthine.

Laisser sécher avant toute manipulation. Il est possible de patiner ensuite la surface si l'on ne frotte pas trop fort.

Pour décorer un tissu, il vaut mieux le tendre sur une planche.

Cette méthode est dite en "négatif". On peut aussi utiliser le pochoir d'une autre façon, en "positif", en appliquant un tampon en mousse (ou linoléum) sur les surfaces : découper la forme désirée dans un morceau de Créa mousse, la coller sur un support en bois (comme un carrelet) pour mieux la manipuler. Mettre de la peinture (la peinture solide en crayons ne convient pas) sur une palette quelconque ;

si la peinture est très liquide, ajouter de l'épaississant (au rayon peinture pour tissus). Y poser bien à plat le tampon et tapoter sur une feuille pour enlever l'excédent : il doit rester très peu de peinture. Avec cette méthode, il est facile de faire courir une guirlande d'un mur sur un rideau, voire jusque sur un meuble.

Service à thé de Jane Graber.

Encadrement

Voir page 15 l'outillage nécessaire pour couper à onglet.
Considérons une baguette d'encadrement : un côté en est plus épais, il sera toujours à l'extérieur du cadre, tandis que le côté le plus fin sera à l'intérieur.
Donc en coupant à 45°, **c'est toujours la partie la plus fine de la baguette que l'on va ôter.**

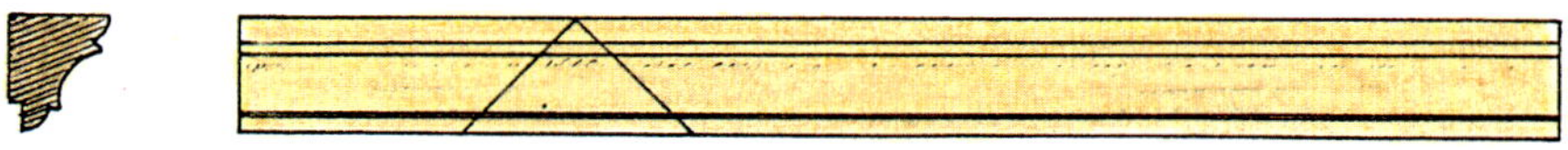

Avant toute chose, passer légèrement l'éponge à poncer (grain très fin) sur la baguette pour adoucir la surface sans gommer le relief.
Prenons l'exemple d'un cadre de 50 x 55 mm. Il est plus difficile de couper à onglet avec précision une baguette longue et encombrante, aussi allons-nous d'abord couper (coupes droites) 4 morceaux avec une petite marge de manœuvre, soit 60 et 65 mm environ. Nous allons maintenant les recouper à onglet en coupant d'abord l'angle gauche de chaque morceau si l'on est droitier (ou l'inverse pour les gauchers) car c'est la coupe où l'on est le moins habile. Poser chaque morceau de baguette, son côté le plus épais appuyé contre le bord de la boîte le plus éloigné de soi, et couper dans ce sens \ . Une fois les 4 angles gauches coupés, il s'agit de couper les angles droits dans le sens opposé, soit /. Indiquer l'endroit par un léger trait de crayon. Si la boîte à onglet comporte 2 fentes à 45°, orientée l'une à droite /, l'autre à gauche \ (ex. Maxicraft), la baguette sera toujours appuyée du même côté de la boîte (le côté le plus éloigné de soi).

Sinon, il suffit de retourner la baguette en appuyant son côté le plus épais contre le bord de la boîte qui se trouve le plus près de soi.

Vérifier en comparant les baguettes deux à deux ; en cas d'erreur, même minime, il faut rectifier, car un cadre de guingois attirera automatiquement le regard ! Si la coupe n'est pas nette, attention au ponçage excessif : souvent il suffit de poncer l'envers de la baguette pour faire disparaître les barbes.
Il n'est pas nécessaire d'investir dans une mini-presse à cadres. La plaque d'assemblage (voir page 18) peut la remplacer, de même qu'une équerre métallique. Mettre un minuscule point de colle et tenir en légère pression pendant quelques minutes.
Après assemblage, si un angle présente un peu de jour, il est possible dans le cas d'un cadre à peindre, de mettre un peu de gesso pour combler cet interstice.

Finitions

Pour donner au cadre son aspect définitif, le choix est vaste : teinture + cire, peinture (attention, pas de couches épaisses ni de peinture trop brillante). A la peinture dorée, préférer le feutre doré pour un filet, ou les pâtes à dorer : peindre d'abord le cadre dans un ton neutre et sourd, passer de la pâte et essuyer les reliefs au pinceau mousse (il existe des produits qui font les deux en même temps).

Pour un tableau ou une aquarelle, on peut découper un passe-partout dans un ton assorti : penser aux pochoirs plastiques de formes rondes ou ovales qui permettent d'obtenir un passe-partout original (marque Minerva, toutes tailles, formes rondes et ovales dans les papeteries). Si l'on veut protéger le tableau par une vitre, voir page 23.

Paillage

Explications Francine Coyon.

Pour pailler des sièges, le raphia (voir page 39) est idéal. Pailler n'est pas difficile mais le travail doit être régulier pour que le résultat soit satisfaisant : on peut s'exercer sur un simple cadre de bois avant de réaliser le tabouret de Laurence Disle.

Rassembler le matériel nécessaire : du raphia naturel, de la colle cyanoacrylate, un petit instrument fin et dur pour tasser le raphia en cours de travail et une aiguille à laine ou à canevas.

Les torons de raphia

On les obtient en torsadant le raphia sur lui-même : faire tremper quelques feuilles dans une eau tiède pendant un quart d'heure. Puis déplier les feuilles doucement et découper dans chacune au cutter + règle ou aux ciseaux une lamelle de 4 mm de largeur bien régulière. Fixer une lamelle dans un étau et la torsader sur elle-même. Le toron doit sécher en gardant sa forme : fixer l'autre extrémité avec du ruban adhésif sur le plan de travail.

Le paillage

Sur le côté AD, le plus près possible de A, faire une boucle avec un toron et la fixer par de la colle. Passer **sur** BC, puis **sous** BC, **sur** BA, **sous** BA, **sur** CD, **sous** CD, **sur** CB, **sous** CB, **sur** DA, **sous** DA, **sur** DC, **sous** DC, **sur** AB, **sous** AB, **sur** AD, **sous** AD et ainsi de suite.

Retorsader le toron en cours de travail si nécessaire. Pour changer de toron, fixer le début du nouveau à l'ancien avec de la colle sur l'envers du travail.

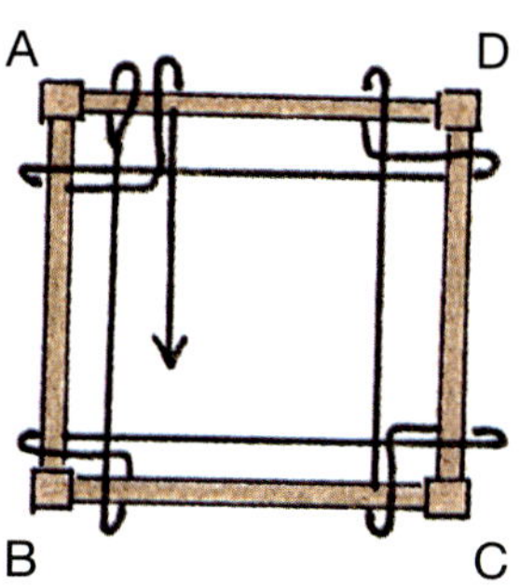

Tasser régulièrement les torons les uns contre les autres avec l'instrument fin et dur en veillant à garder des angles bien droits.

Lorsqu'il ne reste au centre qu'un petit trou, enfiler le toron dans l'aiguille à laine pour terminer le travail.

Le tabouret

de Laurence Disle.

Laurence est un artisan du Club de la miniature française dont les réalisations partent chez les grands collectionneurs ou les musées de miniatures (Brantôme, Meillant, Kansas City...). Elle est diplômée de l'Ecole supérieure d'Arts modernes et de l'Institut des études techniques et historiques des objets d'art, et a travaillé chez un ébéniste. Elle affectionne tout particulièrement le style Art déco et les meubles Ruhlmann qui lui inspirent des réalisations au 1/12ᵉ parfaites dans le moindre détail. Le tabouret qu'elle nous présente ici est une réalisation volontairement très simple créée tout spécialement pour cet ouvrage.

Ce tabouret a été réalisé en bois de ramin (bois dur) et peint avec la touche Valentine Vert Sauge. Il faut des tourillons de ramin de 2 et 2,5 mm de diamètre, un porte-foret à main et un foret de 2 mm de diamètre, ainsi qu'une épingle et du papier abrasif 400 pour la finition.

Dans le tourillon de 2 mm, couper 8 traverses de 27 mm et dans celui de 2,5 mm, couper 4 pieds de 38 mm de long. Amincir légèrement le bas des 4 pieds pour qu'ils soient moins "raides". Poncer chaque pièce avec l'abrasif. Avec l'épingle, marquer un point au centre et à 18 mm du bas de chaque pied, ainsi qu'un autre à 2 mm du haut. Avec le foret de 2 mm de diamètre, percer des trous de 1 mm de profondeur à ces endroits.

Coller deux traverses entre chaque groupe de 2 pieds. Poser à plat les deux côtés. Avec l'épingle, marquer un point au centre et à 16 mm du bas de chaque pied, puis un autre à 2 mm du haut. Avec le foret, percer des trous de 1 mm comme précédemment. Coller les 4 traverses restantes dans les trous d'une face puis assembler l'autre face.

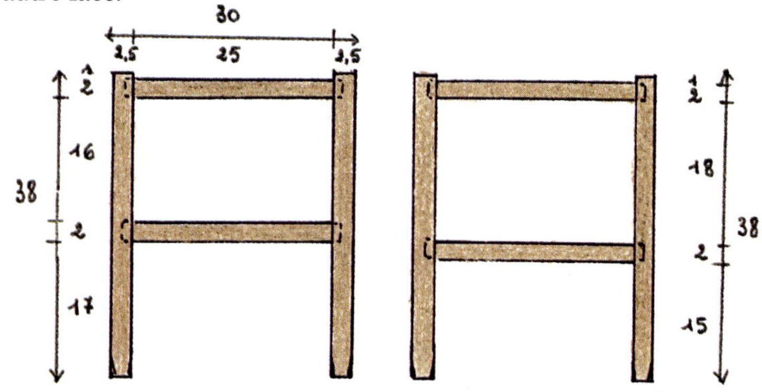

Réaliser un meuble

Champignons
de Michèle Herpin.

Nous verrons comment déterminer les dimensions à découper pour réaliser un meuble, comment découper et préparer le bois, l'assembler* en utilisant une cale d'assemblage, comment réaliser un tiroir, poser un système d'articulation pour les portes (charnières, pivot ou ruban adhésif), et quand peindre.

Rappel : toutes les dimensions de bois sont données en mm.

Calcul des dimensions à découper dans le bois

Avant tout, il faut déterminer les épaisseurs de bois que l'on va utiliser pour les différents éléments du meuble : 10/10e n'est pas une épaisseur réaliste pour un plateau de table, mais pourra convenir pour une petite étagère.
Quel que soit le meuble à réaliser, le dessiner d'abord sur papier à l'échelle, de face et de profil. Pour se faciliter la tâche, on peut utiliser du papier millimétré ou quadrillé 5 x 5 mm.
Calculer toutes les dimensions des différents éléments à découper en tenant compte de l'épaisseur du bois.

Un meuble

Quel panneau faut-il coller sur l'autre ? Chaque fois que possible, regarder ce qu'il en est dans la réalité : la miniature en est la copie.
Le panneau avant ou façade occupe toujours toute la largeur du meuble et vient sur les panneaux de côté. Mais ces derniers viennent-ils **sur** le panneau du fond ou **contre** lui ? Cela dépend : s'il s'agit d'un **meuble ouvert** (partie haute d'un vaisselier, meuble à étagères), le panneau de côté vient **sur** le panneau du fond. S'il s'agit d'un **meuble fermé** (commode, buffet, armoire), le panneau de côté vient **contre** le panneau du fond. Pourquoi ? Pour un meuble ouvert (comme pour une "boîte"), ce qui importe c'est la netteté de l'assemblage : lorsqu'on regarde le meuble **de face**, on ne doit absolument pas voir d'espace entre le côté et le fond. Pour un meuble fermé, ce qui importe, c'est l'esthétique extérieure des panneaux latéraux : lorsqu'on regarde le meuble **de profil**, on ne doit pas voir les planches du fond.

Prenons l'exemple d'un **meuble fermé**. On constate qu'il comporte 6 "panneaux" : la façade, les deux côtés, le panneau arrière, la base (que l'on ne voit pas) et le plateau. Seuls les deux côtés sont identiques entre eux, la façade avant n'étant pas égale au panneau arrière, ni la base du meuble au plateau, toujours à cause de l'épaisseur du bois dont il faut absolument tenir compte au moment de la découpe des pièces.

Meuble "ouvert"

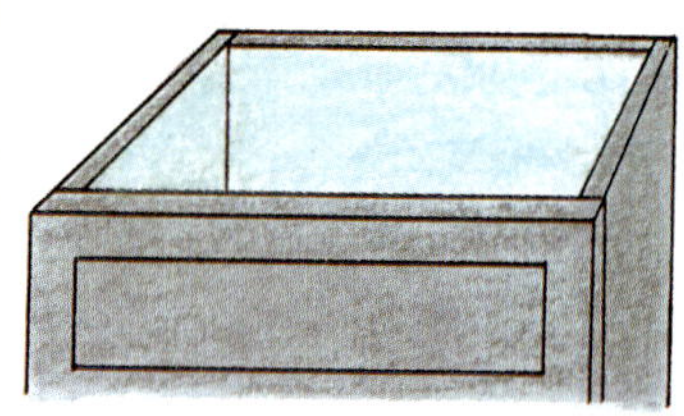

Meuble "fermé"

Considérons l'exemple d'un meuble pour lequel on utilise du bois de 1 mm d'épaisseur pour tous les éléments à découper (donnée toute théorique et peu réaliste, bien sûr !) :

* Nous n'envisagerons que les assemblages par collage : les assemblages d'ébéniste par tenon/mortaise ou queues d'aronde nécessitent une toute autre expérience à acquérir auprès d'un professionnel du bois.

Pour calculer les dimensions à découper, occupons-nous d'abord des 4 panneaux verticaux pour lesquels la hauteur ne varie pas.
- La façade : largeur du meuble x hauteur du meuble **moins 1 mm** (l'épaisseur du plateau).
- Chaque côté : profondeur du meuble **moins 1 mm** (l'épaisseur de la façade) x hauteur du meuble **moins 1 mm** (l'épaisseur du plateau).
- Le panneau arrière : largeur du meuble **moins 2 mm** (l'épaisseur de chaque côté) x hauteur du meuble **moins 1 mm** (l'épaisseur du plateau).

Passons aux 2 panneaux horizontaux : pour eux, la hauteur n'intervient pas. La base du meuble ne se voit pas et sert à maintenir les 4 panneaux verticaux ensemble. Le plateau est posé en dernier sur le meuble assemblé, et généralement il en déborde sur 3 côtés (dans cet exemple, nous raisonnons sur un débord de 1,5 mm).
- La base est égale à la largeur du meuble **moins 2 mm** (l'épaisseur des 2 côtés) x profondeur **moins 2 mm** (épaisseur de la façade et du panneau arrière).
- Le plateau est égal à la largeur **plus 3 mm** (débords sur les côtés) x profondeur du meuble **plus 1,5 mm** (débord sur l'avant).

Une table

Dessiner de même la table de face et de profil, puis son plateau à plat aux dimensions souhaitées. Tracer un trait tout autour à 3 mm des bords et reporter l'empattement des pieds (souvent un carré de 5 x 5 mm): il devient facile de calculer la longueur des bandeaux.

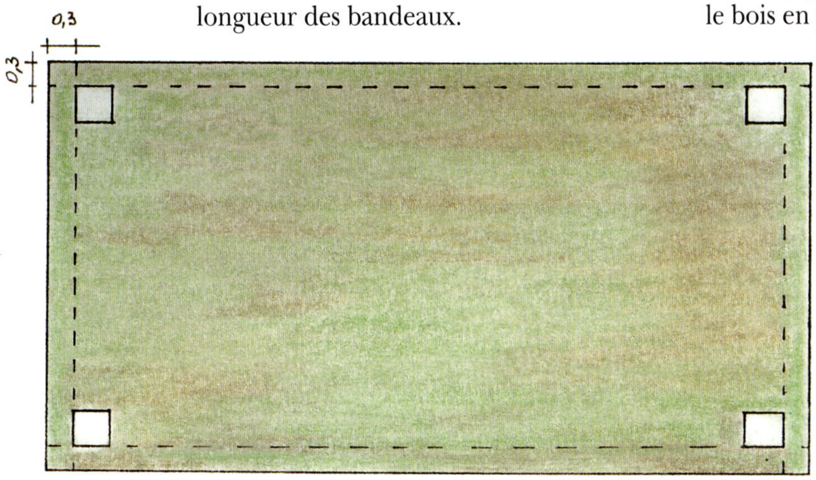

La découpe et la préparation du bois

Relire page 11 et suivantes comment choisir le bois, le couper, le poncer, etc.

► Quelques principes à retenir :
- Pour un meuble à peindre, un bois ordinaire suffit.
- Pour un beau meuble en bois noble, reporter les dimensions des pièces à découper sur le bois selon la "méthode des plus exigeants" : poser sur le bois le papier avec le dessin à découper, et couper papier et bois ensemble. S'il y a plusieurs pièces identiques, les couper en même temps en superposant les épaisseurs.
- Couper en tenant le cutter bien verticalement contre la règle en métal. Généralement, pour la plupart des meubles en bois ordinaire, le cutter suffit (jusqu'à 20/10e, voire 25/10e). Couper dans le sens du fil du bois ou perpendiculairement à lui, la plus grande coupe se faisant dans le sens du fil du bois. Le cutter à lame fine enlève peu de matière, mais si l'on utilise une scie, tenir compte de l'épaisseur de la lame.
- Poncer en veillant bien à **ne pas arrondir** les angles et les arêtes.
- Bien préparer le bois même si cela paraît un peu fastidieux :
• bois à peindre : poncer, dépoussiérer, enduire de gesso dilué à 10 %, poncer, dépoussiérer, enduire de gesso non dilué, poncer.
• bois à teindre : poncer, teindre, essuyer, poncer légèrement, passer le bouche-pores.
- Pour gagner du temps, on peut préparer le bois en planchette avant la découpe des différentes pièces. De plus, cela évite de poncer par mégarde les angles et les arêtes. Dans la réalité, rares sont les planches de plus de 25 ou 30 cm de large. En tenir compte au 1/12e : à cette échelle, cela signifie 20 ou 25 mm. Un plateau de table par exemple ne sera jamais d'un seul tenant mais un assemblage d'au moins 2 ou 3 planches.

Réalisation d'un tiroir

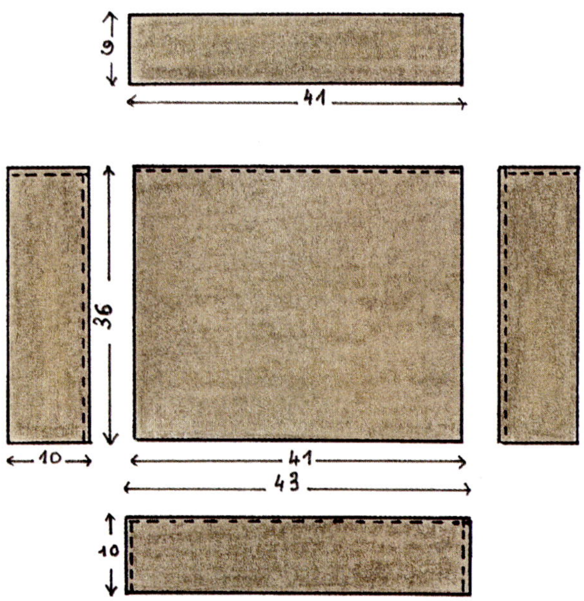

En pointillés, zones de collage.

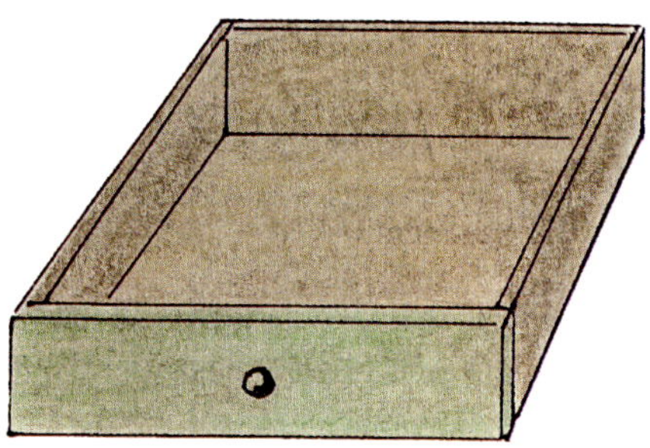

Calcul des dimensions à découper :
Il suit le même principe qu'un meuble fermé, à ceci près que le tiroir ne comporte que 5 panneaux et non 6. Nous allons encore raisonner sur une épaisseur théorique de 1 mm :
- le bandeau (ou façade) est égal à la largeur du tiroir* x hauteur du tiroir
- chaque côté est égal à la profondeur du tiroir moins 1 mm (l'épaisseur du bandeau) x hauteur du tiroir (comme le bandeau)
- le panneau arrière du tiroir est égal à la largeur du tiroir moins 2 mm (l'épaisseur de chaque côté) x hauteur moins 1 mm (épaisseur base)
- le fond plat du tiroir (ou base) est égal à la largeur moins 2 mm (épaisseur des côtés) x profondeur moins 1 mm (comme les côtés).

* Le bandeau peut aussi être plus large que le tiroir : il peut en déborder légèrement sur 2 côtés ou plus rarement 4. Choisir selon le style.

Support de tiroir

Après avoir réalisé le tiroir, il faut prévoir un système sur lequel il reposera : soit de simples tasseaux collés à l'intérieur des panneaux latéraux, soit un support plus large dont on aura calculé les dimensions comme pour une base : largeur du meuble moins l'épaisseur des 2 côtés x profondeur moins l'épaisseur de la façade et du panneau arrière (voir croquis page 90). Dans les 2 cas, il faut coller ce support avant d'assembler le 4e panneau vertical.
De part et d'autre du tiroir, lorsque cela est possible, prévoir un guide qui maintiendra le tiroir dans son axe : un petit carrelet assemblé en U y pourvoira. Lorsqu'il n'y a pas assez de place, on peut pratiquer une rainure dans les côtés du tiroir pour y faire coulisser un petit tasseau fixe.

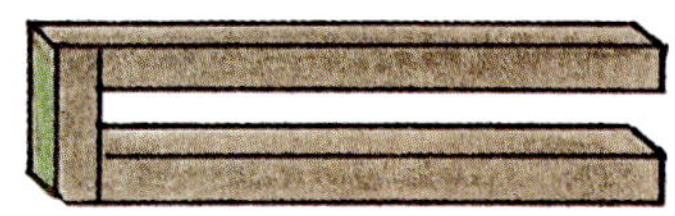

L'assemblage des différents éléments

Une plaque d'assemblage est indispensable (voir page 18). Dans quel ordre coller les éléments ?
Pour un meuble ouvert, on commence par assembler le panneau du fond aux côtés. Lors du collage d'étagères (partie haute d'un vaisselier par exemple), mettre des cales entre les étagères durant le séchage pour garder le bon écartement ; vérifier leur bonne horizontalité avec un niveau à fil ou une ampoule (voir page 18).
Pour un meuble fermé, on commence par reconstituer la façade : c'est à ce moment qu'il faut poser le système d'articulation des portes (voir page 55). Coller ensuite la façade aux côtés avec les surfaces horizontales (base, supports de tiroirs ou tasseaux) sauf le plateau avant de coller le panneau du fond.
Pour une table ou un lit (ou autre meuble avec 4 pieds), on reconstitue d'abord un côté en assemblant deux pieds et un bandeau long ou côté du lit. Pour centrer le bandeau ou le panneau dans l'épaisseur du pied, une **cale d'assemblage** va se révéler indispensable. Par exemple, si le pied mesure 5 mm de section, et le bandeau ou le côté du lit 30/10e de mm d'épaisseur, il faut une cale de 10/10e lors du collage pour le centrer par rapport au pied (voir page 74).

Poser le pied dans la plaque d'assemblage et positionner contre lui la cale. Mettre un point de colle sur la section coupée du bandeau ou panneau latéral (veiller à ne pas coller la cale en même temps) et le coller au pied. Coller le 2e pied. Assembler ensuite les deux côtés entre eux avec les bandeaux ou panneaux restants.

Pour une table, il reste encore à fixer le plateau. Là aussi, une cale va s'avérer nécessaire. Si le plateau déborde de 3 mm par rapport au bord extérieur du pied, poser le plateau dans un coin de la plaque, mettre deux cales de 30/10e contre les rebords de la plaque et positionner le bloc pieds-bandeaux. Coller.

Poser un système d'articulation

Nous en envisagerons trois : les charnières, les pivots et le ruban adhésif. Comment choisir entre ces trois systèmes ? Tout d'abord, le degré de difficulté n'est pas le même (dans l'ordre décroissant). Parfois, ce sont les contraintes qui en font "préférer" un (par élimination) : les charnières nécessitent une certaine épaisseur de bois pour la porte (au moins égale à la largeur d'une partie plate de la charnière), les pivots doivent être posés avant l'assemblage, et l'adhésif doit être réservé aux objets à tapisser ou à peindre et que l'on manipulera peu. Le procédé de pose des charnières et des pivots est le même pour les fenêtres que pour les portes.

Les charnières

Il en existe de toutes prêtes dans les magasins spécialisés (maisons de poupée et modélisme). Il est indispensable d'encastrer les parties plates de la charnière pour un ajustage précis : sinon, il y aurait du jour entre le dormant et la porte, une fois cette dernière fermée.

Poser la porte dans son emplacement ; positionner la charnière au bon endroit (en tenant compte du sens d'ouverture de la porte) et indiquer son emplacement par quelques traits de crayon. Avec un cutter, creuser les emplacements pour loger les parties plates de la charnière : un sur le dormant, et un dans l'épaisseur de la porte.

La 1re fois, il peut être prudent de faire un essai préalable. Attention à ne pas trop creuser : toutefois, un geste malheureux peut être rattrapé en rebouchant avec de l'enduit ou du gesso (porte à peindre) ou de la pâte à bois.

Les charnières sont vendues avec leurs clous de fixation : ces derniers doivent impérativement être à tête plate pour ne pas faire surépaisseur*. Faire un avant-trou avec un foret du diamètre exact (ou très légèrement plus petit pour une entrée un peu en force). Renforcer la fixation avec un point de colle posé dans la partie creuse : la colle à bois ne convient pas pour le métal, la colle cyanoacrylate "prend" beaucoup trop vite, par contre l'Araldite 90 secondes est parfaite pour cet usage. Avant de fixer les charnières avec les clous et/ou la colle, on peut glisser un papier absorbant ménager entre le battant et le dormant, ce qui procurera juste le jeu nécessaire au débattement. Coller la charnière en laissant la porte en position ouverte, pour ne pas risquer de coller les deux parties de la charnière ensemble.

L'articulation sur pivot

Ce système convient bien aux tout petits meubles. Ses inconvénients : il nécessite une certaine épaisseur de bois (pour introduire la tige métallique sans qu'il éclate) et n'autorise qu'un débattement limité de la porte (à 90°). Et encore faut-il, pour l'obtenir, pratiquer une petite opération : si l'on positionne la porte tout contre le montant, elle ne pourra pas s'ouvrir. Il faut donner un peu de jeu et enlever un peu de bois.

* Si l'on a du mal avec les clous, on peut les supprimer, ça tient souvent rien qu'en collant.

Première possibilité : arrondir l'arête de la porte. C'est ce qui vient en premier à l'esprit : malheureusement, lorsque la porte sera fermée, on verra son côté arrondi et ce ne sera guère satisfaisant.
Deuxième possibilité : arrondir plutôt le montant à l'intérieur en conservant son aspect extérieur. C'est un travail délicat mais s'il est bien fait, on ne verra rien.
Enfin, troisième possibilité : creuser le montant et/ou la porte comme précédemment mais en plaçant la porte un peu en retrait de la façade, ou bien en rapportant un 2e montant plus large que le premier qui viendra cacher le jeu. Regarder si possible un vrai meuble pour reproduire ce système.

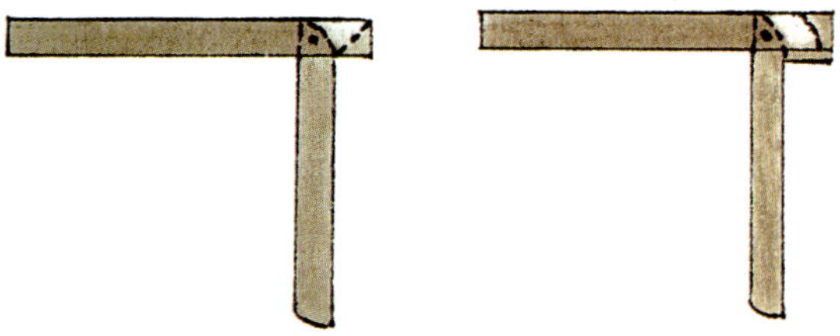

Il faut une tige d'acier (de préférence au laiton un peu mou) de 1 mm ou 1,5 mm de diamètre : de simples épingles de couturière raccourcies à la pince coupante conviennent très bien.

Pour indiquer l'emplacement avec un maximum de précision, positionner l'un contre l'autre la porte et son montant. La profondeur et le diamètre du trou à percer doivent être proportionnés à la taille de la porte et à l'épaisseur du bois : à titre d'exemple, 4 mm de profondeur pour une toute petite porte, et 10 mm pour une plus grande. Avec un foret tenu dans un porte-foret à main, percer 4 trous au diamètre exact de la tige (renforcer alors par un point de colle posé dans la partie creuse) ou très légèrement inférieur (pour une entrée "en force").
Lorsque l'on cherche à rentrer la 4e extrémité de tige, on comprend pourquoi il est indispensable de poser la porte dans son logement avant l'assemblage du panneau, car ce serait impossible après.

Si la porte doit être peinte, il vaut mieux le faire avant l'assemblage définitif, car un côté au moins de celle-ci sera inaccessible ensuite.

Le ruban adhésif

Ce système convient pour l'abattant d'un coffre ou pour un tout petit meuble (meuble de poupée par exemple). Il représente une solution rapide et simple pour articuler sans percer ni clouer. Quel ruban adhésif utiliser ? Un adhésif résistant mais pas trop épais comme du ruban adhésif plastique (rayon électricité). Dans tous les cas, renforcer la fixation avec de la colle. Le système le plus sommaire consiste à poser le ruban adhésif à cheval sur la porte et le dormant en tenant la porte en position ouverte. Mais on peut raffiner un peu : au lieu de poser un ruban de plusieurs centimètres, on découpe dans l'adhésif de petites charnières (en fait, de petits rectangles) que l'on colle après avoir évidé un peu l'emplacement. Une fois peintes ou recouvertes de papier peint, ces "charnières" seront invisibles.

Quand peindre ?

En principe, lorsque le meuble est assemblé, mais dans certains cas il faut y penser avant, au moins pour certains éléments :
- il est peu pratique de peindre l'intérieur d'un meuble une fois la porte posée
- il vaut mieux peindre les étagères avant de les mettre en place
- certaines décorations délicates nécessitent d'être faites à plat en prenant appui, et c'est malaisé une fois le meuble terminé (voir la coiffeuse de Marie-Pierre page 130)
- la peinture des menuiseries de fenêtre sera sans doute plus soignée avant la pose du verre (pas de débordements maladroits). Pour les portes et fenêtres vitrées, penser à peindre aussi l'envers du bois (la partie qui va être collée sur le verre), car du fait de la transparence et de l'épaisseur du verre, cet envers se verra un peu. Le fait de peindre ajoute en épaisseur : en tenir compte en vérifiant l'ajustage avant l'assemblage définitif.

Poser les poignées (s'il y a lieu) en dernier : il existe plusieurs modèles de mini-poignées dans le commerce. On peut aussi utiliser des épingles à grosse tête blanche en porcelaine (épingles de signalisation pour cartes), de petites perles en bois dont on aplatit la tête en ponçant et maintenues avec une épingle de couturière, de petites poignées métalliques en fil de laiton, des semences de tapissier (clous décoratifs de diamètres divers), de petits boutons ronds en bois tournés au mini-tour, etc.

Parquet Versailles

par Jean-Pierre Abeil.

Parquet J.-P. Abeil, fauteuils M. Teilhet, meubles P. et B. Herbillon.

Après une formation d'urbaniste, Jean-Pierre Abeil a choisi de faire de la miniature son métier. Il aime particulièrement réaliser des scènes complètes qui lui permettent d'exprimer totalement sa créativité ; ses scènes et mobiliers régionaux sont exposés dans les grands musées français (Brantôme, Meillant, Montélimar...) et étrangers (Bâle, Genève, Los Angeles...). Il travaille les matériaux authentiques comme le bois ou la pierre selon les procédés traditionnels et aime donner à ses créations la patine de meubles de famille. Ce parquet Versailles décore un salon XVIIIe que Jean-Pierre a réalisé pour le Musée de Brantôme.

Ce type de parquet que l'on rencontre dans les châteaux ou les demeures bourgeoises est intéressant par le côté précieux qu'il apporte à la pièce où il est installé. Sa fabrication ne pose pourtant aucune difficulté technique (en miniature tout au moins).

Il se présente sous forme d'éléments carrés juxtaposés au sol. Le plancher présenté ici est en noyer, bois qui a l'avantage de "saisir" différemment la lumière selon son orientation. Bien entendu, on peut le réaliser dans n'importe quel beau bois.

Matériel et fournitures :

- scie circulaire d'établi ou à ruban, à défaut, boîte à onglet
- colle blanche (vinylique) à bois et cyanoacrylate
- papier abrasif
- bois de 15 ou 20/10e : largeur au choix 7 à 9 mm, voire plus pour les pièces carrées, et baguettes moins larges pour les cadres.

Réalisation d'un élément

Principe

L'assemblage donne l'impression d'un tissage du bois (figure 1). Il se compose de deux types de pièces : les longues et les carrées. Les longues sont trois fois plus longues que larges dans ce modèle (mais des variantes sont possibles). L'extrémité de chaque pièce longue, encadrée par deux pièces carrées, vient s'appuyer sur le milieu d'une autre longue. On répète ce principe dans tous les sens.

Préparation

Tout d'abord délimiter les dimensions d'un panneau. Pour ce faire, une fois la largeur des lattes choisie, déterminer les diagonales des panneaux. Elles doivent être égales à un multiple impair de la largeur. Par exemple, pour des lattes de 7 mm de large, une diagonale de 13 éléments mesurera 91 mm, soit un panneau de 64 mm de côté.

Figure 1.

La solution de facilité (pourquoi s'en priver ?) consiste à monter chaque panneau sur du papier quadrillé (carreaux de 5 x 5 mm par exemple) pour conserver un bon équerrage des pièces. Même si le quadrillage ne correspond pas aux dimensions des pièces, il sert de guide. En outre, il est facile de positionner sur ce quadrillage le carré central, départ de l'assemblage, et de tracer les dimensions extérieures du panneau : voir figure 2.

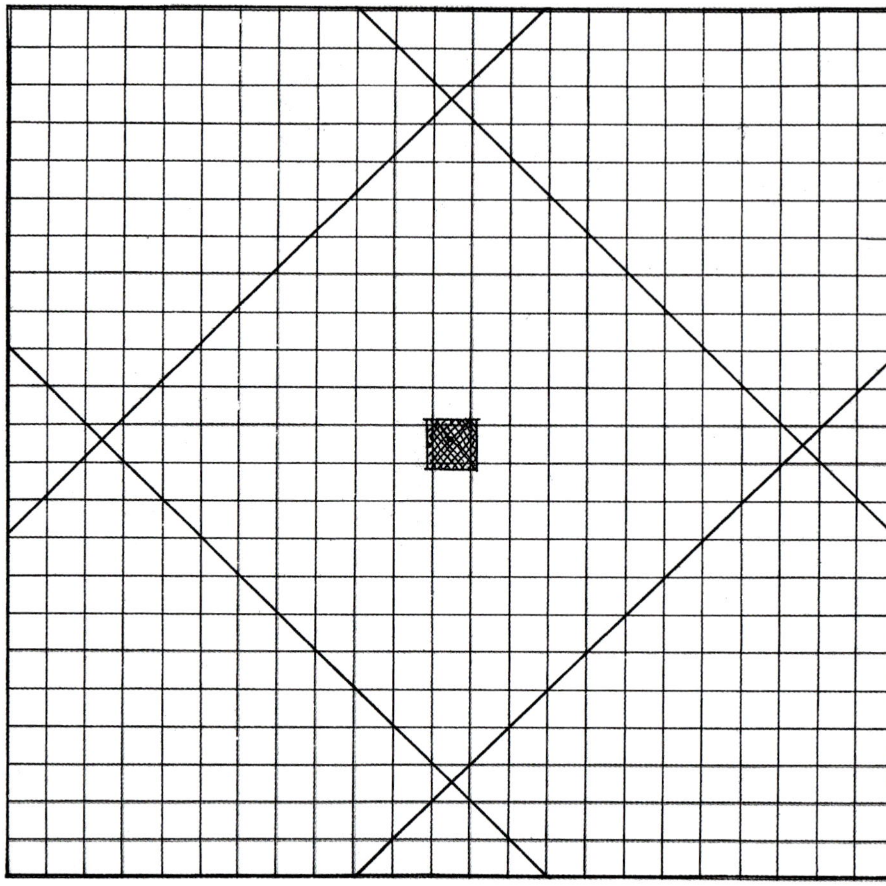

Figure 2

Réalisation

Débiter le bois avec le maximum de précision. Une scie circulaire ou à ruban munie d'un guide est recommandée. On peut bien sûr couper avec une scie à main dans une boîte à onglet munie d'une buttée, mais une surface de 30 x 60 cm frôle tout de même les 2 000 pièces !

L'assemblage se fait à la colle blanche directement sur le papier selon la figure 1, en partant d'un carré au centre. Placer les pièces jusqu'au recouvrement total des limites du panneau. Après séchage, recouper les pièces et le papier qui dépassent du panneau. Si l'on a pris soin de laisser dépasser les traits délimitant le panneau, il est facile de les reproduire sur le bois. Attacher un soin tout particulier à cette découpe, tous les panneaux devant être identiques pour bien s'assembler.

Confection du cadre

Chaque panneau est entouré d'un cadre. Utiliser des baguettes de même épaisseur que le plancher mais moins larges : en effet, une fois le plancher en place, les baguettes de chaque panneau seront juxtaposées. Utiliser de la colle cyanoacrylate pour coller bord à bord le panneau et les baguettes du cadre (le papier a été coupé avec le panneau). Un léger décalage, dû à l'épaisseur du papier, apparaît probablement : il disparaîtra au ponçage.

Le plancher

Figure 3

Il vaut mieux éviter de monter le plancher directement dans la pièce, le ponçage serait fastidieux. Il est préférable de l'installer sur le sol avant montage de la boîte, ou si la pièce est déjà assemblée, de le coller sur un contreplaqué mince aux mesures exactes de la pièce et de l'installer une fois achevé.

Il existe beaucoup de possibilités d'assemblage des panneaux : le plus souvent, ils sont disposés en bandes parallèles dans la diagonale de la pièce (figure 3). Le long des murs et face à l'ouverture, chaque panneau doit être recoupé en tenant compte de la baguette de cadre qui sera installée pour une bonne finition.

Effectuer un premier ponçage (grain 180) à la ponceuse vibrante si l'on a la main sûre ou avec une cale en bois qui de toute façon sera nécessaire pour un second ponçage beaucoup plus fin (240, voire 400).

Finition au choix : fondur, teinture, cire ou vernis.

Variantes

Les pièces carrées peuvent être installées toutes dans le même sens (fil du bois) ou alternativement dans un sens et dans l'autre. Dans le premier cas, on aura l'impression d'un "fond" au tissage des pièces longues, dans le second, les carrés feront partie d'un tissage beaucoup plus serré (figure 4). Les pièces carrées peuvent être d'une autre dimension que la largeur des longues. C'est plus compliqué à réaliser et la longueur des longues devra être d'une fois leur largeur plus deux fois la largeur des carrées.

Figure 4

Plantes vertes

Réalisation Claire Gounot.

Claire Gounot est une jeune retraitée qui partage ses loisirs entre ses petits-enfants, la fabrication de poupées en porcelaine, le bénévolat et la miniature. Toujours curieuse de découvrir et d'apprendre, elle trouve dans les livres et les visites de musées l'inspiration pour d'étonnantes réalisations : un bébé qui sort d'un œuf, une marotte à grelots, un globe de mariée... Quelques-unes de ses réalisations en Fimo sont présentées pages 34 et 113. Elle nous explique ici deux façons de procéder pour faire les feuilles des plantes vertes.

Fournitures

- petits ciseaux pointus (indispensables)
- fil métallique très fin (en bobines, dans les rayons de travaux manuels)
- ruban adhésif de fleuriste : fin ruban de crêpon vert ou brun autocollant qui sert pour la fabrication de fleurs artificielles
- éventuellement Fimo pour faire les troncs ou tiges épaisses (repeint ou non ensuite).

Les feuilles en tissu

Elles sont découpées dans des plantes artificielles en Tergal dont la texture, les coloris et le mouchetage peuvent convenir à des mini-plantes. Cette façon de procéder convient aux plantes dont le port est tel que l'on ne voit pas le dessous des feuilles. On trouve ces plantes dans les grandes surfaces et dans les solderies en tous genres.

Il faut de bons ciseaux à broder pour que la découpe soit bien nette. On colle sous la feuille un fil métallique vert (ou peint en vert) plus ou moins gros selon la plante que l'on veut réaliser.

Laisser bien sécher avant de mettre en forme et de composer la plante dans son pot.

En papier kraft gommé

Claire utilise du papier kraft de 5 cm de largeur.

Calculer la largeur des feuilles à obtenir et découper dans le papier une surface du double de cette largeur et de la même longueur (plus quelques mm de marge). Couper des tiges métalliques à la longueur voulue : calculer toujours plus long que nécessaire, c'est plus commode pour peindre.

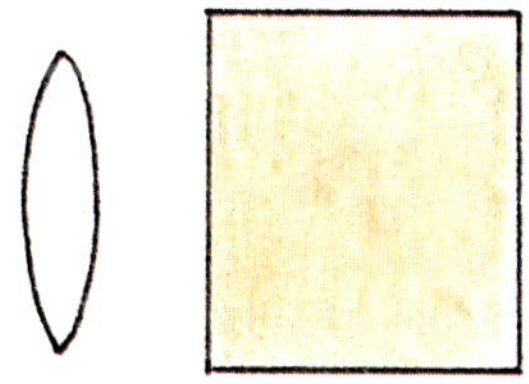

Mouiller le papier et placer la tige métallique au milieu de la moitié de la largeur et replier en appuyant pour que ça colle : on obtient une double épaisseur de papier avec le fil métallique entre les deux. Le dessous des feuilles pourra donc être visible.

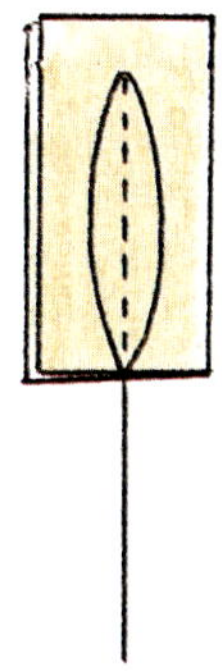

Découper la forme de la feuille et peindre une fois sec.

La peinture est l'étape la plus délicate. Il faut essayer toutes les peintures que l'on a sous la main, rechercher selon les plantes des effets mats ou brillants, des couleurs fondues ou au contraire bien délimitées. Il n'y a pas de "truc", il faut bien observer la plante que l'on veut réaliser.

Composition de la plante

Les pots peuvent être achetés tout faits ou modelés en pâte couleur terre cuite, ainsi que la soucoupe, modelée entre deux assiettes en métal.

Pour remplir le pot, Claire utilise de la pâte à bois molle dans laquelle elle plante les tiges ; elle laisse sécher 48 heures ou plus avant de peindre la surface avec de la peinture mate bien liquide. Elle met ensuite la plante en forme.

Hortensia

Réalisation Francine Coyon.

Francine est une mère de famille très active. Au cours d'un stage de marqueterie donné pour les membres du Club de la Miniature Française, elle a rencontré d'autres passionnés et noué de nouvelles amitiés. Volontaire et enthousiaste, elle explore tous les domaines de la miniature : l'hortensia qu'elle nous présente ici est son tout premier essai de plante fleurie !

Fournitures pour les fleurs

- pâte type Fimo blanche ou rose pâle
- papier rose, bleu violet ou blanc
- fil de fer fin (rayon travaux manuels)
- colle blanche
- ciseaux fins et pointus
- pince à bouts fins et légèrement recourbés
- peinture acrylique, gouache ou feutre (couleurs selon fleurs)

Fournitures pour les feuilles

- ruban de fleuriste vert foncé
- fil de fer très fin
- colle blanche diluée

Réalisation

Les fleurs

Avec la pâte Fimo, modeler une petite boule légèrement aplatie.

Découper des petits carrés de papier de 2 mm de côté en traçant des bandes au cutter.

Avec la pince, prendre un petit carré de papier et de l'autre main, faire prendre à ce carré la forme du bout de la pince suivant croquis.

Tremper délicatement dans la colle blanche, et appliquer toujours avec la pince sur la boule en Fimo : si cette dernière s'aplatit, lui redonner sa forme. Recommencer l'opération en faisant bien attention à relever les bords des petits carrés à chaque fois pour qu'ils ne s'enfoncent pas dans la pâte. Recouvrir entièrement le support en Fimo.

Avec le feutre ou un pinceau très fin, ajouter sur l'extrémité de chaque pétale une minuscule touche de couleur rose ou bleue, la couleur de l'hortensia n'étant pas homogène.

Fabriquer ainsi plusieurs têtes d'hortensia, et piquer à la base de chacune un petit morceau de fil de fer vert d'environ 20 mm.

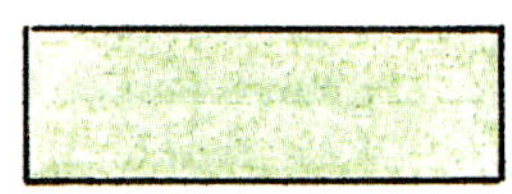

Les feuilles

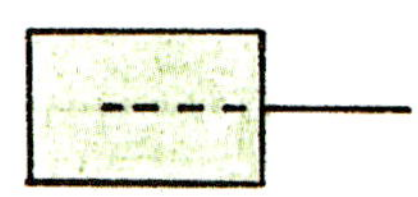

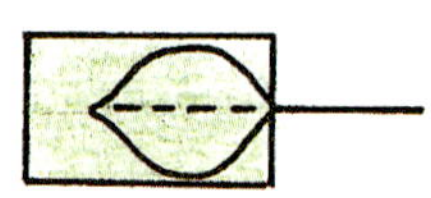

Couper 6 bandes de ruban de fleuriste d'environ 30 mm de long ; plier chaque bande en deux, coller à l'intérieur un fil de fer de 20 mm, laisser sécher, dessiner la forme de la feuille et découper.

Les fleurs peuvent être plantées en massif dans le jardin ou mises en pot : garnir un petit pot de terre de pâte type Darwi, tasser un peu, y installer les fleurs, arranger les feuilles autour en les pliant un peu, le fil de fer permettant toutes les formes.

Personnages

Réalisation Julien Martinez

Julien Martinez est un tout jeune créateur dont le talent s'exprime aussi bien dans des peluches et poupées en taille normale que dans des miniatures. Il aime l'univers des contes pour enfants : Alice au pays des merveilles, Le Vent dans les saules... *Ses personnages, humains ou animaux sont toujours très expressifs et ses créations poétiques et drôles ont beaucoup de personnalité.*

Il nous explique ici comment il réalise ses personnages au 1/12e : la tête, les mains et les pieds sont modelés, le corps est en bouchons et les membres en fil de cuivre, ce qui permet de les mobiliser.

Le modelage

La tête est modelée en Fimo couleur chair. En tenant la tête par la base du cou, Julien sculpte les traits à l'aide d'instruments divers : petites spatules de potier, piques en bois pour apéritif, aiguilles à coudre (5 ou 6 cm) et pour les petits détails, aiguilles de couturière (plus courtes). Les yeux sont des perles de verre blanches de 2 mm : ce matériau résiste à la cuisson au four et fait d'excellents globes oculaires.
Les pieds et les mains sont également modelés en Fimo en prévoyant un trou pour le passage du fil de cuivre.
Cuisson au four à 90° maximum (thermostat 3) durant 9 mn.

Le maquillage

Le visage est peint avec de la peinture acrylique mate. Les cheveux sont en mohair (Paris-Création et aussi magasins de farces et attrapes sous le nom de crêpé de laine).

L'assemblage

Le corps est fait en bouchons de liège (grandes surfaces et quincailleries) : en coller deux et sculpter les formes au cutter. La tête est collée au tronc par le cou à la super-glue.
Les membres sont des fils de cuivre de 0,8 mm de diamètre (magasins de bricolage) dont Julien apprécie la souplesse et la résistance mécanique. Ils sont plantés dans le liège avec un point de colle. Ce fil est ensuite gainé de bandes de mousse (qualité ordinaire) de 5 mm d'épaisseur et 10 mm de large, arrêtées à la colle.

Pour donner du volume au corps, le ventre, la poitrine et le fessier sont faits en morceaux de mousse collés sur les bouchons.
Il ne reste plus ensuite qu'à habiller le personnage, ce que Julien fait directement sur lui en collant.
Il réalise sur le même principe des animaux habillés et utilise alors de l'argile végétale blanche autodurcissante vendue au rayon de travaux manuels sous le nom de Play-Pat.

Construire le contenant

qui va accueillir la scène miniature

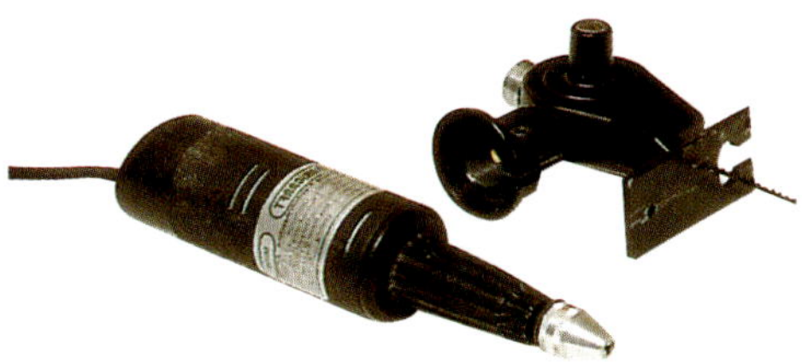

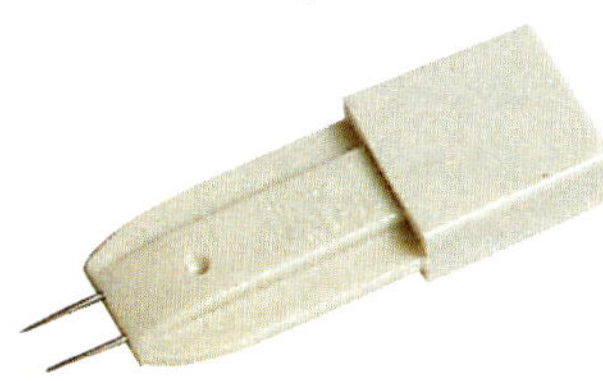

Le contenant

Collection Musée Rêve et Miniatures.

A moins d'opter pour un contenant original en rapport avec le thème de la scène (œuf d'autruche, souche ou bûche creusée, poste T.S.F., etc.), il va falloir créer une "boîte" en bois.

Découper les panneaux

Choisir le matériau : le contreplaqué, plus solide que l'aggloméré, est parfait pour cet usage. La bonne épaisseur : il faut **au minimum** 6 mm d'épaisseur. Plus la boîte sera grande, plus le contreplaqué devra être épais pour résister à la déformation : **8 mm est une bonne épaisseur.**

Le carton plume utilisé seul n'est pas assez solide, il va se déformer avec le temps, la chaleur, l'humidité... Mais dans certains cas, on peut l'utiliser à condition de le coller sur un support en contreplaqué de 3 mm minimum : si la pièce est de petites dimensions, si l'on veut privilégier la légèreté, si l'on veut pratiquer de nombreuses niches ou rainures (pour le passage des fils électriques), etc.

Déterminer les dimensions de la boîte : la pièce ne doit pas être trop étroite, trop profonde ou trop basse de plafond pour permettre de bien voir les aménagements du fond. En fait, la pièce devra être plus large et plus haute de plafond que dans la réalité. Quelques repères pour une pièce normale (ni cave de château, ni dortoir de fourmi) : en largeur, 35 cm sont un minimum. 40 ou 45 cm sont une bonne dimension.
La hauteur pourra être comprise entre 25 cm (minimum) et 30 cm (pour une pièce profonde).
De même, 25-30 cm sont une bonne profondeur.
Bien sûr, ces dimensions doivent être proportionnées entre elles. Tenir compte aussi de l'endroit où sera exposée la future scène et de son poids (si elle doit être souvent transportée). Une bonne méthode pour mieux se rendre compte des volumes : confectionner sommairement une boîte avec du carton, et y disposer des formes pour figurer les meubles (par ex. des volumes en Lego). On voit mieux ainsi la place dont on dispose pour la décoration

intérieure et on s'évite des regrets ultérieurs.

Prévoir des ouvertures qui laisseront passer la lumière.

Si le plafond ne doit pas être un élément de décoration, on peut remplacer le contreplaqué par du plexiglass ou une vitre en verre : de même pour un des panneaux latéraux. Pour une scène d'extérieur ne comportant qu'une base, c'est toute la boîte qui peut être réalisée en plexiglass pour former une sorte de couvercle transparent. Le plexiglass se coupe avec un cutter au tungstène, et peut être assemblé par collage (colle Néoprène) et des vis. Certains miroitiers travaillent aussi ce matériau.

Calculer les dimensions à découper

Une fois déterminé les proportions que l'on désire, il faut calculer les dimensions des 5 panneaux de contreplaqué à faire découper dans un magasin ou une grande surface de bricolage : il y a donc les deux côtés, le panneau du fond, la base et le plafond. Les deux côtés sont identiques entre eux, ainsi que la base et le plafond.

Attention ! Pour calculer les dimensions, il faut absolument tenir compte de l'épaisseur du bois.

Si nous prenons comme exemple une boîte de 40 cm de largeur, 30 cm de hauteur et 27 cm de profondeur en contreplaqué de 8 mm, cela donne les dimensions suivantes :

- Les panneaux verticaux ont tous trois la même hauteur,

• les côtés : **26,2** x **28,4** cm hauteur,

• le panneau du fond : 40 x **28,4** cm hauteur.

En gras, les dimensions dont on a retranché l'épaisseur du contreplaqué par rapport aux dimensions totales.

- Les deux panneaux horizontaux sont identiques : 40 x 27 cm.

Pour calculer les dimensions à faire découper, il faut donc d'abord définir les dimensions totales souhaitées, et appliquer la formule suivante :

• les côtés : **(profondeur - épaisseur)** x **(hauteur - 2 épaisseurs)**

• le panneau du fond :
largeur x **(hauteur - 2 épaisseurs)**

• la base et le plafond :
largeur x profondeur.

Deux constatations : d'une part, le plafond repose sur les trois panneaux verticaux pour une plus grande solidité. D'autre part, le panneau du fond occupe toute la largeur et ce sont les côtés qui sont diminués en profondeur de l'épaisseur du bois. Pourquoi choisir cette solution plutôt que l'inverse ? Parce qu'ainsi, les erreurs d'ajustage des cloisons ne se verront pas : aucun risque de voir un peu de jour si l'assemblage est un peu aléatoire.

On adopte le même principe pour un meuble ***ouvert*** *(voir page 52).*

Découper les ouvertures

Pour découper dans le contreplaqué une surface enclavée comme une fenêtre, il faut une mini-scie sauteuse (accessoire à monter sur la mini-perceuse) ou une scie à lame oscillante.
Tracer sur le contreplaqué le dessin de la fenêtre.
Percer un trou suffisant pour le passage de la lame de scie (dessin n°1).

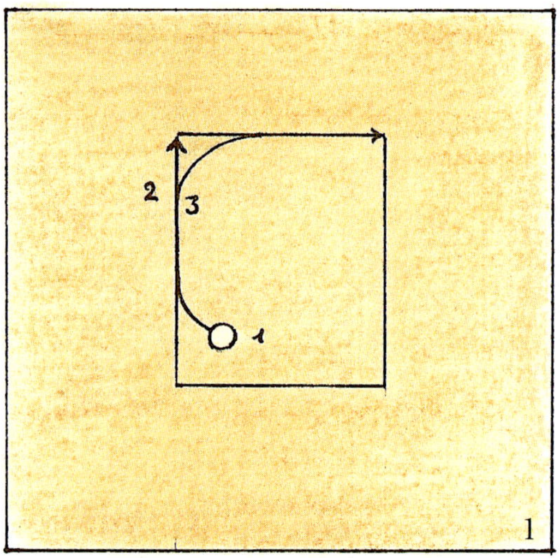

Rejoindre le côté le plus proche et le suivre jusqu'à l'angle (dessin n°1).

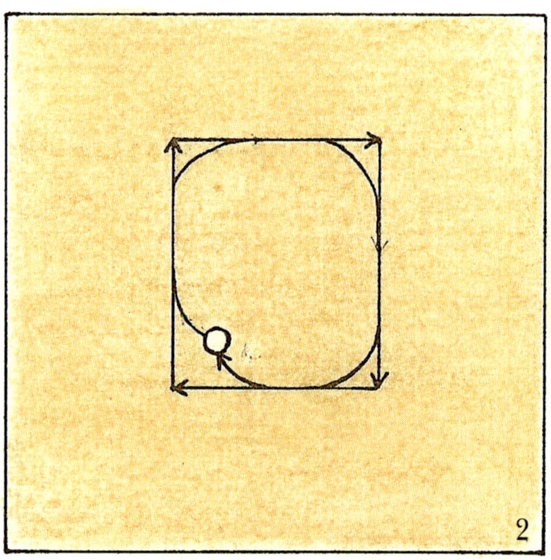

Reculer la scie pour prendre le "virage" et rejoindre le 2e côté (dessin n°1) jusqu'au coin suivant et continuer ainsi (dessin n°2).
Pour le 4e côté, reculer et rejoindre le trou de départ. Enlever la partie découpée (dessin n°3).
Reprendre chaque coin, en sciant en sens inverse pour terminer la découpe des angles (dessin n°4).

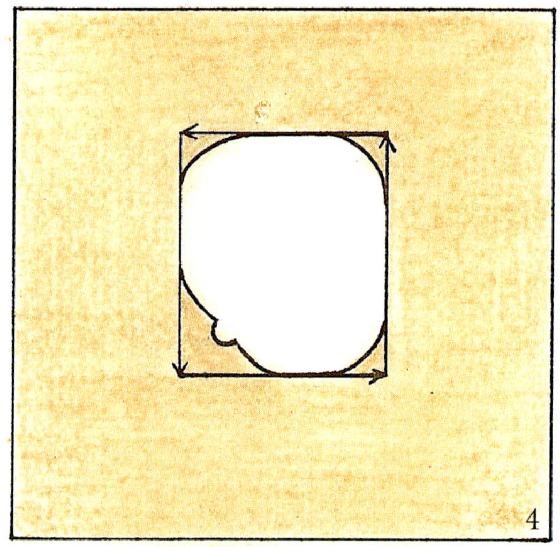

Electrifier

L'électricité apporte un plus indéniable à toute scène miniature : lorsque la lumière jaillit, l'effet est presque magique et grands et petits sont transportés de plaisir. Mais comment électrifier une scène miniature lorsque l'on est tout juste capable de changer une ampoule grillée dans sa maison ?
La solution la plus simple consiste à utiliser **l'alimentation domestique** (sans tranformateur). Les inconvénients sont nombreux ! Les ampoules vont être très grosses, et ce, même si l'on recherche les plus petites (ampoules pour éclairer les réfrigérateurs par exemple). De plus, les ampoules vont beaucoup chauffer, il faudra donc prévoir des trous d'aération. Enfin, l'électricité ne s'accommode pas d'un bricolage approximatif : il y a des règles de sécurité à respecter impérativement. En résumé, ce système pourra éventuellement convenir pour un éclairage indirect (lumière derrière une fenêtre par exemple) à condition de prévoir une bonne aération

et de ne pas laisser fonctionner trop longtemps.
Une autre solution simple consiste à utiliser une petite ampoule (type lampe de poche) et à la relier à **une pile** d'une tension appropriée, au moyen d'un système que l'on achète tout prêt (adaptateur en plastique souple avec des pressions pour pile 9 volts) ou que l'on fait soi-même : par exemple en soudant deux fils sur des trombones que l'on glisse sur les pattes d'une pile plate de 4,5 volts, ou encore en mettant ces pattes dans des cosses à sertir qui s'écrasent à la pince (rayon fournitures automobiles). L'autonomie d'un tel système est limitée : il peut convenir pour l'unique point lumineux d'une petite vitrine que l'on allume de temps en temps (par exemple une vitrine accrochée au mur dans une chambre d'enfants où l'on ne souhaite pas, par sécurité, de fils qui traînent). Veiller à ce que la tension de l'ampoule corresponde à celle de la pile : une ampoule de 12 volts reliée à une pile de 4,5 volts éclairera faiblement, une ampoule de 3 volts reliée à une pile de 9 volts va griller aussitôt (voir infra la tension). Autre inconvénient : le dégagement de chaleur. Prévoir là aussi des trous d'aération.
Il n'y a donc pas de raisons de se priver du confort moderne, d'autant plus qu'il existe dans les magasins pour maisons de poupées ou de modélisme des fournitures très simples à utiliser. Certains petits systèmes ingénieux permettent même d'obtenir un feu de cheminée qui rougeoie (éviter les clignotants dont l'effet répétitif n'est pas réaliste), ou la lueur vacillante d'une bougie. Alors, vive le confort électrique **basse tension** !
Basse tension signifie qu'il va falloir un transformateur. Le choix du transformateur est essentiel : il faut tenir compte de sa tension et de sa puissance.

En revanche, il peut être à courant alternatif ou continu : ce point est sans importance car il n'alimentera que des lampes. Lorsque le transformateur est à courant continu, il y a un pôle + et un pôle - : si l'on inverse la polarité en branchant un outil, l'outil tourne à l'envers.

Basse tension, d'accord mais :
quelle tension ?
La tension détermine la brillance des lampes. Au 1/12e, le 12 volts est la tension idéale (logique, non ?). Très important : les ampoules 12 volts doivent être branchées sur un transformateur 12 volts : si l'ampoule est d'une tension inférieure au transfo, elle va griller. Si l'ampoule est d'une tension supérieure, elle éclairera faiblement, mais sans dommage. Pour connaître la tension d'un transformateur, il suffit de lire l'étiquette où la tension est exprimée en **V** (volts). Pour connaître celle de l'ampoule (les ampoules au 1/12e sont trop petites pour que ce soit écrit dessus), on peut utiliser une pile, en commençant par 1,5 volt puis en augmentant progressivement : lorsque l'ampoule brille normalement, on a atteint sa tension.

quelle puissance ?
La puissance (ou intensité) détermine la quantité de lampes que le transformateur pourra alimenter : elle est exprimée en **VA** pour le courant continu (ou en watts pour le courant alternatif). Sans entrer dans le calcul des milliampères, disons qu'une puissance de 9 VA ou 9 watts (petits transformateurs Mini Mundus) peut alimenter 12 ampoules de 12 volts, ce qui suffit à éclairer une ou même plusieurs scènes.
Attention : sur les transformateurs made in Taïwan, *la puissance est souvent surestimée.*

L'installation

L'électricité d'une pièce miniature est très simplifiée par rapport à celle d'une maison de poupée. Néanmoins, il vaut toujours mieux s'en occuper dès la construction.
Les étapes sont, dans l'ordre :
1/ déterminer tous les points lumineux que l'on désire dans la pièce (plafonnier, applique, lampe à poser, lampadaire, feu de cheminée, etc.) et déterminer **le circuit** reliant ces points lumineux au transformateur,
2/ faire **les achats** en conséquence de ces besoins.

Le circuit

Nos goûts et nos envies évoluent, et quelle frustration de ne pouvoir modifier un projet ! Pour se permettre un maximum de possibilités par la suite, on peut choisir l'option Tout Electrique, c'est-à-dire prévoir un "vaste" circuit où passera le courant : on pourra rajouter par la suite autant de points lumineux que l'on en souhaitera sans être limité (si ce n'est par la puissance du transformateur). On peut aussi faire ses plans version économique en détermi-

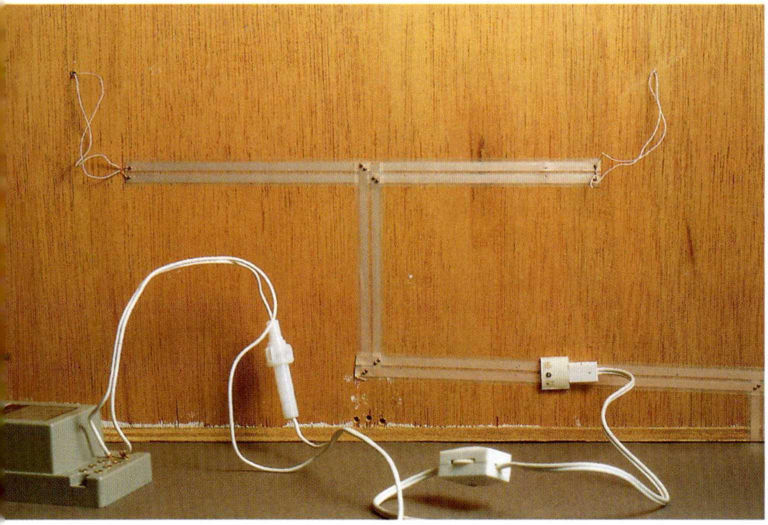

nant précisément les points lumineux souhaités et en les reliant au transformateur par le chemin le plus court.
Une fois déterminé ce circuit sur papier ou dans sa tête, comment le réaliser ? Il y a deux façons de faire circuler l'électricité dans une scène miniature : de façon classique avec du fil électrique 12 volts, ou avec des bandes adhésives en cuivre (système Cir-Kit).
Les fils : dans une scène miniature (contrairement à une maison de poupée), il est souvent possible de sortir le fil directement sur l'extérieur de la boîte ce qui évite d'avoir à les encastrer* à l'intérieur (reste le problème de les encastrer à l'extérieur pour une bonne finition...). Pour sortir les fils, on perce un trou dans le contreplaqué. Une fois sortis, les fils se dirigent vers une prise centrale d'où une rallonge conduit l'électricité au transformateur : cette rallonge peut être munie d'un interrupteur général et d'un fusible (voir photo ci-dessus).

Le système Cir-Kit :
Ce ruban adhésif souple comportant deux bandes de cuivre présente l'avantage d'être très plat : on peut donc le faire passer sous un papier peint ou peindre par-dessus. Pour sortir une bande sur l'extérieur, le plus simple, si l'on peut, est de la conduire jusqu'en bas et de la glisser entre les deux panneaux de contreplaqué ("glisser" est une façon de parler, il faut bien sûr les dévisser). Si l'on ne peut pas le faire, pratiquer un trou et amincir la bande en largeur pour l'y faire passer. Le plus important est de respecter la continuité du courant. Pour raccorder deux bandes ensemble, on les superpose et on fait contact avec des clous ou rivets (voir photo) : il existe un livret mode d'emploi très détaillé de ce système d'électrification dans les magasins spécialisés pour maisons de poupées.
Les deux systèmes sont parfaitement compatibles : les fils d'un luminaire pourront être aisément raccordés à la bande adhésive au moyen de clous en cuivre ou laiton (voir photo ci-contre). Pour raccorder un fil à un autre fil, les dénuder tous les deux sur 15 mm et les entortiller : on peut consolider par un point de soudure.
Les achats de base : transformateur et ampoules 12 volts, fils et/ou ruban adhésif conducteur d'électricité, clous en cuivre ou laiton (à l'exclusion d'autres clous qui ne seraient pas compatibles) ou rivets spéciaux (Cir-Kit). Les accessoires qui complètent la gamme : interrupteurs, testeur**, prises, rallonges avec fusibles...

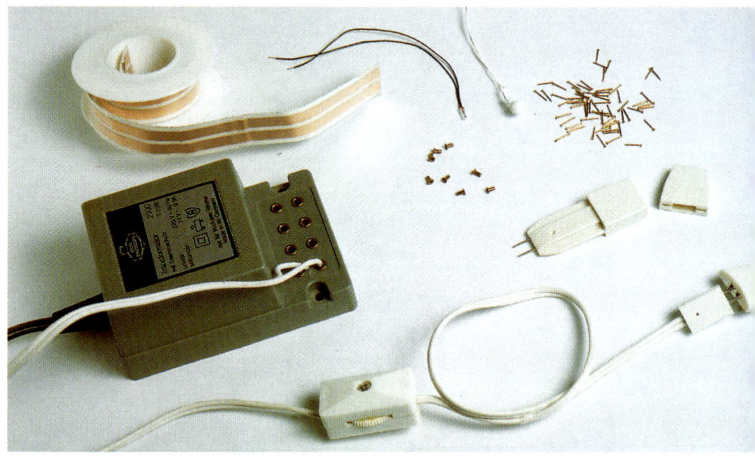

Les ampoules ont une durée de vie limitée : choisir de préférence des luminaires dont l'ampoule se change. Vérifier qu'une ampoule fonctionne avant de l'installer et ne pas déplacer la boîte pendant que les ampoules sont allumées : cela raccourcit leur durée de vie.

Assembler les panneaux

Dans les scènes miniatures comme dans la réalité, se pose la question de la coordination des travaux. Il faut quelquefois mettre

* Certaines plinthes miniatures comportent une rainure pour le passage des fils.

** Le testeur est un appareil comportant deux pointes métalliques et une ampoule : si l'on met les fils en contact avec les pointes (ou si l'on plante les pointes dans le ruban adhésif), l'ampoule s'allume si le courant passe. On peut ainsi déterminer facilement où se situe la mauvaise connexion.

en attente un travail avant de le terminer, si sa finition fait intervenir d'autres éléments de décoration.

Il est tentant d'assembler les planches de contreplaqué dès qu'elles sont découpées. Mais il faut d'abord découper les ouvertures, poser l'électricité, et décorer les murs (dans cet ordre ou un autre, selon les contraintes). On peut également trouver plus pratique de poser le plancher et le lambris à ce stade. En revanche, les plinthes et les corniches de plafond seront toujours posées après l'assemblage des panneaux.

Il est également plus commode de poser les fenêtres et les portes sur les panneaux avant leur assemblage : cela permet de réaliser les encadrements et les charnières en étant plus à l'aise de ses mouvements.

Vient enfin le moment où la scène prend forme ! Si l'on est absolument sûr de ne plus avoir besoin de défaire les panneaux (petite scène non électrifiée par exemple), on peut coller et clouer : c'est la méthode la plus rapide. Dans les autres cas, il est recommandé d'utiliser plutôt des vis : pratiquer des avant-trous à la vrille ou à la mini-perceuse et utiliser des vis de 16 mm minimum à tête plate.

Dans les deux cas, pour tenir les panneaux à angle droit durant l'assemblage, on peut utiliser une **presse d'angle** à vis réglable : un accessoire utile et très bon marché (grandes surfaces de bricolage). Pour maintenir des panneaux d'une certaine hauteur, 2 presses sont préférables (l'une en bas, l'autre en haut).

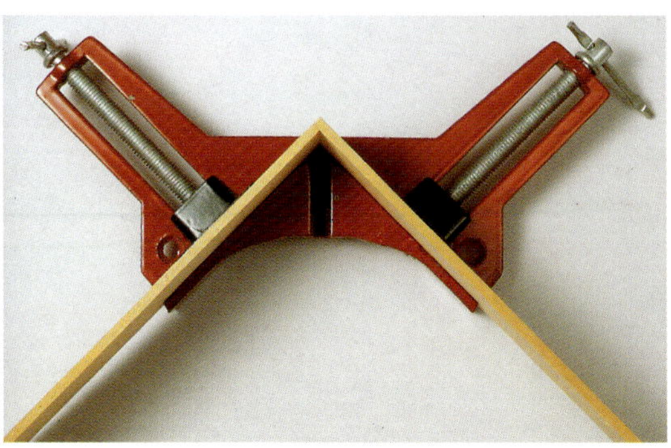

Recouvrir la boîte

On peut recouvrir l'extérieur avec le revêtement de son choix (toile textile, liège, papier épais, etc. le choix est vaste, notamment aux rayons encadrement et cartonnage) collé avec du Guddy (adhésif double face en grande largeur) ou de la colle blanche diluée à l'eau et passée au gros pinceau selon la nature du revêtement.

On peut aussi enduire la boîte ou la peindre.

Poser une vitre de protection

Cela n'est pas indispensable mais présente l'avantage de protéger la scène de la poussière. D'autre part, si la scène doit voyager et être exposée au public, c'est une sécurité supplémentaire.

Un impératif : que cette vitre (ou plexiglass) soit posée de manière à permettre une ouverture facile (on n'a jamais fini de rajouter quelque chose, changer une disposition...). Deux solutions parmi d'autres :

- Confectionner un cadre de mêmes dimensions que la scène et y coller la vitre à l'Araldite sans déborder. Par sécurité, on peut coller à l'intérieur de ce cadre et contre la vitre, de petits tasseaux. Ce cadre vitré sera ensuite posé contre la boîte et fixé à elle :
  - par une ou des charnières sur un des côtés et petit crochet sur un autre côté,
  - par des crochets sur deux côtés,
  - si la boîte est petite et légère, par des bandes magnétiques adhésives, ou même du Velcro (idée B. Desportes).
- Couper des baguettes pour faire un cadre venant s'emboîter dans l'ouverture (donc légèrement plus grand que dans le cas n°1), mais ne coller que 3 baguettes sur 4 en laissant de côté une des baguettes latérales : appelons ce "cadre" à 3 côtés l'élément A. Coller la baguette restée libre avec la vitre à l'Araldite : c'est l'élément B. Emboîter l'ensemble A et B dans l'ouverture et coller toutes les baguettes de A avec la boîte, B restant positionné mais n'étant pas collé à la boîte. Pour ouvrir la scène, il suffira de faire coulisser la vitre en la tenant par la baguette.

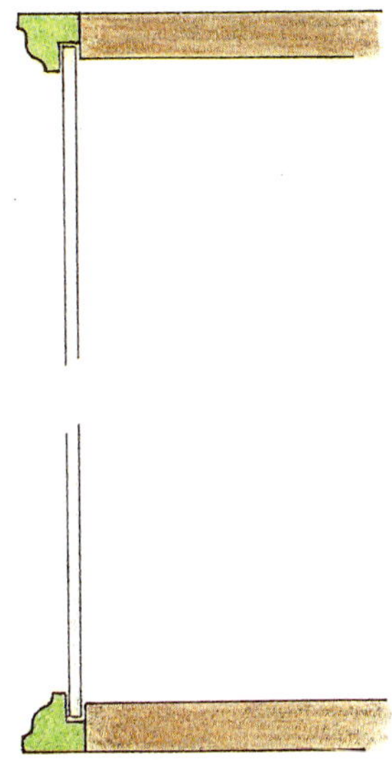

Un petit truc qui permettra à la boîte de rester stable après la pose du cadre pour la vitre : coller deux tasseaux (par exemple de 10 mm de large) sous la base. Les décaler du bord : ainsi les mains pourront se glisser sous les côtés pour des manipulations fréquentes.

Anatomy of a Teddy Bear

Quelques scènes à réaliser

Crèche Anne Jacolot.
Personnages C. Munière.

"Bébé est arrivé ! Heureusement qu'on avait décoré la chambre en rose..."

C'est une fille !

Spécial débutant

Bébé C. Munière, céramiques V. Cornish.
Dimensions de la scène : L. 34 cm x H. 22 cm x P. 12 cm.

Peu profonde, elle est conçue comme une vitrine pour être accrochée au mur. Les tiroirs de la commode ne fonctionnent pas, il n'y a pas de fenêtre, et la porte ne s'ouvre pas : il n'y a donc pas d'ouvertures à découper dans le contreplaqué. C'est une scène facile à réaliser qui permet à ceux qui n'ont jamais fait de miniature de se familiariser avec les techniques de base.

► **Se reporter souvent aux chapitres précédents : comment assembler une boîte, couper, poncer, assembler le bois et réaliser un meuble.**

Le gros œuvre

La boîte

Faire découper les panneaux de contreplaqué :

- plafond et base : 340 x 120 mm (2 fois)
- côtés : **112** x **204** mm (2 fois)
- fond : 340 x **204** mm (1 fois).

Les dimensions en gras ont été obtenues en diminuant les dimensions totales de l'épaisseur des cloisons.

Ne pas assembler les panneaux pour l'instant.

La peinture de la partie haute des murs

Tracer un trait à 70 mm de hauteur sur les trois panneaux pour délimiter la partie à peindre. Poncer et appliquer une sous-couche d'apprêt : ce travail un peu fastidieux est néanmoins nécessaire car le contreplaqué présente des irrégularités de surface qui se voient après peinture.

On peut aussi, comme dans la chambre de Petit Ours, coller du carton lisse.

Si l'on désire un effet moucheté comme ici, peindre en blanc à la bombe ou à l'éponge (en lissant), puis projeter en bruine du rose (Magnolia satiné de Valentine). La bruine s'obtient avec un petit vaporisateur à bouche (Lefranc et Bourgeois) ou avec une grille à bruiner (rayon travaux manuels) ou encore en passant le pouce sur une brosse à dents (il faut un peu d'entraînement pour obtenir un effet régulier). On peut aussi passer le rose en tamponnant avec une éponge (voir page 82).

Le lambris

Il est réalisé avec des **baguettes plates** de 10 mm de large en 5/10e ou 10/10e de mm d'épaisseur que l'on tronçonne à 70 mm de longueur.

Prévoir aussi 3 **baguettes décoratives** : une

pour poser à la jonction murs/plafond (env. 580 mm), une baguette d'encadrement à poser à la jonction lambris/partie peinte des murs, et une plinthe à poser au bas du lambris (env. 500 mm).
Sur le panneau du fond, réserver d'un trait de crayon léger sur chaque côté 8 mm pour l'épaisseur des cloisons latérales ainsi que 82 mm pour l'emplacement de la porte (70 mm + 2 fois 6 mm pour le chambranle).
De même sur les cloisons latérales : sur la cloison gauche, réserver à droite 9 mm (épaisseur du contreplaqué du fond 8 mm + épaisseur du lambris du fond 1 mm). Faire de même sur la partie gauche de la cloison latérale droite.
Coller le lambris sur les surfaces ainsi délimitées des trois panneaux et le peindre : ici rose Magnolia satiné (coloris n° 84 Touche Essai Valentine). Puisque l'on a le pinceau en main, peindre aussi les 3 baguettes décoratives sans les coller (cela sera fait après assemblage des cloisons pour un meilleur ajustage).

Le plafond

Préparer le support comme pour les murs (ponçage et sous-couche) ou le recouvrir de carton lisse. Peindre en blanc.

Le plancher

Il est réalisé avec les mêmes lattes de bois que le lambris (10 mm de largeur et 10/10e de mm d'épaisseur). Réserver sur trois côtés une bande de 9 mm (épaisseur des cloisons + épaisseur du lambris). La pose du plancher est la même que dans la chambre de Petit Ours, voir page 81.

Il existe des planches de parquet autocollantes qui se posent très facilement en un clin d'œil : une feuille suffit pour une pièce, on peut découper le parquet avec des ciseaux, le teindre, le peindre, etc. S'agissant d'une chambre d'enfant, on peut aussi mettre de la moquette (magasins spécialisés) ou de la suédine adhésive (voir la chambre de Marjorie page 128).

Finition : on peut teindre et cirer le plancher. On peut aussi le céruser (voir page 82), le décorer au pochoir (voir page 48), le peindre, le lazurer...
Avant d'assembler nos panneaux de contreplaqué, il vaut mieux réaliser la porte : elle sera mieux ajustée si on travaille sur le panneau à plat.

La porte

Dimensions : 154 x 70 x 3 mm.

Fournitures

- planchette de 15/10e,
- moulure pour encadrer les panneaux (voir page 83).

Découpe du bois

Découper dans la planchette un rectangle de 154 x 70 mm.
Déligner des baguettes de 11 mm de large et les tronçonner aux dimensions suivantes :

Figure réduite à 75 %.

- 154 mm pour les montants verticaux : il en faut donc 2.
- 48 mm pour les traverses horizontales : il en faut 3.

Réalisation

Préparer le bois : l'enduire de gesso dilué à 10 %, poncer, enduire de gesso non dilué, poncer, dépoussiérer le bois.
Coller les baguettes sur le rectangle en s'aidant du schéma.
Encadrer les deux panneaux obtenus par les moulures spéciales coupées à onglet (voir page 83).
La poignée est une semence de tapissier à tête ovale.

Avant de coller la porte dans son emplacement, il reste à réaliser **le chambranle** : une simple baguette de 30/10e et 6 mm de large, coupée à onglet. La peindre avant de la coller (le mur étant déjà peint, cela évitera de déborder).

Ajuster ; si nécessaire poncer et coller.

Nous pouvons enfin assembler les différents panneaux de contreplaqué en utilisant la presse d'angle à vis (voir page 69).

Poser en dernier les 3 moulures décoratives déjà peintes.

Les meubles

Les catalogues de vente par correspondance et ceux des boutiques spécialisées en puériculture contiennent de jolis modèles de mobilier pour enfants **avec les cotes**. On n'a que l'embarras du choix pour meubler nos scènes sur ce thème ! Ne pas oublier de préparer le bois.

Le lit à barreaux

Dimensions 103 mm longueur x 70 mm hauteur x 58 mm de largeur.

On peut aussi pour une version simplifiée remplacer les barreaux par des panneaux pleins : dans ce cas supprimer longerons et barreaux et découper deux panneaux de 93 x 51 mm dans la planchette de 15/10e.

Fournitures

- planchette de 15/10e de mm d'épaisseur,
- baguette plate de 10/10e et 7 mm de largeur (ou planchette),
- carrelets de 5 x 5 mm de section pour les pieds, 3 x 3 mm pour les longerons de côté et 2 x 2 mm pour soutenir le sommier,
- baguette ronde de 2 mm de diamètre pour les barreaux.

Découpe du bois

Dans la planchette de 15/10e, découper 2 rectangles de 48 x 51 mm : ce seront les **panneaux de tête** et **de pied**, ainsi qu'un rectangle de 50 x 98 mm pour le **sommier**.

Dans la baguette plate de 10/10e et 7 mm de large (ou dans une planchette de même épaisseur), tronçonner 4 **baguettes** de 48 x 7 mm qui décoreront les panneaux de tête et de pied.

Dans le carrelet de 5 x 5 mm, tronçonner 4 morceaux de 70 mm pour faire **les pieds**.

Dans le carrelet de 3 x 3 mm, tronçonner 4 morceaux de 93 mm : ce seront **les longerons de côté** où seront fixés les barreaux.

Dans le carrelet de 2 x 2 mm, tronçonner 2 morceaux de 48 mm pour faire les tasseaux.

Dans la baguette ronde, tronçonner 26 tourillons de 47 mm pour faire **les barreaux**.

Assemblage

Positionner les 4 longerons côte à côte et indiquer au crayon les emplacements à percer pour fixer les barreaux : pour 13 barreaux par côté, il y a 52 trous. Procéder doucement en perçant sur 1 mm de profondeur avec un foret de 2 mm de diamètre. Puis coller les barreaux aux longerons en utilisant la plaque d'assemblage : voilà nos 2 **côtés** assemblés.

Coller les baguettes plates décoratives sur le côté extérieur des panneaux de tête et de pied, et un tasseau sur le côté intérieur de ces mêmes panneaux pour soutenir le sommier (ici, à 17 mm du sol).

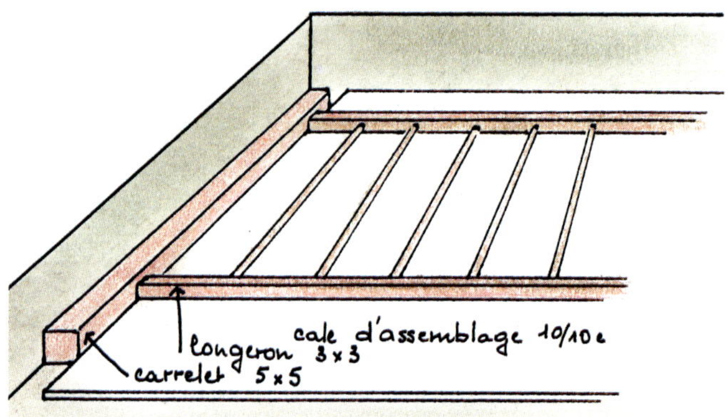

Maintenant, fixer les côtés aux pieds du lit : les longerons de côté font 3 x 3 mm de section, les pieds du lit 5 mm, il faut donc centrer les longerons en laissant 1 mm de chaque côté. C'est facile avec une **cale** et une **plaque d'assemblage**. Poser dans un angle de la plaque d'assemblage le pied du lit et contre lui, un morceau de bois ou carton quelconque (ex. 70 x 90 mm) de **1 mm d'épaisseur**. Prendre un des côtés du lit déjà assemblé (longerons + barreaux), mettre un point de colle sur les sections coupées des longerons et coller au pied du lit (voir croquis).

Laisser sécher puis coller au 2e pied.

Coller ensuite à 90° un côté ainsi formé avec l'un des panneaux (de tête ou de pied) en utilisant encore la cale de 1 mm.

En assemblant les côtés et les panneaux de tête ou de pied, veiller à bien placer le côté décoré de ces panneaux à l'extérieur du lit.

Coller maintenant le sommier sur les tasseaux. Il ne reste plus qu'à peindre le lit et à confectionner le matelas (une plaque de mousse de 10 mm d'épaisseur environ recouverte de tissu).

La commode

Les tiroirs ne fonctionnent pas et les poignées sont de grosses têtes d'épingles en porcelaine. Le plateau sert de table à langer. Dimensions : 88 mm de hauteur x 76 mm de largeur x 33 mm de profondeur.

Fallait-il concevoir cette commode comme un meuble fermé (ce qu'elle est dans sa partie basse) ou ouvert (ce qu'elle est dans sa partie haute) ? Ce point a son importance (voir page 52). Comme on ne la voit guère de côté, on a privilégié l'esthétique de face et on l'a considérée comme un meuble ouvert.

Fournitures

Planchettes de bois de 10/10e et 15/10e de mm.

Découpe du bois

Dans la planchette de 15/10e, découper le **panneau arrière** 88 x 76 mm, les côtés 78 x 30 mm (2 fois), le **panneau avant** 72 x 76 mm et le **plateau à langer** 73 x 60 mm. Dans la planchette de 10/10e, découper les **faux tiroirs** : ils mesurent tous 73 mm de largeur mais sont de hauteurs inégales : 16, 18 et 20 mm. Tronçonner aussi la **baguette décorative** du bas : 150 x 8 mm.

Réalisation

Arrondir le panneau arrière à la scie à chantourner manuelle ou au cutter + ponçage (voir page 14) ainsi qu'un angle de chaque panneau de côté.

On pourrait peindre la commode après assemblage, mais il faut considérer que les tiroirs sont collés et le résultat sera moins satisfaisant si on peint la façade avec ses tiroirs collés : on aura davantage l'illusion de tiroirs qui fonctionnent si on les peint séparément avant de les coller.

Poser le panneau arrière dans la plaque d'assemblage et coller perpendiculairement les côtés en les posant sur le panneau. Renforcer cet assemblage en collant un carrelet (ex. 5 x 5 mm) de 72 mm de long (voir croquis) : ce dernier ne se verra pas puisque les tiroirs ne fonctionnent pas.

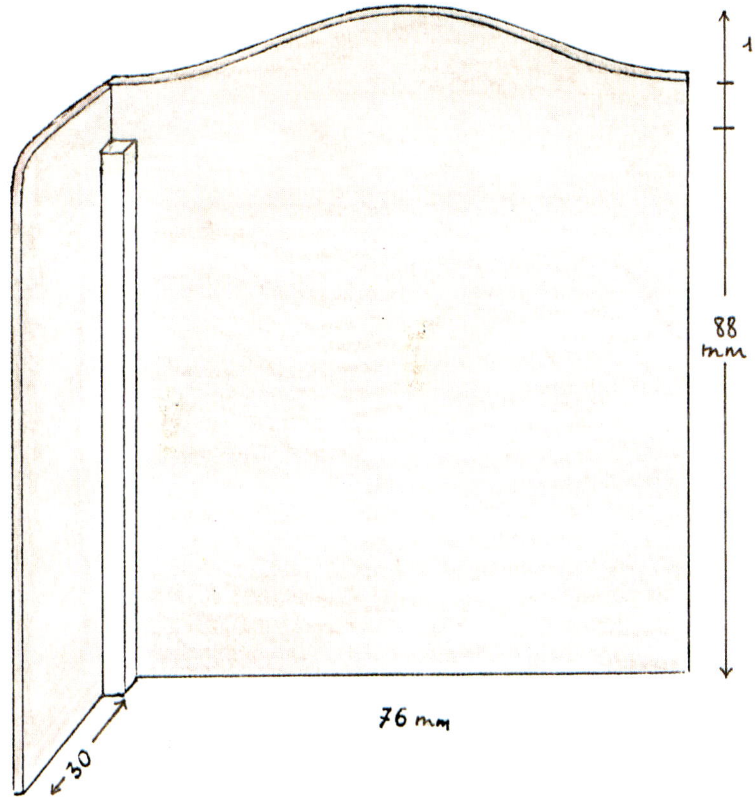

Coller le panneau avant sur le bloc déjà assemblé en renforçant de même cet assemblage par un carrelet ou tasseau. Coller les faux tiroirs en s'aidant du croquis puis le plateau à langer en le faisant reposer sur les quatre tasseaux et le panneau avant. Arrondir légèrement l'arête de la baguette décorative et la coller dans le bas du meuble en coupant les angles à onglet. Couper les tiges des épingles à tête pour n'en laisser que 2 mm : percer un trou avec un foret dans les faux tiroirs et renforcer par un point de colle.

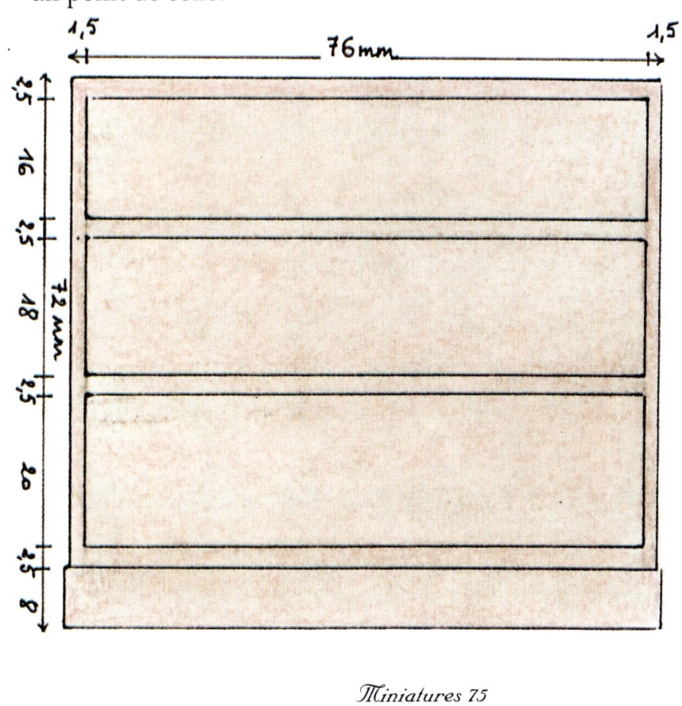

Le meuble mural

Dimensions : 58 mm de hauteur x 58 mm de largeur x 10 mm de profondeur.

Fournitures

- Planchette de $15/10^e$ de mm.
- Baguette de bois de même épaisseur et 10 mm de large : à défaut, se servir de la planchette (mais une baguette déjà découpée à la bonne largeur, c'est bien pratique).

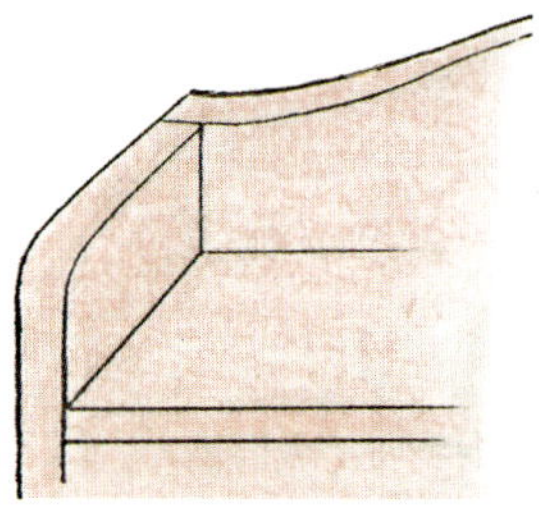

Découpe du bois

Dans la baguette, tronçonner 5 longueurs de 55 mm (**3 étagères** et **2 montants verticaux**). Arrondir un angle des deux montants verticaux.

Dans la planchette, découper 58 x 58 mm : ce sera le panneau du fond. Découper l'arrondi en prenant modèle page 75.

Assemblage

Dans la plaque d'assemblage, poser le panneau du fond, et coller les différents éléments (voir page 54 le collage des étagères).

Les accessoires

Le tour de lit

Deux morceaux de tissu que l'on assemble sur l'envers à la machine pour obtenir un rectangle. Laisser quelques cm d'ouverture pour retourner l'ouvrage sur l'endroit et glisser à l'intérieur le rembourrage (ouatine). Coudre les rubans qui serviront à attacher le tour de lit aux barreaux : prévoir un peu de longueur pour pouvoir nouer, et couper ensuite.

Si l'on a coupé le ruban trop court, faire le nœud séparément et le coller.

Le panier

Voir page 36 la technique de la vannerie. Ces paniers cadeau de naissance ont souvent un fond plat et peu profond, et une grande anse. On peut le doubler de tissu et y ajouter des nœuds. Le pot de crème est une perle bleue en plastique, son bouchon une rondelle de Fimo blanc, et l'étiquette une publicité de magazine passée à la photocopieuse.

La tétine du biberon, la sucette et le canard

Ils ont été modelés en Fimo. Le verre du biberon est un tube d'échantillon de parfum (voir page 23).

Le jouet en bois

Pour faire ce **"banc" avec les chevilles et le maillet**, il faut une baguette de bois de 11 mm de largeur et $15/10^e$ de mm, une baguette ronde de 2 mm de section, et une autre de 3 mm.

Dans la baguette ronde de 2 mm, tronçonner 8 **chevilles** de 8 mm de longueur, plus un morceau de 20 mm pour le **manche du maillet**. Dans la baguette de 3 mm de section, tronçonner un morceau de 8 mm pour la **tête du maillet**. Y percer un trou et y coller le manche.

Peindre les chevilles de couleurs primaires.

Le banc : dans la baguette de 11 mm de largeur, couper 2 morceaux de 16 mm de long pour les côtés, et un de 30 mm ; dans le dernier, percer 8 trous avec un foret de 2 mm monté sur un porte-foret à main. Coller les trois parties ensemble.

Enfoncer les chevilles de façon inégale : si elles ont trop forci avec la peinture, passer une lime ronde dans les trous pour les élargir très légèrement. Attention, les chevilles doivent rentrer un peu en force pour tenir.

Les boîtes à musique et le porte-manteau

Reporter les dessins dans du contreplaqué de $8/10^e$ (soit 0,8 mm) et les découper avec la scie à chantourner manuelle (ou cutter + lime à ongles). Passer une couche de gesso et poncer avant de peindre.

On peut aussi utiliser du carton lorsque le motif ne présente pas des contours trop anguleux.

L'oie sur l'étagère : découper deux fois le motif et intercaler une rondelle de bois ou de Fimo entre les deux.

Maman lapin au mur : ajouter un petit fil et une perle pour figurer le mécanisme de la boîte à musique.

Le lapin porte-manteau : faire une fente et y coller le pied.

Tapis tressé, (voir page 40), petite pancarte "Chut ! bébé dort", les cubes sont des perles en bois (ou tronçonner dans un carrelet 5 x 5 mm).

D'autres possibilités de décoration : un couffin en raphia tressé (voir page 39), un tapis de jeu de sol (patchwork voir page 46), un mobile (quelques motifs découpés et du fil de pêche très fin), un abécédaire ou un bavoir encadré, etc.

"Les enfants, pas de bain avant 3 heures !"

La Baule-les-Pins

Chaises longues Bernard Desportes. Enfants Catherine Munière.
Une petite scène d'extérieur vite réalisée. Le sable a été éclairci avec du bicarbonate de soude.

Les chaises longues de Bernard

Elles doivent être réalisées en bois dur : hêtre, noyer, poirier, ramin, merisier... Les éléments sont assemblés par collage ou rivetage pour les perfectionnistes qui souhaiteraient une chaise articulée.

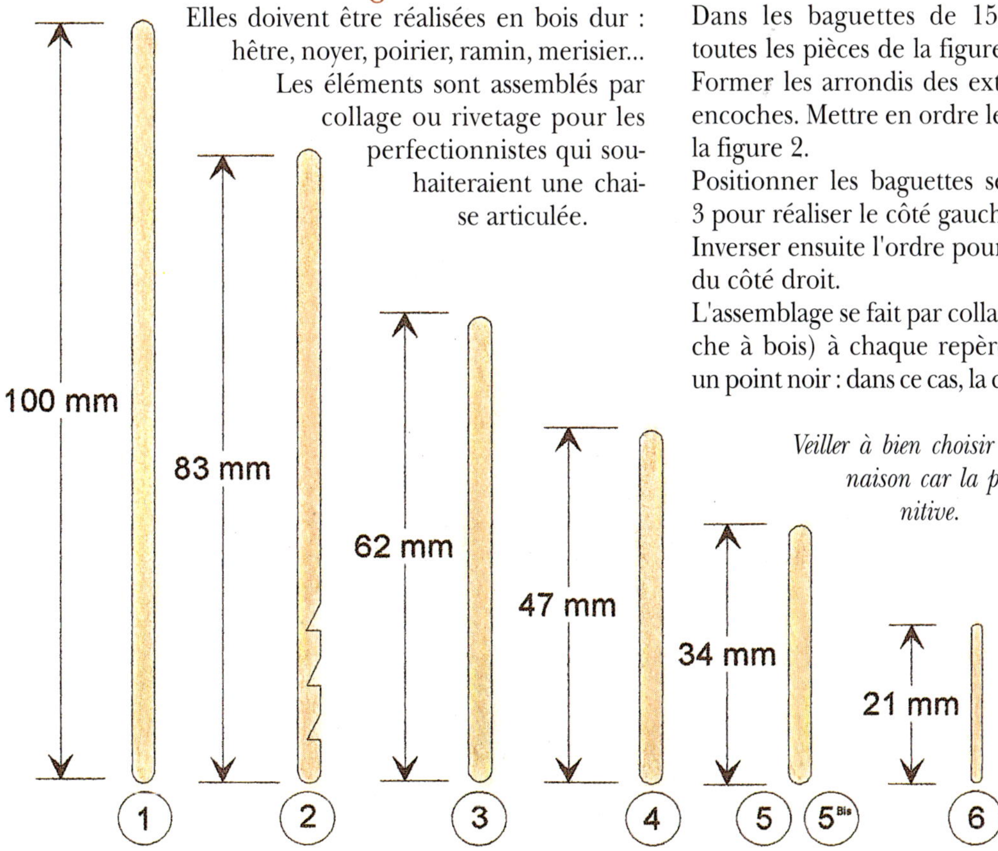

Figure 1 : pièces nécessaires à un côté.

Découpe du bois (pour une chaise)
Pour les côtés : 750 mm de baguette de 15/10e et 3 mm de largeur
Pour relier les deux côtés :
- Sur l'avant 180 mm de baguette ronde de 2 mm de diamètre (ou des pique-olives).
- Sur l'arrière 110 mm de baguette de 10/10e en 4 mm de largeur.

Réalisation
Dans les baguettes de 15/10e, couper toutes les pièces de la figure 1 **en double**.
Former les arrondis des extrémités et les encoches. Mettre en ordre les pièces selon la figure 2.
Positionner les baguettes selon la figure 3 pour réaliser le côté gauche.
Inverser ensuite l'ordre pour la réalisation du côté droit.
L'assemblage se fait par collage (colle blanche à bois) à chaque repère indiqué par un point noir : dans ce cas, la chaise sera fixe.

Veiller à bien choisir l'angle d'inclinaison car la position est définitive.

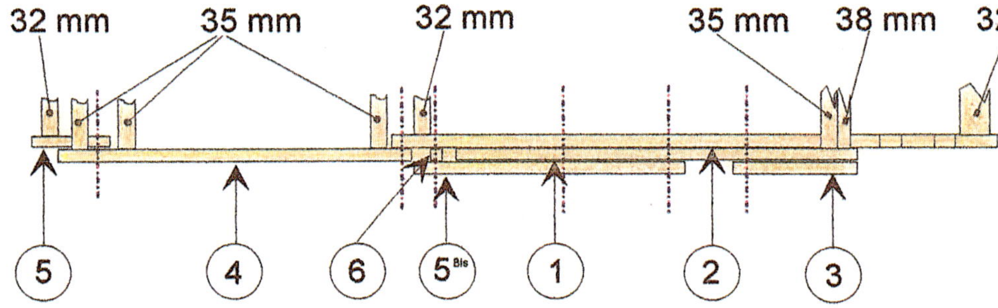

Figure 2 : vue de dessus (partie).

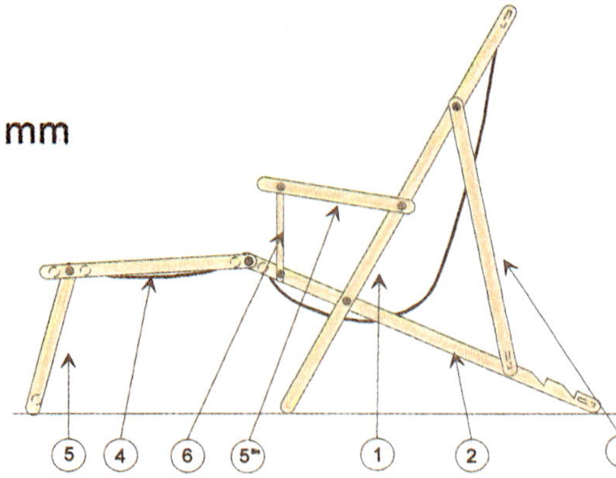

Figure 3 : assemblage des baguettes.

Plus difficile ! La version articulée

Au lieu de coller, il suffit de poser un rivet aux emplacements marqués par un point noir dans la figure 3.
Il est difficile de trouver de tout petits rivets dans le commerce : à défaut, pourquoi ne pas essayer de les faire soi-même ?
Un rivet est une tige cylindrique terminée par une tête à chaque extrémité, qui maintient 2 éléments ensemble. Cet assemblage peut être serré (pour une position fixe) ou moins serré pour permettre la mobilité des deux éléments.

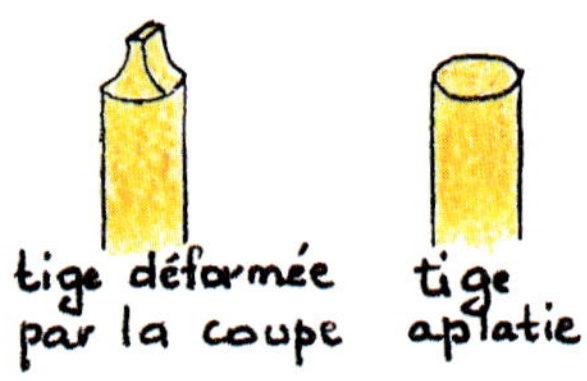

Pour fabriquer nos rivets au 1/12e, il faut des tiges de cuivre de 0,4 mm de diamètre. Couper 30 à 40 mm de tige et aplatir à la lime une extrémité pour supprimer la déformation causée par la coupe.

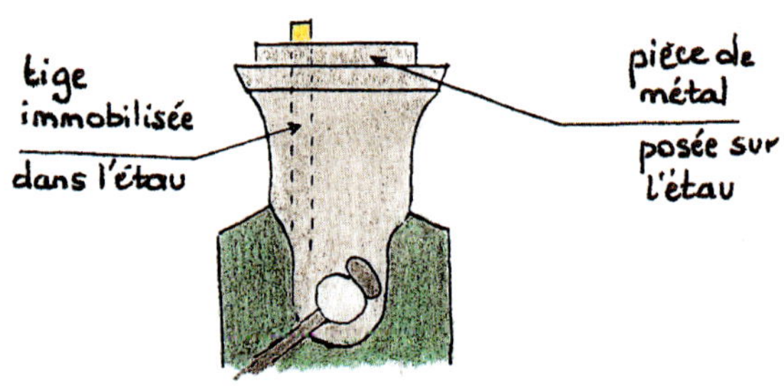

Pour réaliser la 1re tête, se procurer une petite plaque de métal suffisamment épaisse pour qu'elle ne se déforme pas sous les coups de marteau, telle qu'un fer plat de 5 mm d'épaisseur. Y percer un trou au diamètre exact de la tige et y introduire cette dernière. Poser à plat cette plaque de métal sur l'étau et immobiliser la tige en serrant, en n'en laissant dépasser que 2 mm.
La 1re tête se fera en frappant sur la circonférence de la tige. De nombreux petits coups seront plus efficaces.
Sortir la tige de l'étau et la couper à la longueur désirée : pour calculer cette dernière, positionner la tige dans son emplacement définitif et couper en ajoutant :

- une cale d'épaisseur (à réaliser selon le schéma ci-dessous) qui aménagera un espace entre la tête et la pièce, espace nécessaire à la mobilité du montage,
- la longueur nécessaire à l'aplatissement,

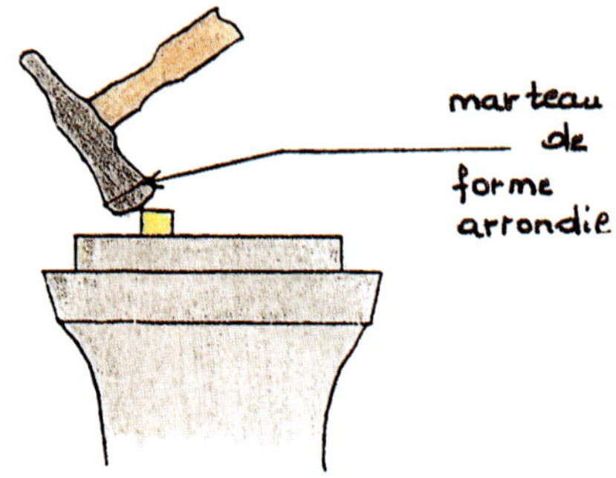

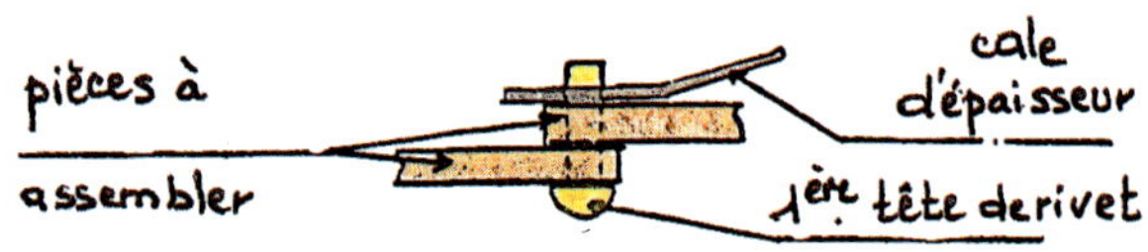

- la hauteur pour la confection de la tête.

La tige coupée, il suffit de réaliser la 2e tête, toujours en limant et martelant mais en posant la 1re tête sur l'enclume et en tournant la cale d'épaisseur durant l'opération, afin de ne pas marquer le plat de la 2e tête de rivet avec la fente de la cale.

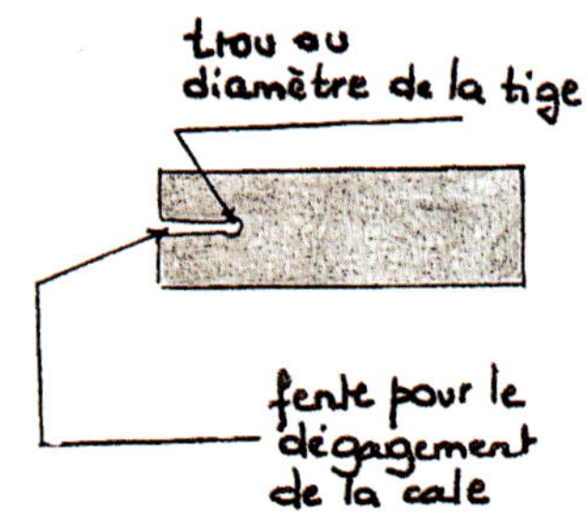

Les deux côtés de la chaise étant assemblés séparément par collage ou rivetage, il reste à les unir : couper la baguette de 2 mm de diamètre en cinq morceaux aux dimensions indiquées figure 2. Le regroupement des côtés est ainsi obtenu en collant ces morceaux aux emplacements marqués d'un cercle sur la figure 3*. Pour assembler l'arrière de la chaise, utiliser 3 morceaux de baguette de 1 mm (se reporter également aux dimensions données dans la figure 2).

* Pour coller le tissu, on peut trouver plus facile de ne pas coller toutes les baguettes rondes avant.

Les tissus sont fixés en dernier lieu. Couper une bande de 30 x 110 mm et une de 30 x 45 mm (pour le repose-pieds). Les enrouler autour des baguettes et les coller selon les indications de la figure 3.

Pour une chaise de dimensions différentes (chaise d'enfant par exemple), on peut déterminer la longueur de tissu nécessaire en posant la chaise à plat et en tendant le tissu entouré sur les baguettes rondes.

Les accessoires de plage

Le **seau** est découpé dans du carton recouvert d'adhésif transparent et décoré d'un mini-sticker Sandylion (papeteries) : l'anse est un fil de téléphone gainé.
La petite **pelle** est un jouet Playmobil dont le manche plastique a été remplacé par un tourillon en bois de 1,5 mm de diamètre.
Le **ballon** est une bille de peinture (projectile pour pistolet Paint Ball) ; si l'on utilise une perle en bois, reboucher les trous à l'enduit ou au gesso avant de peindre à l'aérosol.
Les **serviettes de plage** ont été coupées dans du tissu éponge très fin et teint.

L'**épuisette** est réalisée avec 85 mm de tourillon de 1,5 mm de diamètre, un morceau de fil de fer de 60 mm de long et 25 x 70 mm de tulle à petites mailles (souvenir d'un baptême) peint à l'aérosol de peinture verte. Plier le rectangle de tulle en deux. Couper et coudre le filet avec du fil vert. Courber le fil de fer et y coudre le filet. Coller le fil de fer sur le manche et cacher par un rectangle de métal.
Les **pâtés** ont été faits avec un mélange de sable, de colle et d'eau moulé dans un dé à coudre : ils sont complètement durs et gardent un aspect de sable mouillé.

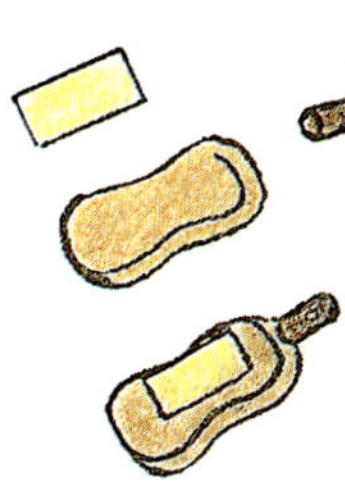

Le **flacon de lotion solaire** a été modelé en Fimo (le flacon en Champagne, le bouchon en Terracota) et l'étiquette passée à la photocopieuse.
Le **paquet de biscuits**, (voir page 24). Les biscuits : étaler de la pâte Fimo Caramel sur un carreau et découper les biscuits avec un couteau à surgelés aux dents très fines. Ne pas tirer pour séparer, descendre le couteau bien droit et le relever de même. Seul le côté droit de la lame imprime ses dents, donc après avoir coupé le côté gauche du biscuit, faire pivoter le carreau pour couper le côté droit. Piquer la surface avec une aiguille. Faire cuire sur le carreau et séparer les biscuits après cuisson.
Le **panier** sud-américain est réalisé comme les paniers de la page 37 en utilisant du fil armé marron (prévoir deux fils d'armature plus longs pour la poignée double) et du fil à broder danois aux beaux coloris chauds. La bordure est faite à l'aiguille (en brodant). Gainer la poignée de cuir.
Le **chapeau** est en raphia tressé (voir page 39). De même, les **espadrilles** : mais ici, la tresse est enroulée et cousue, non pas à plat mais debout.

Le **cerf-volant** est en papier de soie. Les montants sont en carrelet Stripstyrene de 0,6 mm de côté ; pour les couper à onglet, on a fait le patron du cerf-volant sur papier et collé ce dernier sur le plan de travail. On a vaporisé dessus de la colle repositionnable et posé 2 montants sur le dessin en les faisant se chevaucher à l'intersection. Il ne restait plus qu'à couper au cutter les deux montants en même temps (comme on le fait pour deux moquettes qui se rejoignent à la jonction de deux pièces).

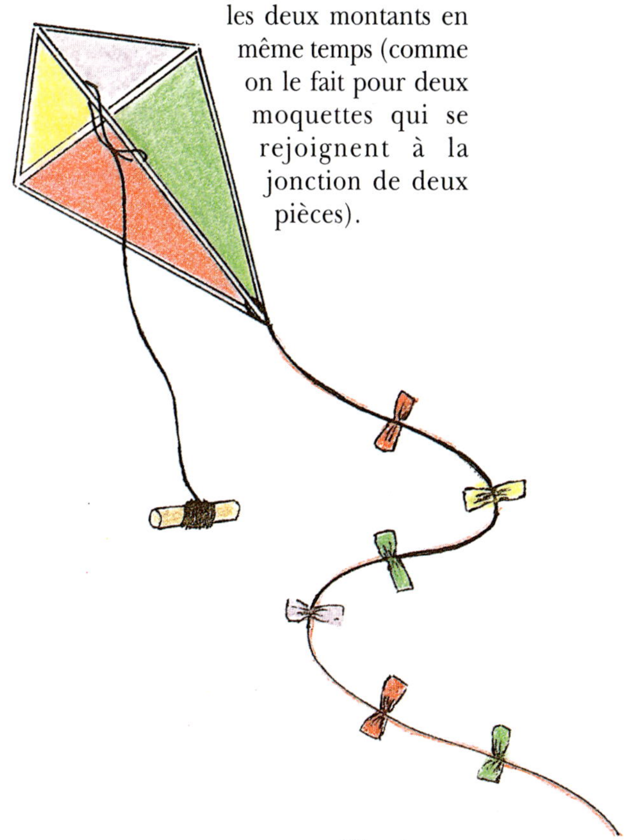

"Chic ! J'irai pas à l'école !"

La chambre de Petit Ours

Ours Odette Conley, figurines en céramique Véronique Cornish.
Dimensions : L. 34 cm x H. 23 cm x P. 25 cm.

Le "gros œuvre"

Exceptionnellement, pour cette pièce de petites dimensions, on n'a pas utilisé le contreplaqué habituel de 8 mm. En effet, pour éviter le fastidieux travail de préparation des surfaces, on a recouvert les murs et le plafond de carton Ingres à l'aspect lisse. Ce carton ayant 2 mm d'épaisseur, si l'on avait utilisé du contreplaqué de 8 mm, cela aurait fait 10 mm, une épaisseur un peu excessive pour cette petite scène.

Le contreplaqué de 6 mm d'épaisseur étant difficile à trouver, à défaut se rabattre sur l'aggloméré.

Avec le carton, recouvrir entièrement les deux murs de côté ; pour le mur du fond, réserver à gauche et à droite 8 mm, soit l'épaisseur des deux cloisons latérales. Pour le plafond, réserver cette marge sur 3 côtés.

Le plancher

Il est réalisé avec du bois blanc ordinaire comme du peuplier. Il faut des baguettes plates de 12 mm de largeur et 15 ou 20/10e (voire moins).
S'agissant d'un plancher moderne, les lattes sont larges (elles pourraient l'être encore plus, jusqu'à 15 mm). On les colle les unes à la suite des autres avec de la colle blanche à bois, sans utiliser de clous.

Les planchers anciens sont plus étroits (10 mm) et il y a souvent un espace entre chaque latte (où la poussière et la cire s'accumulent) : pour un effet réaliste, il faut le respecter (en intercalant un bristol par exemple au moment du collage) et terminer la finition par deux petits clous en bout de lattes.

Orientation du plancher
Faut-il le poser dans le sens de la longueur ou de la largeur de la pièce ? Il faut privilégier ce qui est agréable à l'œil. Le plus souvent, comme ici, on le pose dans le sens d'ouverture de la porte et dans la longueur de la pièce.

Dans les pièces comportant des poutres, il suit le sens de ces dernières.

Tout d'abord dessiner sur la planche de contreplaqué qui va recevoir le plancher l'emplacement de ce dernier en réservant sur trois côtés 8 mm, soit l'épaisseur des cloisons ; en effet, le plancher ne passe pas sous les murs mais s'arrête à l'aplomb de ceux-ci, sauf à l'emplacement de la porte sous laquelle il se continue.

Les plinthes seront posées plus tard sur le plancher.

Pose : couper une latte à une longueur quelconque, et la coller en commençant par le devant de la pièce. Continuer en coupant et collant la 2e latte pour terminer la rangée, et ainsi de suite.
Lorsque la pose est terminée, si l'on n'est pas satisfait de l'alignement de début ou de fin des rangées, il est facile de couper ce qui dépasse au cutter + cale à poncer.

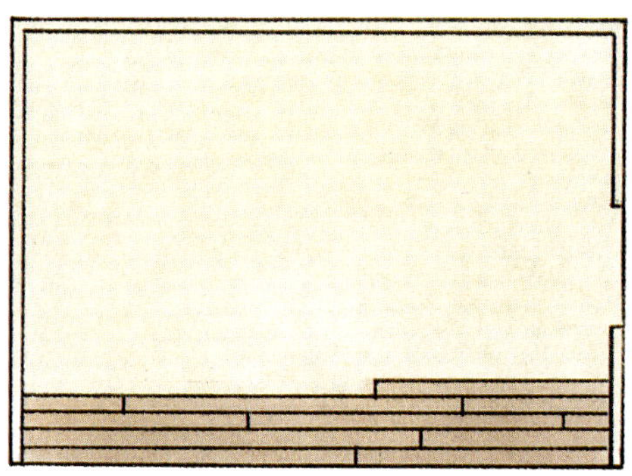

Finition : pour un effet "cérusé", on a passé sur le bois brut et non poncé de la gouache blanche avec une éponge sans trop unifier, et on a laissé sécher. On a nettoyé ensuite avec une éponge propre. Poncer légèrement, l'humidité de la gouache ayant tendance à redresser les fibres. Le même résultat peut être obtenu avec du blanc à chaussures.
On peut aussi mélanger des pigments de couleur blanche à de la cire incolore.
Il existe dans le commerce des produits spécifiques (mais dans des conditionnements de taille normale) comme Cérusé de la gamme Palazzo de Tollens (également dans cette gamme : stuc italien, moucheté, marbré, craquelé...) Pour un effet colorant laissant voir le veinage du bois, il existe Déco Lasure de Lefranc et Bourgeois (10 couleurs en petits pots).

Les murs

Il pourrait sembler plus logique de découper les ouvertures des portes et des fenêtres avant de peindre (économie de travail et de peinture) et c'est effectivement une possibilité. Cependant, la taille des ouvertures à découper étant fonction non seulement des ouvertures elles-mêmes, mais aussi du chambranle, il peut s'avérer plus pratique d'attendre que les ouvertures et leur chambranle soient complètement réalisés pour s'adapter très exactement à leurs dimensions.
Si la place du chambranle n'a pas été prévue lors de la découpe des ouvertures, et qu'il est trop tard pour y remédier (cas d'une scène ou maison déjà assemblée que l'on ne peut démonter), on peut coller simplement des baguettes plates sur le mur autour des ouvertures. Mais il sera plus difficile alors de poser des charnières ou un autre système d'articulation.

La peinture des murs

Pour un effet estompé, on a utilisé ici de la peinture bleue (Myosotis Acrylique satin Ripolin) et de la peinture blanche. Procéder en posant les trois panneaux à plat. Passer la peinture bleue avec une éponge ou un pinceau plat en mousse, en lissant : de cette façon, on évite les traces de coups de pinceau. Bien unifier, laisser sécher. Avec un pinceau, poser de la peinture blanche sur une éponge ; tapoter l'éponge sur un journal pour enlever l'excédent. Tapoter légèrement les surfaces à estomper en posant l'éponge bien à plat (sans tirer et sans lisser) tout en variant la position de l'éponge. Procéder en deux fois en laissant sécher entre les deux opérations.
On assemblera les cloisons lorsqu'elles seront entièrement terminées, porte et fenêtre posées, à l'exception des plinthes de parquet et corniches de plafond qui ne seront collées qu'en tout dernier (pour un ajustage plus précis aux angles).

Les ouvertures

La porte et la fenêtre ainsi que leur huisserie sont réalisées en peuplier : **bien relire page 12 et suivantes, les conseils de base pour couper, poncer, couper à onglet et percer le bois.**
Pour gagner du temps, on peut préparer le bois en planchette (gesso + ponçage) avant de le découper, en évaluant approximativement la quantité que l'on va utiliser

plutôt que de travailler chaque morceau l'un après l'autre après découpe.
La porte et la fenêtre sont articulées sur charnières.

Pour une installation fixe, voir la porte page 73 et la fenêtre page 136.

La porte

Pour faire entrer la lumière dans cette petite scène, on a choisi de réaliser une porte vitrée (pour une porte pleine, voir page 73). On peut remplacer les petits croisillons par une autre décoration, comme une guirlande peinte sur le verre (peinture ou vernis effet verre dépoli Ets Mauler).
Dimensions de la porte sans chambranle : hauteur 150,5 mm x largeur 71 mm x profondeur 50 mm.

Fournitures :

Pour la porte seule :
- planchettes de bois de 20/10e et 15/10e,
- baguette de 5 mm de large et 5/10e pour la finition de 3 côtés (il en faudra environ 400 mm),

- verre de vitre de 2 mm d'épaisseur : 60 x 70 mm. Du verre plus mince ne peut qu'améliorer l'esthétique, mais il est plus difficile à trouver, et il faudrait alors adapter l'épaisseur du rectangle de 150 x 70 mm (voir infra),
- pour les croisillons, de fines tiges de plastique blanc de 0,8 mm du type StripStyrene (voir page 23 le plastique). A défaut, utiliser un carrelet de 1 x 1 mm,
- moulure pour souligner les panneaux de la porte (magasins spécialisés pour maisons de poupées). Il en faudra environ 800 mm pour décorer les deux côtés de la porte. L'idéal serait que cette moulure ait un décroché de 1,5 mm égal à l'épaisseur des panneaux à encadrer (heureusement c'est souvent le cas). Attention, pour encadrer des panneaux, il faut des baguettes spéciales différentes des baguettes d'encadrement.

Baguette d'encadrement.

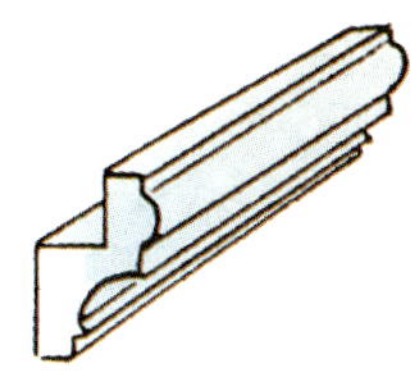

Baguette pour panneaux.

Découpe et assemblage

Dans le bois de 20/10e, découper un rectangle de 150 x 70 mm : découper dans ce rectangle l'emplacement de la vitre 75 x 60 mm (figure 1).
Dans la planchette de 15/10e, découper les montants : 4 baguettes de 9 x 150 mm, et 8 baguettes de 9 x 52 mm. Les coller verticalement et horizontalement sur une face de ce rectangle : positionner les deux baguettes horizontales intermédiaires respectivement à 70 et 90 mm du bord supérieur de la porte en s'aidant de la figure 3.
Faire de même de l'autre côté : figure 3.
Faisons une petite pause. Si nous glissons le verre dans l'espace que nous venons de lui aménager, nous constatons que, compte tenu de son épais-

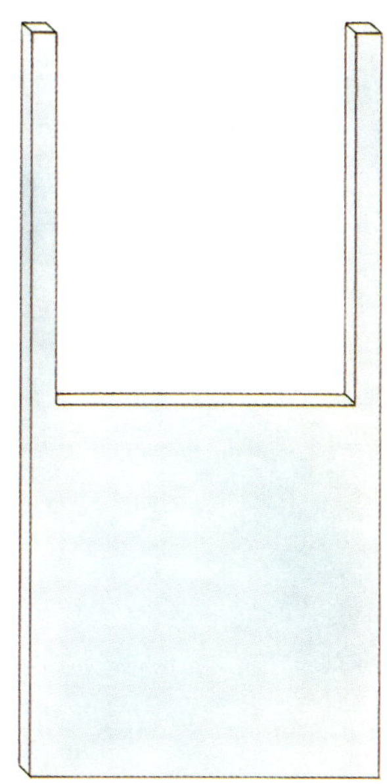

Figure 1.

Figure 2.

seur, on aperçoit un peu l'envers des baguettes qui bordent la vitre. Lorsqu'elle sera définitivement en place, on ne pourra plus accéder à cet endroit. Aussi, si la porte doit être peinte, vaut-il mieux passer de la peinture sur ces endroits.

Glisser la vitre dans son emplacement. Découper dans la planchette de 20/10e une baguette de 60 x 5 mm et la placer sur le bord supérieur de la vitre pour bloquer cette dernière. Coller la fine baguette (5/10e et 5 mm de large) sur les tranches de la porte pour la finition (figure 4).

Décorer les panneaux avec les baguettes spéciales coupées à onglet. Fixer les charnières (voir page 55). Peindre entièrement. Poser les croisillons sur la vitre et une petite poignée.

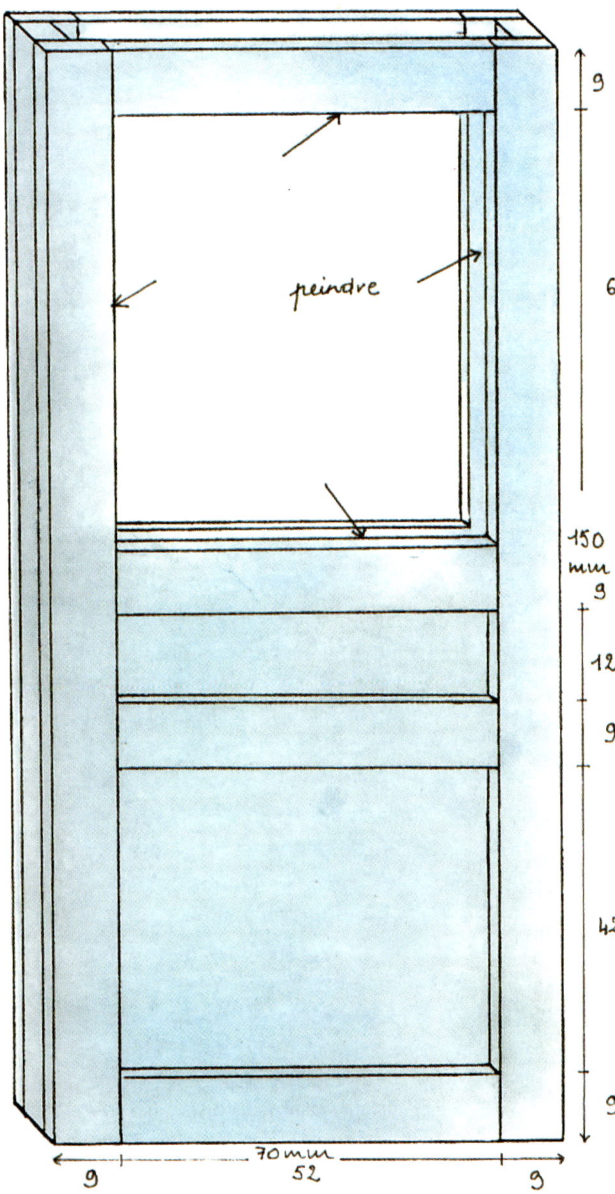

Figure 3 au 1/12e.

Le chambranle

Fournitures

Planchette de bois de 50/10e.

Réalisation

Poser la cloison à plat : positionner la porte et dessiner son contour à l'emplacement choisi. Ajouter sur trois côtés l'espace nécessaire au chambranle soit 5 mm. Pour calculer la hauteur à découper, ne pas oublier l'épaisseur du plancher* (15 ou 20/10e). Si l'épaisseur du plancher est de 20/10e, le rectangle à découper dans le contreplaqué sera de 157,5 mm (150,5 mm hauteur de la porte + 5 mm hauteur de la traverse horizontale du chambranle + 2 mm hauteur du plancher) x 81 mm (71 mm largeur porte + 2 fois 5 mm largeur du chambranle).

Lire page 66 comment découper dans le contreplaqué.

Dans la planchette de 50/10e, découper une baguette de 8 mm de largeur (épaisseur de la cloison) x 400 mm environ. Dans cette baguette recouper :

- les 2 montants verticaux de 157,5 mm (chiffre à adapter selon l'épaisseur du plancher). L'une des coupes est droite, l'autre à 45° : pour la réaliser, poser la baguette dans la boîte à onglet en la faisant reposer sur son côté de 5 mm et couper à 45° dans l'épaisseur de 8 mm,
- une traverse horizontale de 81 mm coupée à 45° aux deux extrémités.

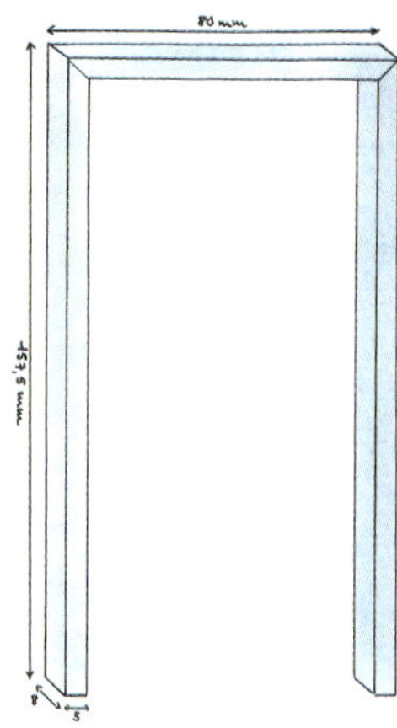

Pour la traverse horizontale, attention à l'orientation des angles. Pour les montants verticaux, cela n'a pas d'importance.

Peindre la traverse et les deux montants sur leurs 3 côtés apparents.

Figure 4.

Mettre en place la porte et son chambranle dans l'emplacement évidé pour vérifier l'ajustage.

Il sera peut-être nécessaire de poncer pour ajuster l'ensemble. A l'inverse, si l'on a trop coupé, ce n'est pas grave, on peut "remplir" entre le mur et le chambranle avec de l'enduit; de toute façon, il y aura une baguette décorative par-dessus.

* En effet, n'oublions pas que la porte passe sur le plancher !

Relier la porte au chambranle en fixant la 2e partie de la charnière : attention, la porte s'aligne sur le mur intérieur au ras du chambranle. Faire les raccords de peinture.

La feuillure

La porte a 5 mm d'épaisseur, la cloison 8 mm : il y a place pour une feuillure ! L'intérêt d'une feuillure est triple : outre son petit côté soigné, elle empêche la porte de s'ouvrir du mauvais côté (problème qui ne se rencontre pas avec les charnières, mais peut se présenter avec l'articulation sur pivots) et évite les jours en cas d'erreurs d'ajustage. Elle est, de plus, très simple à réaliser !

Fournitures

Baguette plate de 10/10e et 3 mm de large.

Poser la cloison sur son côté intérieur (pour une porte s'ouvrant vers l'extérieur). Il suffit de coller une baguette de 1 mm d'épaisseur et 3 mm de largeur*, affleurant le chambranle extérieur sur 3 côtés.

Si tout est bien ajusté, on peut maintenant coller le chambranle dans le mur ct poser une moulure décorative à cheval sur la jonction mur/chambranle.

A défaut, on peut utiliser une baguette de bois de 3 mm de largeur, arrondie sur 2 arêtes.

La fenêtre

Dimensions de la fenêtre sans le dormant : hauteur 90 x largeur 110 x épaisseur 40 mm. La fenêtre a deux vantaux fixés par des charnières au dormant ; l'ensemble est entouré d'un chambranle. Le principe de réalisation est le même que celui de la porte : des carrelets encadrant une vitre de même épaisseur, et recouverts de baguettes.

En plus de la feuillure entre le dormant et les vantaux, on a posé une feuillure supplémentaire entre les vantaux eux-mêmes afin qu'aucun jour n'apparaisse lorsque la fenêtre est fermée.

Les indications sont données en italique pour une version simplifiée sans cette feuillure supplémentaire.

* Pourquoi 3 mm ? Parce que la cloison fait 8 mm et la porte 5 mm. Ainsi, il n'y aura pas de jeu et la porte sera bien maintenue.

Fournitures :

- carrelet de 2 x 2 mm (ou couper dans la planchette de 20/10e)
- planchettes de 10 et 20/10e
- baguette de 10/10e en 5 mm de large (ou couper dans la planchette)
- verre de vitre de 2 mm d'épaisseur : 51 x 86 mm (2 fois)
- 4 charnières de 8 mm

Découpe du bois

Pour le **cadre** (qui sera caché) entourant les vitres :

Dans le carrelet 2 x 2 mm, tronçonner 4 baguettes de 90 mm et 4 baguettes de 51 mm.

Menuiseries apparentes

Dans la baguette de 10/10e (ou la planchette) en 5 mm de large, couper 6 baguettes de 90 mm et 8 baguettes de 45 mm.

Pour faire la feuillure entre les vantaux, découper dans le bois de 10/10e, 90 x 4 mm et 90 x 6 mm.

Version simplifiée sans la feuillure supplémentaire : 8 baguettes de 90 x 5 mm, et 8 baguettes de 45 x 5 mm.

Assemblage

Poser les vitres à plat ; coller autour (verre + bois → Araldite prise rapide) les carrelets selon figure 1. Laisser sécher.

Sur le côté qui sera à l'intérieur de la scène : laisser les vitres à plat et positionner **sans coller** sur ce cadre en bois les baguettes de 10/10e et 5 mm de large qui constitueront la menuiserie apparente.

Si l'on veut peindre la fenêtre, il vaut mieux le faire maintenant avant collage (il n'est pas toujours facile de peindre une vraie fenêtre sans déborder, alors une fenêtre au 1/12e...). A ce stade, il est surtout nécessaire de peindre le bord intérieur des baguettes qui se verra du fait de la transparence du verre.

Coller (bois + bois → colle blanche à bois) selon figure 2.

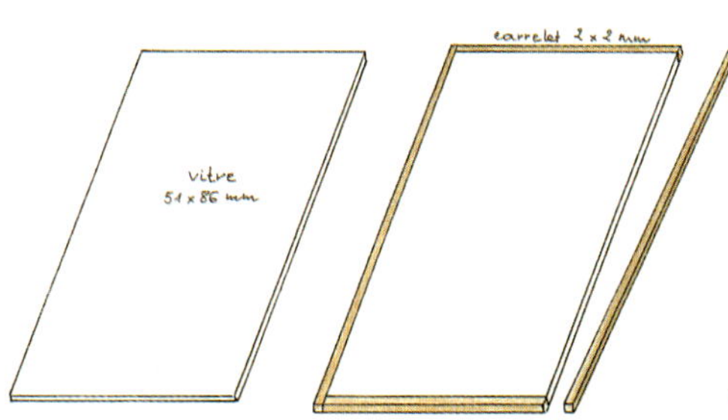

Figure 1.

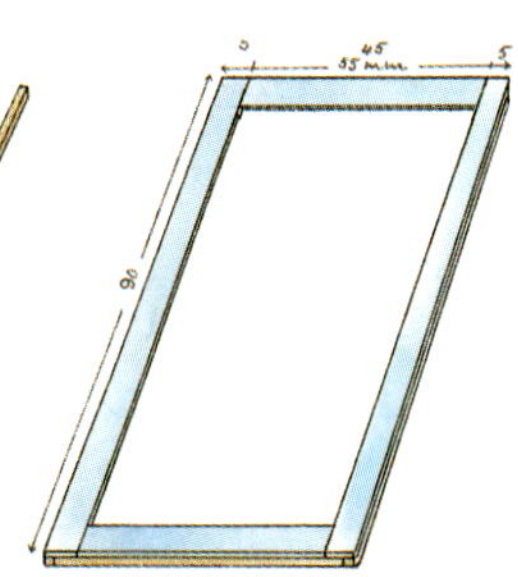

Figure 2.

Sur le côté extérieur :
Retourner la fenêtre. Coller de même les menuiseries en veillant à faire correspondre les deux montants d'inégale largeur : celui de 4 mm pour le battant de gauche, celui de 6 mm pour le battant de droite. Ainsi, la fenêtre fermera parfaitement.
Poser les charnières (voir page 55).

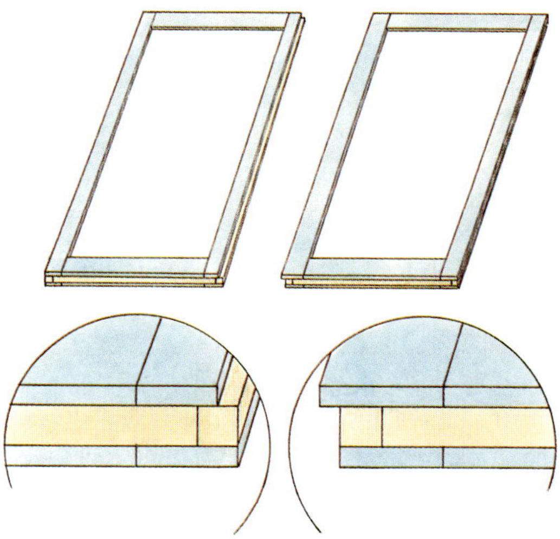

Le dormant et la feuillure
Nos 8 mm d'épaisseur du contreplaqué étant insuffisants à donner une impression de profondeur, on a doublé par l'extérieur la paroi du fond avec du carton plume de 10 mm. Avec une épaisseur de 18 mm, il devenait possible de poser la fenêtre à 8 mm en retrait du mur : pour augmenter encore cette profondeur, on a réalisé une tablette pour exposer des bibelots.
Le dormant
Dans la planchette de 20/10e, découper
- pour les montants verticaux : 90 x 6 mm (2 fois)
- pour la traverse horizontale inférieure, nous devons obtenir 114 x 6 mm et pour la traverse horizontale supérieure, 114 x 15 mm*, les deux en 6 mm d'épaisseur.

Deux façons d'y parvenir : si l'on dispose d'une scie circulaire et d'une planchette de 60/10e, découper 114 x 6 mm et 114 x 15*. Si l'on n'a qu'un cutter et une planchette de 20/10e, on découpe 3 fois ces dimensions et on les colle ensemble.
Si l'on veut économiser le bois, on ne coupe ces dimensions qu'une fois et on double avec du carton plume.

* Si l'on souhaite de la place pour le système "à enrouleur" ; sinon, réduire d'autant les 15 mm.

Assemblage
Positionner **sans coller** les différents éléments.
Avant de coller, fixer les charnières sur les montants verticaux du dormant (voir page 55). Attention, la fenêtre se positionne au ras du dormant du côté intérieur. Puis coller les éléments du dormant ensemble. Notre dormant fait 6 mm d'épaisseur, notre fenêtre 4 mm : il reste donc 2 mm du côté extérieur, soit la place d'une feuillure. Elle est vraiment nécessaire pour éviter des "jours" disgracieux, car sur cette cloison du fond, surtout à contre-jour, le moindre défaut d'ajustage se verra. Dans le carrelet 2 x 2 mm, tronçonner 110 mm (2 fois) et 86 mm (2 fois) et les coller. Le procédé est le même que pour la porte (voir supra page 85).
Finir de peindre la fenêtre et le dormant.
Le chambranle
C'est le même principe que pour la porte : poser la cloison qui va recevoir la fenêtre à plat. Positionner la fenêtre et son dormant à l'emplacement choisi. Dessiner son contour. Ajouter sur quatre côtés l'espace nécessaire au chambranle : ici, il est de 2 mm.
Il ne reste plus qu'à percer l'ouverture (voir page 66). Le bloc fenêtre-dormant se positionne à 8 mm en retrait du mur intérieur.

Les meubles

Ils ont été réalisés dans du peuplier peint à la peinture acrylique satinée blanche.
Bien relire les conseils de base pour découper, poncer, percer, etc. et pour faire un meuble page 52.

Pour chaque meuble, figurent des croquis : il suffira, soit de reporter ces dimensions sur le bois, soit de décalquer ou de photocopier les croquis* et de couper alors bois et papier ensemble. Pour les courbes et contre-courbes des panneaux du lit, voir page 14.

Les poignées-cœurs

Les dessiner** sur du contreplaqué de 1 mm d'épaisseur (ou carton ou linoleum), puis les découper au cutter ou à la scie à archet ou lame vibrante.

Polir à la lime à ongles ou au papier abrasif sur mini-cale. Les coller sur un fin tourillon (ou tige de métal) que l'on fixe aux façades des tiroirs après y avoir percé un trou pour plus de solidité.

Les cœurs découpés dans le lit

Faire un trou au milieu du dessin et y introduire la lame après l'avoir dévissée à une extrémité. On peut aussi utiliser la mini-lime à métaux en faisant d'abord plusieurs trous avec un foret tenu dans un porte-foret (il faut au moins 2 limes : une plate et une ronde).

Le lit

Dimensions : 115 mm de longueur x 75 mm de largeur x 65 mm de hauteur

Fournitures

- carrelet de 5 x 5 mm (env. 250 mm)
- planchettes de 15 et 20/10^e
- carton rigide pour le sommier (68 x 108 mm)

Découpe du bois

Dans le carrelet, tronçonner 65 mm (2 fois) et 55 mm (2 fois) : ce seront **les pieds**.

Dans la planchette de 20/10e, découper 65 x 20 mm et dans celle de 15/10e 65 x 3,5 mm pour faire **le panneau de la tête du lit**. De même, découper en 20/10e 65 x 10 mm et 65 x 20 mm. Et en 15/10e, 65 x 15 mm pour faire **le panneau de pied**.

On peut aussi les découper d'un seul tenant chacun (65 x 55 mm pour la tête et 65 x 45 mm pour le pied) dans la planchette de 20/10e.

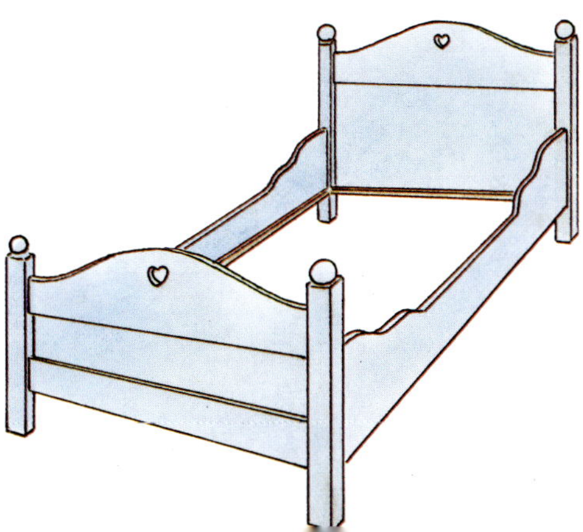

Pour faire **les panneaux latéraux** : découper en 20/10e, 2 fois 105 x 24 mm.

Réalisation

Sculpter les boules dans les 4 pieds au cutter et à la lime à ongles.

Figure 1 :

- inciser en V sur les 4 faces
- couper les angles supérieurs
- arrondir

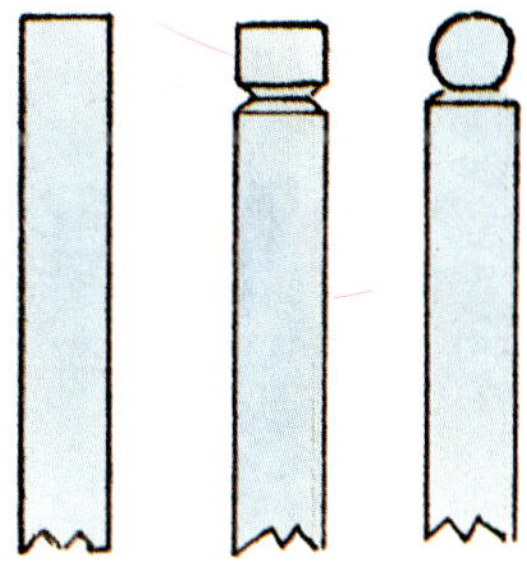

Figure 1.

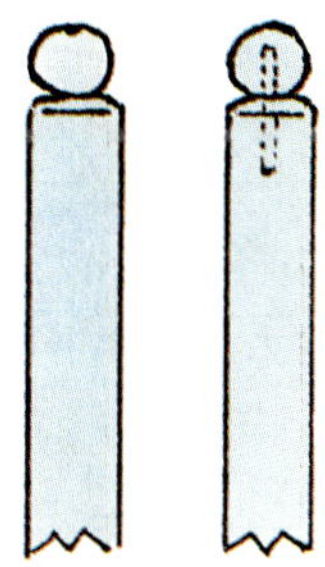

Figure 1 bis.

Figure 1 bis : on peut aussi utiliser des perles en bois : après avoir percé un avant-trou, introduire une cheville (tige métallique) qui va fixer la perle au montant du lit et reboucher le trou supérieur. On peut aussi coller la perle directement sans cheville, mais ce sera bien sûr moins solide.

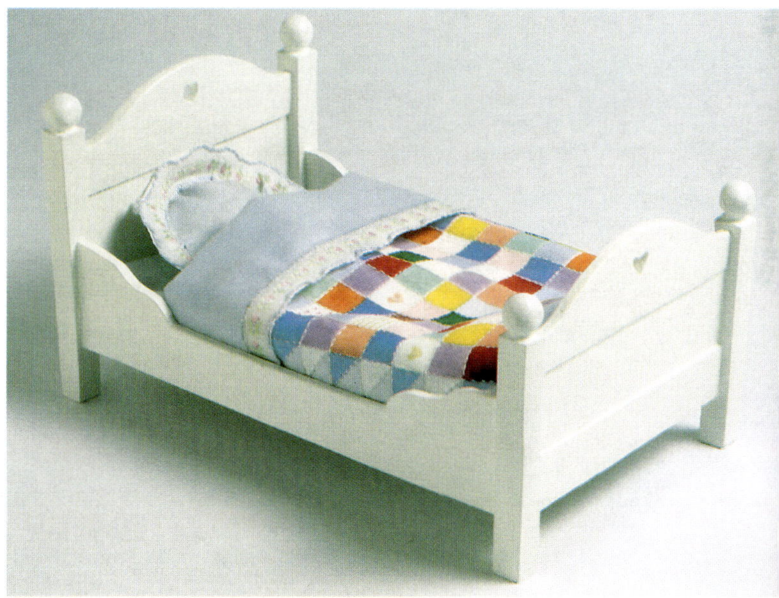

* Par manque de place, certains croquis ont été réduits. Les rétablir si nécessaire à l'échelle 1/12e à l'aide de la photocopieuse.

Dessins réduits à 75 % : augmenter de 33,33 %.

Dessins réduits à 65 % : augmenter de 53,85 %.

Dessins réduits à 50 % : augmenter de 100 %.

Dessins réduits à 25 % : augmenter de 200 %.

** Pour dessiner un cœur bien régulier, faire deux petits ronds côte à côte et dessiner la pointe du bas.

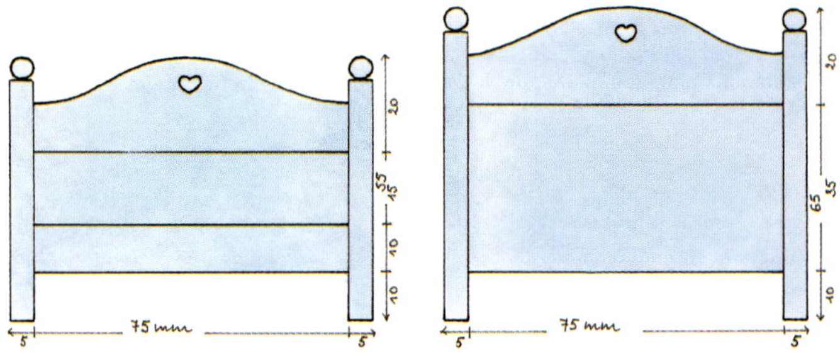

Figure 2 réduite à 50 %.

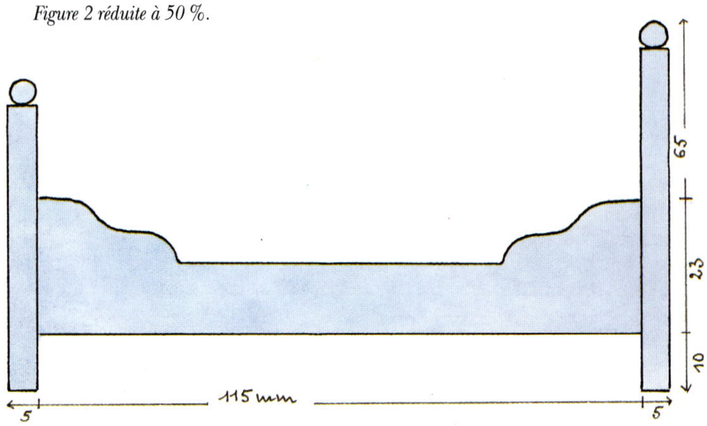

Figure 3 réduite à 75 %.

Découper l'arrondi dans la partie supérieure des panneaux de tête et de pied ainsi que le petit cœur, et découper les courbes des panneaux latéraux en s'aidant des dessins (figures 2 et 3).

Assemblage

En s'aidant de la plaque d'assemblage, reconstituer d'abord le panneau de tête (2 éléments), puis celui de pied (3 éléments).

Puis toujours en procédant à plat, coller chaque panneau latéral à ses deux montants (figure 3).

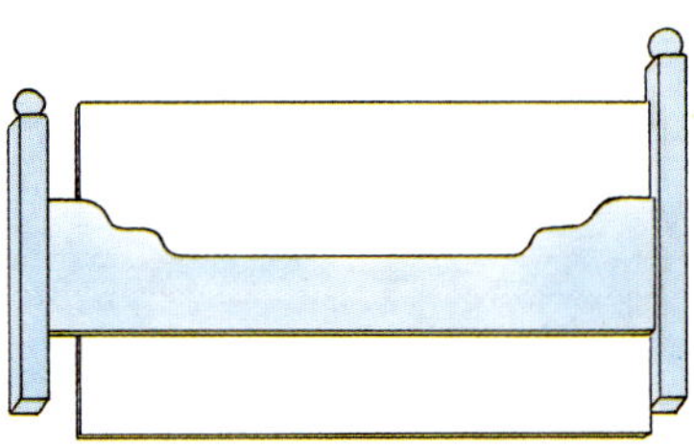

Figure 4.

Les panneaux latéraux mesurent 20/10e d'épaisseur, et les montants 5 mm, il faut donc lors du collage mettre une cale de 15/10e pour que chaque côté soit exactement au milieu de chaque montant (figure 4).

Coller ensuite à l'intérieur des 4 panneaux du lit et en l'alignant sur le bord inférieur un petit carrelet de 1,5 x 1,5 mm (à défaut, le découper dans la planchette), qui viendra supporter le sommier : figure 5.

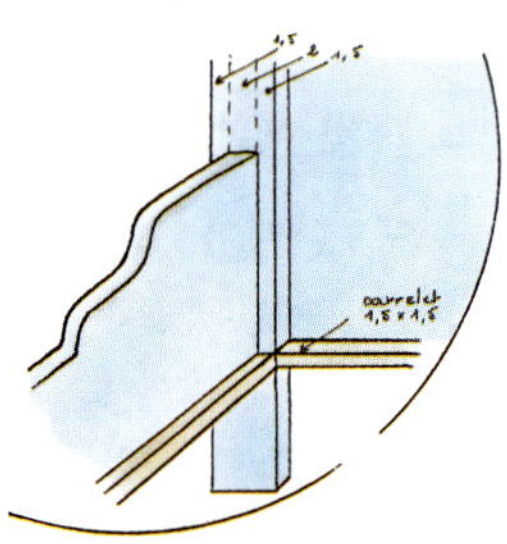

Figure 5.

Dans les 4 coins du sommier, découper un petit carré de 1,5 mm de côté correspondant à l'empattement des montants.

Positionner le sommier pour vérifier que tout s'ajuste bien : il est maintenant possible d'assembler les 4 côtés ensemble. Mais attention ! Veiller à placer les panneaux de tête et de pied de façon à ce que le côté "travaillé" soit visible quand on regarde le lit de face, et à mettre les montants les plus grands à la tête du lit.

Peindre.

Couper le matelas dans une plaque de mousse.

La commode

Dimensions : 80 mm de largeur x 65 mm de hauteur x 34,5 mm de profondeur.

Elle est conçue comme un meuble fermé et ses tiroirs fonctionnent. Des indications sont données en italique pour une version simplifiée.

Pour le panneau avant, il existe plusieurs façons de procéder selon le résultat recherché :

- Si l'on désire des tiroirs qui fonctionnent et que l'on veut se rapprocher le plus possible de la réalité, on va couper puis assembler des montants verticaux et horizontaux en ménageant des espaces pour les tiroirs. A signaler par ailleurs que c'est la seule méthode qui convienne pour un meuble **non peint**.
- On peut aussi découper dans la façade d'un seul tenant les emplacements des tiroirs en évidant au cutter. C'est plus rapide et la différence ne se verra pas beaucoup, une fois le meuble peint. Les indications pour cette version simplifiée sont données en italique.
- On peut simplifier à l'extrême en collant simplement les bandeaux des tiroirs sur la façade non découpée pour obtenir un effet de tiroirs (comme la commode de la page 75).

Du mal à choisir ? On peut combiner la 2e et la 3e solution en ne faisant qu'un seul tiroir qui fonctionne. Il suffit d'évider un seul emplacement et de coller les autres tiroirs.

Fournitures

- planchettes de 15 et 20/10e.

Découpe du bois

Dans la planchette de 15/10e, découper :

- pour le **panneau avant** : les montants verticaux : 63 x 5 mm (2 fois), 14 x 5 mm, et les montants horizontaux : 65 x 5 mm (2 fois), 65 x 3 mm et 65 x 8 mm.

Version simplifiée : découper d'un seul tenant 75 x 63 mm.

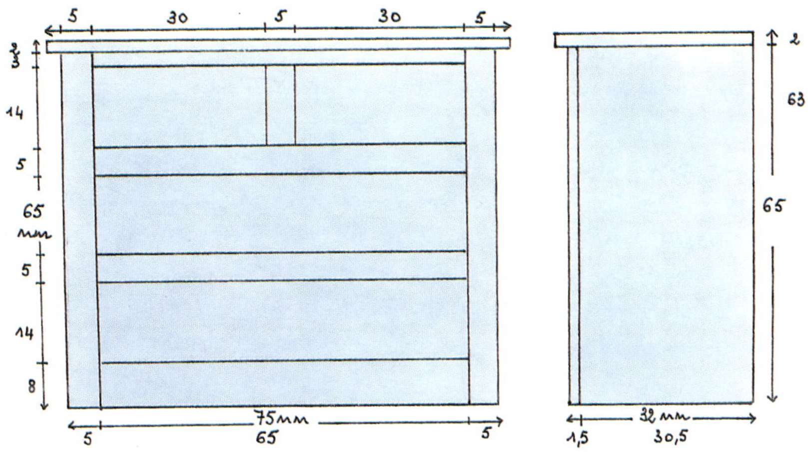

Figure 1 réduite à 75 %.

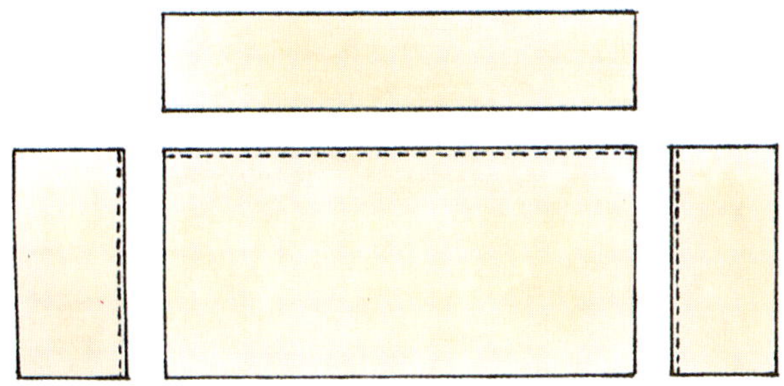

En pointillés, zones de collage.

- **le panneau arrière** : 72 x 63 mm
- **les côtés** : 30,5 x 63 mm (2 fois)
- **la base** : 72 x 29 mm
- **les tiroirs** :

• **les façades** : 67 x 16 mm (2 fois) et 32 x 16 mm (2 fois)

• **l'intérieur des tiroirs** : pour chaque tiroir : 29 x 14 mm (2 fois), plus pour chaque petit tiroir 27 x 29 mm et 27 x 12,5 mm, et pour chaque grand tiroir : 62 x 29 mm et 62 x 12,5 mm.

Dans la planchette de 20/10e, découper **le plateau** : 80 x 34,5 mm*, et **la baguette décorative du bas** 150 x 6 mm.

Assemblage

Reconstituer le panneau avant en assemblant les montants selon figure 1.

Version simplifiée : découper dans le panneau de 75 x 63 mm les emplacements des tiroirs en tenant le cutter bien droit.

Les tiroirs : le bandeau des tiroirs dépasse de 1 mm sur les quatre côtés (voir page 54). Coller les différents éléments des tiroirs en s'aidant de la figure 2.

Les supports de tiroirs : des plaques (en bois ou carton) de dimensions identiques à la base (il serait difficile de coller des tasseaux pour les deux tiroirs du haut).

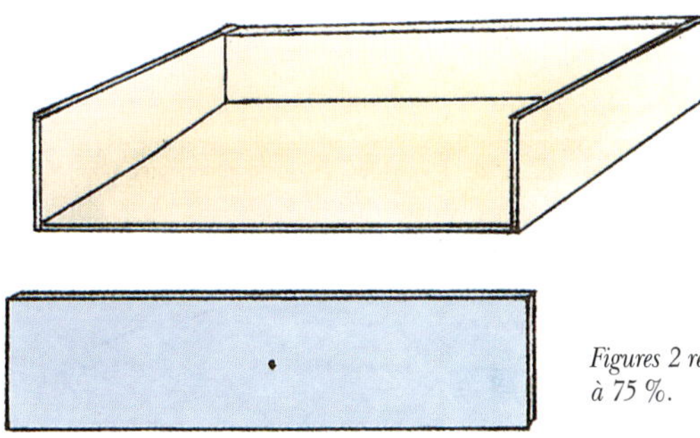

Figures 2 réduites à 75 %.

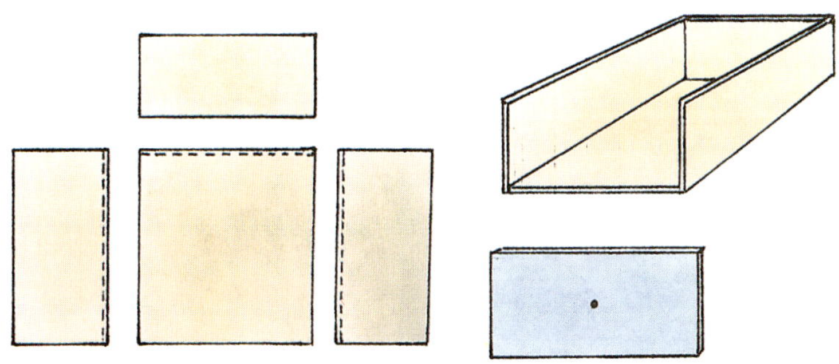

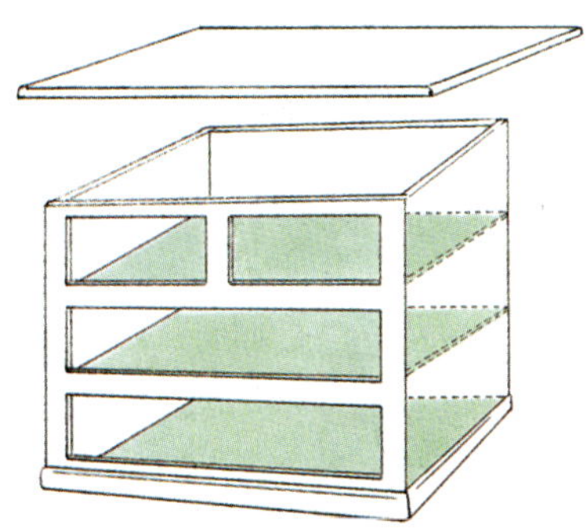

* De préférence en deux planches, voir page 53.

Poser la façade à plat sur l'envers dans la plaque d'assemblage (sans les tiroirs) et coller un côté, puis l'autre. Coller la base, puis les supports de tiroirs (vérifier la hauteur en faisant coulisser chaque tiroir). Coller ensuite l'arrière, et enfin le plateau en le faisant dépasser de 2,5 mm sur la façade et les côtés (mais en l'alignant sur l'arrière).
Poncer légèrement une arête de la baguette de 150 x 60 mm. La coller en place en coupant les angles à onglet.
Peindre. Terminer par les poignées (voir page 87).

La table de chevet

Dimensions : 28 mm de largeur x 44 de hauteur et 21,5 mm de profondeur.
Le tiroir fonctionne et la porte est articulée sur tige : c'est pourquoi la façade est réalisée en bois plus épais (20/10e).

Il est possible, comme pour la commode, de simplifier en évidant simplement l'emplacement du tiroir. Mais il ne sera pas possible de cette façon d'avoir une porte articulée sur pivot.

Fournitures
- planchettes de bois de 15 et 20/10^{e}
- carrelet de 1 x 1 mm
- une épingle

La découpe du bois
Dans la planchette de 20/10e :
- **la porte** : 17 x 24 mm
- **le plateau** : 28 x 21,5 mm
- **le panneau arrière** : 43 x 22 mm
- pour **le panneau avant** :
les montants verticaux 42 x 4 mm (2 fois)
les montants horizontaux 17 x 6 mm, 17 x 3 mm, et 17 x 2 mm.

Dans la planchette de 15/10e :
- **le tiroir** : la façade 17 x 7 mm, et 16 x 7 mm (2 fois), 14 x 6 mm et 14 x 16 mm.
- pour **les côtés** : 42 x 18 mm (2 fois)
- **la base** : 22 x 16 mm
- **les baguettes décoratives** : 70 mm (env.) x 4 mm et 70 mm de carrelet 1 x 1 mm.

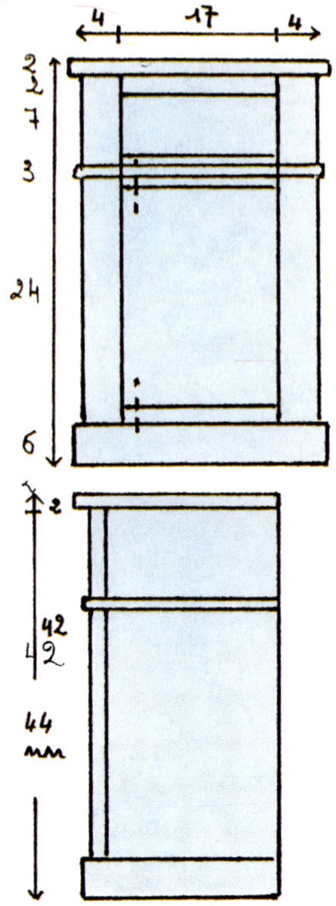

Dessins taille réelle.

Réalisation
Assembler le tiroir (voir page 54) et préparer un support : une plaque (bois ou carton) de dimensions identiques à la base.

La façade
Reconstituer la façade en commençant par le bas : coller les montants verticaux avec le montant de 17 x 6 mm, positionner la porte sans la coller bien sûr en posant la tige d'articulation (voir page 55), coller le montant de 17 x 3 mm, positionner le tiroir et coller le montant de 17 x 2 mm.
Coller ensuite la façade aux côtés avec la base, puis le support de tiroirs en faisant coulisser le tiroir pour vérifier.
Coller ensuite le panneau arrière, et enfin le plateau en le faisant dépasser de 1,5 mm sur la façade et les côtés (mais en l'alignant sur l'arrière).
Poser les baguettes décoratives en coupant les angles à onglet.
Peindre et poser les poignées.

Le tableau noir

Dimensions : hauteur 92 mm.
Ecartement des pieds au sol 53 mm, en haut 15 mm, et des pieds avant avec le 3e pied au sol 40 mm.

Fournitures
- 400 mm de baguette de 20/10e et 5 mm de large
- 124 mm de baguette de 10/10e en 3 mm de large pour le support de craies
- fil de fer ou laiton pour le boulier et une dizaine de perles
- feuille à dessin noire 160 g minimum (55 x 40 mm)
- 1 petite charnière (facultatif).

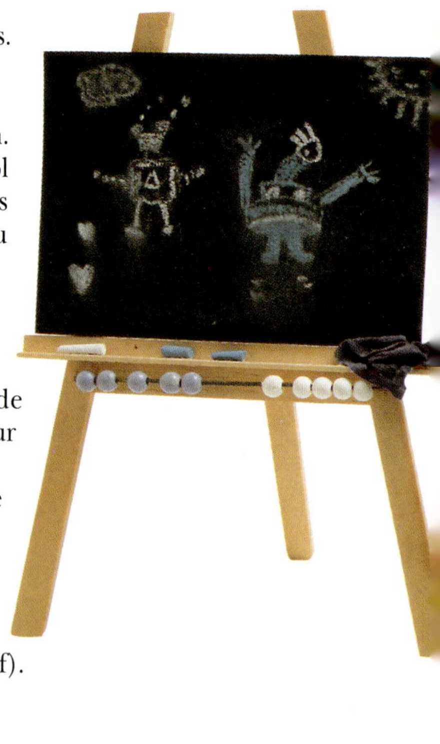

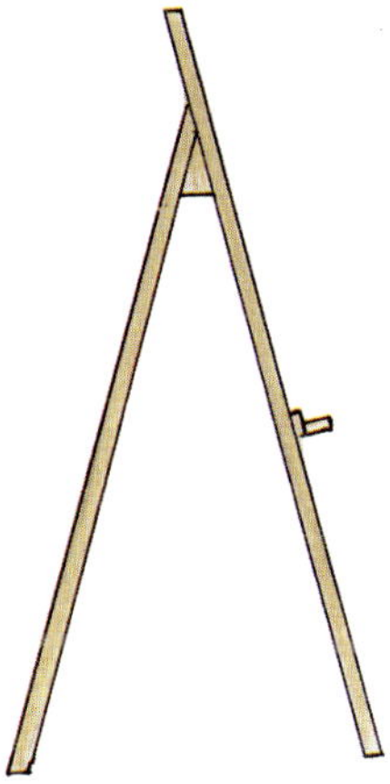

Réalisation

Couper la baguette de 10/10e en deux et coller les deux morceaux à angle droit pour faire le support de craies.

Poncer la baguette de 20/10e pour ramener sa largeur à 4,5 mm environ.

Attention ! Toutes les coupes de bois dans cette baguette doivent être faites à 12° : photocopier simplement la figure 1, la poser sur la baguette posée à plat et couper à travers le papier.

On peut fixer le 3e pied par une charnière (si l'on souhaite un pied mobile) ou le fixer à l'angle voulu en collant une petite cale en bois.

Avec une pince plate, plier une extrémité du fil métallique, enfiler les perles et plier l'autre extrémité.

Les dessins à la craie sont protégés par du fixatif pour fusain ou vernis mat en bombe.

Ne pas oublier le petit chiffon et les craies taillées dans des vraies (cutter + ponçage) ou en bois peint.

Figure 1
à échelle 1/12e.

Figure réduite de moitié.

Le chariot à jouets

Il mesure environ 50 mm de long x 35 mm de haut et 35 de large. Petit Ours peut le faire rouler car ses roues tournent. Lire d'abord page 36 la technique de la vannerie.

Fournitures

- bois ordinaire 20/10^{e}
- fil armé blanc de 0,5 mm de diamètre
- fil de lin blanc de 0,5 mm de diamètre
- tissu et ruban
- 65 mm de carrelet de 3 x 3 mm de section pour les essieux
- tourillon en bois de 10 mm de diamètre
- 4 clous extra-fins de 10 mm de long (magasins spécialisés maquettes et maisons de poupée).

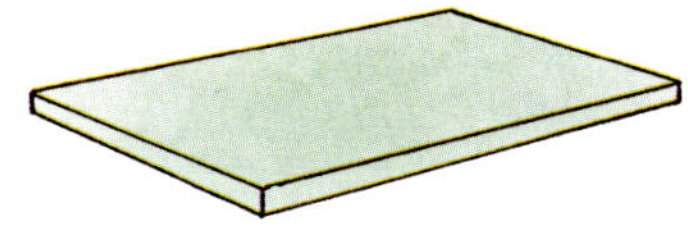

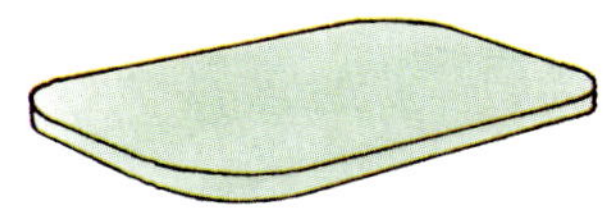

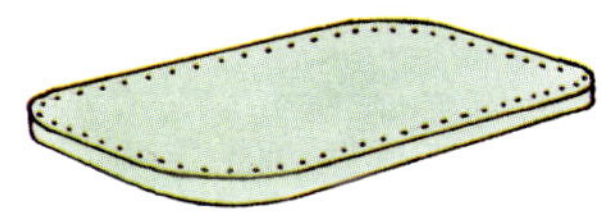

Reporter et découper dans du bois le patron du fond 42 x 30 mm.

Arrondir les angles. Peindre sur toutes les faces.

Indiquer au crayon les emplacements des trous, espacés d'environ 2 mm à environ 1 mm du bord (env. 65 trous) et percer.

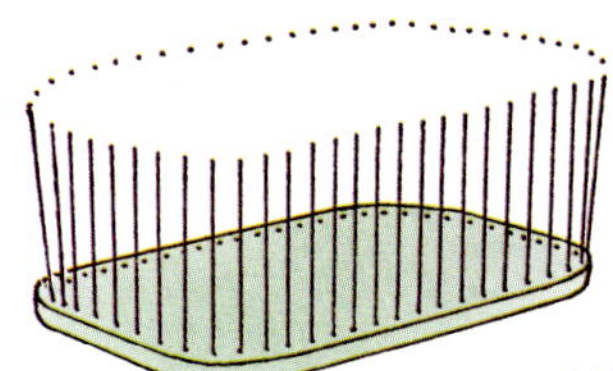

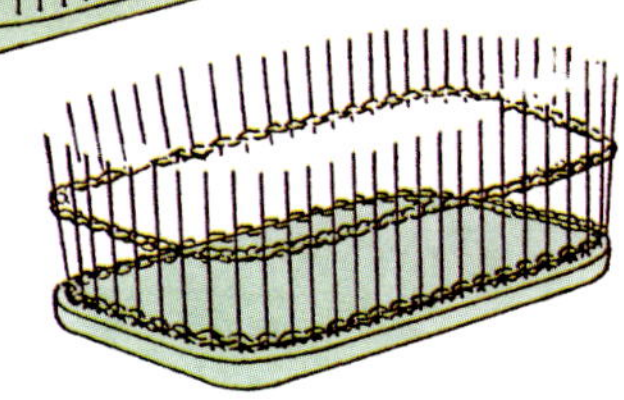

Couper 65 morceaux environ de 35 mm dans le fil de fer armé. Les coller dans les trous. Avec le fil de lin, faire un rang au point double en tassant bien contre le bois du fond. Le rang terminé, couper le fil de lin et le fixer par un point de colle à l'intérieur.

Répéter l'opération à mi-hauteur des tiges. Egaliser les tiges à 30 mm de longueur.

Pour le capitonnage en tissu, découper un rectangle de 60 x 50 mm environ et une bande d'environ 250 x 50 mm (le froncement dépendra de la longueur utilisée). Les coudre ensemble, les coutures étant visibles de **l'intérieur**.

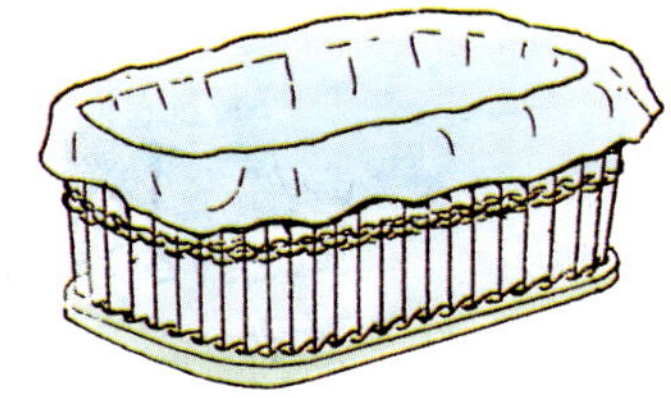

Pour une meilleure tenue, le fond en tissu est fixé par quelques points de colle au bois du chariot. Pour cacher les coutures du fond, recouvrir un petit morceau de bristol du même tissu* et le disposer dans le fond. La couture de côté, elle, sera cachée par les jouets.

Fixer le ruban au bord du tissu : s'il est large comme ici, le disposer à cheval sur les extrémités des tiges en cachant le bord du tissu. Le fixer par de petits points invisibles piqués à la main de part en part tout en fronçant le ruban.

Confectionner l'anse : couper 50 mm de fil armé blanc et l'entourer de fil de lin bien serré (un point de colle déposé avec un pique-olives facilitera l'opération).

* Découper un rectangle de tissu un peu plus grand que le bristol, échancrer le pourtour, le retourner et le coller.

Coller les deux extrémités du fil de lin. Courber l'anse. Faire 2 petits trous dans le tissu avec une grosse aiguille et y glisser l'anse. Fixer en ligaturant à la vannerie par-dessous le tissu.

Poncer légèrement et peindre le carrelet de 3 x 3 mm. Couper deux longueurs de 32 mm. Avec un foret d'un diamètre légèrement inférieur à celui des clous (pour le vérifier, faire un essai sur un morceau de carton ou de bois quelconque), percer un trou à chaque extrémité. Coller les tasseaux sous le fond. Découper 4 rondelles dans le tourillon de 10 mm pour faire les roues, les poncer, les peindre, les percer également en leur centre avec un foret d'une taille supérieure à celle du clou.

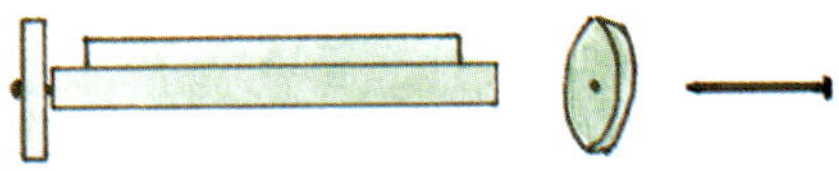

Ainsi, les clous auront du jeu dans les rondelles qui pourront tourner quand on déplace le chariot, mais seront solidement enfoncés dans les tasseaux des essieux (renforcer par un minuscule point de colle).

Jouets d'H. O'Mahoney.

Le fauteuil en rotin

Dès que l'on s'est un peu familiarisé avec la technique de la vannerie en se faisant la main par exemple avec le chariot, on peut réaliser ce fauteuil. Se reporter souvent aux explications générales page 36.

Il mesure environ 75 mm de hauteur x 54 mm de largeur et 45 mm de profondeur.

Fournitures

- bois ordinaire de 15/10^{e}
- fil armé blanc de 0,5 mm de diamètre
- 150 mm de fil armé de 1 mm de diamètre pour les pieds de derrière (facultatif)
- fil de lin ciré ou non de 0,5 mm de diamètre
- pince coupante, pince à bouts ronds, colle blanche, pique-olives.

Réalisation

Reporter et découper dans le bois de 15/10e le patron du fond 45 x 52 mm.

Arrondir les angles (davantage ceux du fond que ceux de devant). Poncer, peindre. Indiquer au crayon les emplacements des trous espacés d'environ 2 mm, et situés à environ 1 mm du bord. Attention au nombre de trous qui doit être impair : les deux côtés étant symétriques, si l'on opte pour un nombre **impair devant**, choisir un nombre pair au fond, ceci pour pouvoir alterner les rangs. Percer les trous. Faire deux trous plus gros pour les pieds de derrière (si l'on a du fil armé de 1 mm). Devant, percer 13 trous entre les deux pieds.

Ours d'O. Conley et de K. Franze.

Il est difficile de percer près des bords sans faire éclater le bois tendre : voir conseils page 38.

Faire maintenant une tresse* qui va cacher et décorer l'épaisseur du bois : ici on a utilisé du fil de lin plus fin et tressé avec 2 x 3 fils. Coller la tresse en partant de devant (ne pas recouvrir entièrement devant, ce serait inutilement épais).

Dans le fil armé de 5/10e, couper 32 morceaux de 65 mm et 2 de 70 mm environ (pieds de devant).

Dans le fil armé de 10/10e, couper 2 morceaux de 75 mm pour les pieds de derrière.

Positionner ces fils dans les trous des côtés du fauteuil et du fond, en les faisant dépasser de 15 mm environ par-dessous le bois (27 mm pour les pieds). Mettre un point de colle pour garantir la fixation.

Par ailleurs, couper 13 morceaux de fil armé de 30 mm environ et les coller dans les trous de devant sans faire dépasser cette fois les fils en dessous du bois (tasser contre une surface dure).

Commencer le tissage sur ces 13 fils au point devant-derrière en tassant régulièrement le fil de lin. Quand on a tissé sur 10 mm environ, commencer à replier les fils armés vers le bas, en tassant toujours et en repliant au maximum contre le rebord en bois.

* Il faut des brins de 220 mm environ pour obtenir une tresse de 165 mm.

L'opération terminée (au 9 ou 10e rang env.), continuer le tissage en faisant le tour du fauteuil. Quand le nombre de tiges est bien impair (32 + 4 pieds + 13 = 49), on peut alterner sans problème.
Quand on a fait 6 rangs complets, commencer les diminutions au point bouclette autour d'un pied : 6 rangs plus tard, on a fait les diminutions d'un pied du fauteuil.
Ne pas couper ce fil et l'entourer autour du pied jusqu'en bas (en mettant un point de colle pour faciliter l'opération). Si l'on n'a pas trouvé de fil armé de 10/10e et si l'on trouve le pied trop mince en 5/10e, il suffit, une fois le fil arrivé en bas, de remonter, toujours en entourant le fil armé. Couper le fil, mettre un point de colle pour le fixer en dessous du fauteuil.
Procéder de même pour chacun des autres pieds.
Avec la pince coupante, sectionner à ras les fils armés qui dépassent et mettre un point de colle sur chacun.
La partie supérieure du fauteuil se travaille également au point devant-derrière.
On peut créer un jour, un motif dans le dossier, etc. Incurver un peu les fils armés pour évaser le fauteuil et le rendre confortable. Juger souvent de l'effet obtenu.
Quand on a tissé sur 30 mm environ, commencer les diminutions : à chaque rang, on perd deux mailles de façon symétrique (1 à l'extrémité de l'accoudoir de droite, 1 à gauche) pour finir avec le fil au milieu du dossier. Le couper et le coller de façon discrète.
On peut faire la bordure soit en coupant à ras les fils armés (garantir par un point de colle), soit en les incurvant dans l'espace d'un autre fil (voir page 37).
Finir de donner sa forme au fauteuil en incurvant doucement à l'aide d'une pince à bouts ronds.
Coller une tresse sur la bordure du haut et celle du bas.
Selon l'aspect recherché, on peut passer un coup de peinture en bombe.

Le coussin

Faire un patron de l'assise sur un bristol.
Pour le rembourrage : découper un morceau de coton hydrophile (genre disque à démaquiller grand modèle) ou ouatine de la même dimension et le dédoubler. Sur l'un, faire un trou au centre pour donner une forme affaissée au coussin. Coller le rembourrage troué sur le bristol, puis celui non troué. Tendre un tissu par-dessus et le coller sur l'envers du bristol (échancrer les angles pour éviter les plis). Coudre ou coller sur l'envers un autre morceau très légèrement plus petit (et dont les bords ont été passés au produit anti-effilochage).
Petit Ours a bien travaillé ! Il a mérité de s'asseoir dans son fauteuil tout neuf pour lire une histoire.

Les accessoires

Pour broder la famille ours, on s'est servi d'un diagramme grandeur normale, qui s'est révélé tout à fait à l'échelle, une fois brodé sur gaze de soie. Le tapis a été tressé avec 3 fils de mouliné DMC bleu et blanc (voir page 40). Le rideau est enroulé sur un tourillon, le bas est lesté d'une baguette peinte en blanc, et le petit anneau en fil de fer a été mis en forme sur une grosse aiguille. Le bord de l'étagère est en dentelle découpée au laser.

"Bienvenue"

La banderole a été découpée dans un morceau de contreplaqué de modéliste de 6/10e (préparé au gesso et poncé). On peut aussi utiliser du carton. Reporter le

motif en trois parties séparées. Découper à la scie électro-magnétique ou au cutter. Poncer. Peindre en blanc, puis dessiner un motif ou une inscription (prénom). Coller les deux extrémités légèrement décalées en dessous.

On peut aussi découper la banderole d'une seule pièce.

L'ourson porte-manteau

a été découpé en quatre éléments au cutter dans du carton de 1 mm d'épaisseur (les contours étant bien ronds, le contreplaqué n'est pas indispensable). Poncer les tranches. Peindre. Découper les encoches, y dépo-

ser un point de colle à bois avant d'y glisser les pattes sans les faire dépasser sur l'envers.

Dans le cas comme ici de deux éléments s'emboîtant, on met toujours la colle dans la partie creuse.

Le pantin ours

a été découpé dans le même contreplaqué; pour une version articulée, voir page 78.

Le stéthoscope

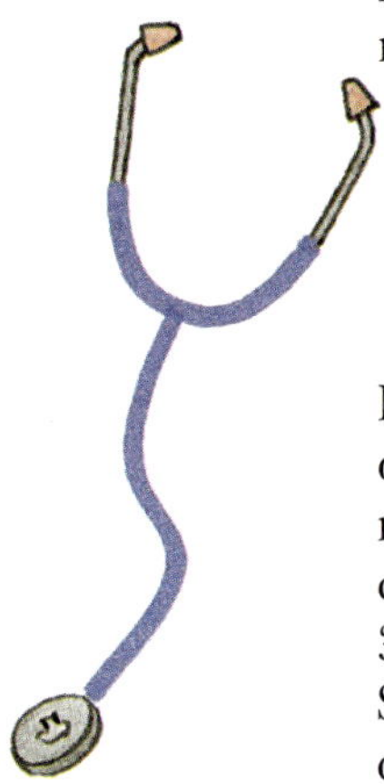

est fait avec 100 mm de fil électrique gainé noir. En couper 50 mm, dénuder les deux extrémités sur 15 mm et les repeindre couleur chrome (peinture pour maquettes Humbrol n°11). Faire 2 embouts d'oreille en bois (taillés dans un pique-olives ou baguette ronde) ou en pâte à modeler. Incurver les branches.

Pour réaliser le capteur, couper une rondelle dans une baguette de 6 mm de diamètre et y coller un petit rivet ; repeindre couleur chrome. Avec un foret, percer sur 3 mm la tranche de la rondelle.

Sur le 2e morceau de fil électrique, dénuder 3 mm environ à chaque extrémité : entortiller l'une au milieu du fil incurvé (repeindre en noir pour masquer la jonction), et enfoncer l'autre dans la tranche du capteur.

Les médicaments

doivent beaucoup à l'inventeur de la photocopieuse couleur... La boîte de pastilles est un morceau de Fimo, le thermomètre est une extrémité de pipette de verre de laboratoire (voir photo page 86).

La petite voiture

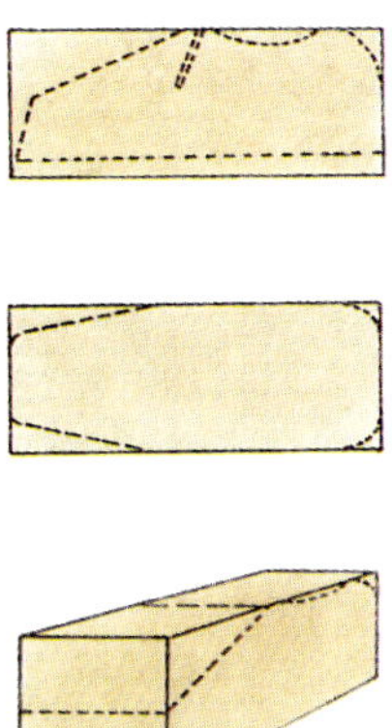

a été sculptée dans 20 mm de carrelet de peuplier de 1 x 1 mm : travailler avec un morceau de 80 ou 100 mm pour une bonne prise en main et ne sectionner qu'en dernier. Tracer quelques repères au crayon, dégrossir au cutter et poncer à la lime à ongles puis finir au papier abrasif pour carrosserie ou à l'éponge à poncer. Une petite gouge peut être utile pour creuser l'habitacle. Pratiquer une petite fente pour y glisser le pare-brise (plastique rigide transparent) et faire les roues selon le même principe que le chariot à jouets (trou dans les roues plus gros que le foret) mais en utilisant des clous plus courts compte tenu de la taille de la voiture. Peindre l'intérieur de l'habitacle dans une couleur différente de la carrosserie, sans oublier une touche de noir sur la tête des clous et la calandre en gris métal.

Voiture montrée plus grande qu'au 1/12e.

Avion, hélicoptère, camion, fusée... Beaucoup d'inspiration à trouver dans les bandes dessinées : la voiture de Mickey qui roule de gros yeux, la fusée rouge de Tintin...

Le bateau de l'île d'Oléron est sculpté dans un carrelet de 2 x 2 mm. La cabine est réalisée à part (5 petits morceaux d'une baguette de 5/10e) puis collée.

La valise

Réaliser un gabarit de 33 x 23 mm d'une épaisseur de 12/10e avec n'importe quoi : du carton mousse épais, des chutes de bois et/ou de carton... Arrondir deux angles et peindre en blanc.

Se procurer 10 cm^2 environ de plastique transparent souple (les feuilles pour la rétroprojection conviennent très bien).

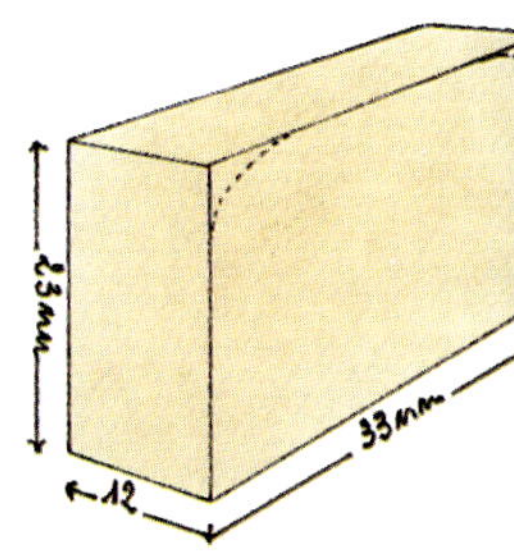

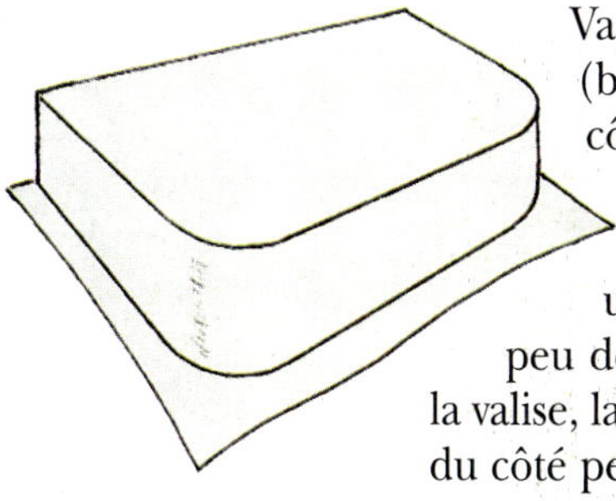

Vaporiser de la peinture blanche (brillante de préférence) sur un côté de la feuille. Recouvrir entièrement la valise avec la feuille de plastique en procédant un côté après l'autre : mettre un peu de colle blanche sur une face de la valise, la poser sur la feuille de plastique du côté peint, et découper ce qui dépasse au cutter. Il n'est pas possible d'entourer la valise avec un seul morceau de plastique (qui ne se plie pas aux angles).

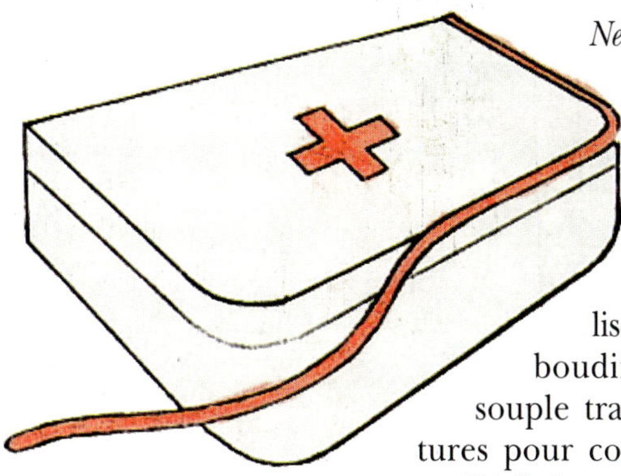

Ne pas oublier de rajouter en dernier une bande pour le rabat du couvercle.

Le "passepoil" rouge a été réalisé à partir d'un fin boudin de caoutchouc souple transparent (fournitures pour colliers) repeint en rouge vif à l'aérosol et collé.

A défaut, on peut utiliser un scoubidou ou la gaine d'un fil de téléphone : dénuder le fil à l'une des extrémités, tenir fermement le fil avec une pince à bouts plats et tirer sur la gaine. Coller à l'Araldite prise rapide.

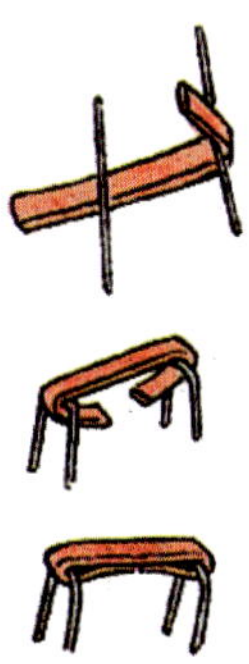

La croix a été découpée dans le même plastique transparent passé à l'aérosol rouge d'un côté.
Pour réaliser l'anse, on s'est servi d'un morceau de mousse* de 1 mm d'épaisseur (Créa Mousse rayon travaux manuels) de 16 x 2 mm et de fil électrique (50 mm suffisent).

L'ourson skieur

est découpé dans du contreplaqué de modéliste de 4/10e, ses skis sont en bois, ses bâtons en fil métallique. L'ensemble est collé sur un fond (paysage peint à l'aquarelle) et encadré.

La raquette de ping pong

Dans un contreplaqué de 6/10e, découper un rectangle de 22 x 13 mm. Y dessiner la forme de la raquette. A l'aide d'une scie à archet manuelle ou d'un cutter, découper les contours. Poncer. Encoller et poser la raquette sur une feuille de mousse noire de 1 mm (Créa Mousse) et découper l'excédent. Faire de même de l'autre côté avec une feuille de mousse rouge. Dans une chute de bois en 10/10e, couper 2 morceaux de 9 x 2,5 mm ; les coller de part et d'autre sur la poignée et arrondir les angles.

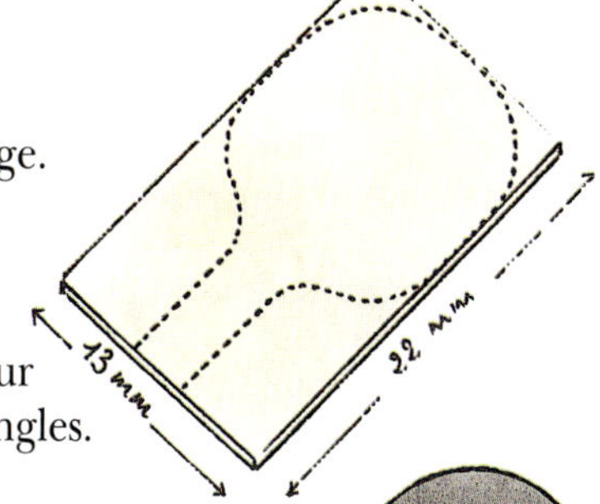

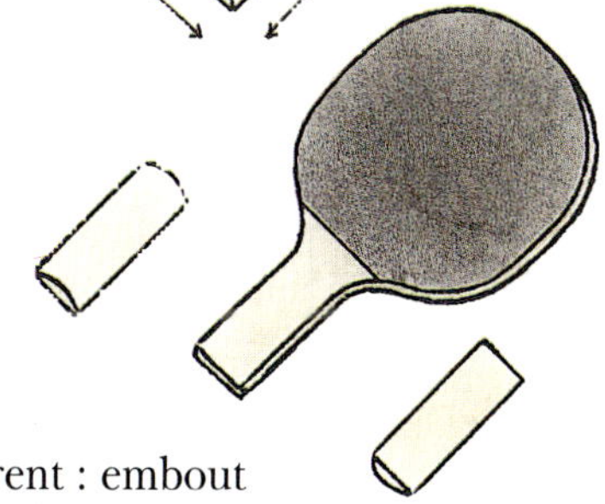

Dessins plus grands qu'au 1/12e.

La lampe

Fournitures

- une perle de 14 mm de diamètre
- une ampoule de 12 volts (modèle "Pea bulb" chez Cir-Kit ou à douille**)
- 12 mm de tube fin transparent : embout protecteur de pinceau, tube de vaporisateur de parfum...
- un petit œillet
- une rondelle de 12 mm de diamètre en plastique rigide et transparent (pour laisser passer la lumière)
- papier pour l'abat-jour.

Percer un trou latéralement dans la perle pour le passage du fil.
Couper une bande de papier en arc de cercle de 15 x 150 mm env. en faisant 2 cercles de 85 et 100 mm de rayon. La plisser en faisant un pli plus petit en haut qu'en bas : faire des plis d'un peu plus d'1 mm en haut et un peu moins d'1,5 mm en bas. S'aider d'un bristol pour le pliage plutôt que d'une règle (trop épaisse).

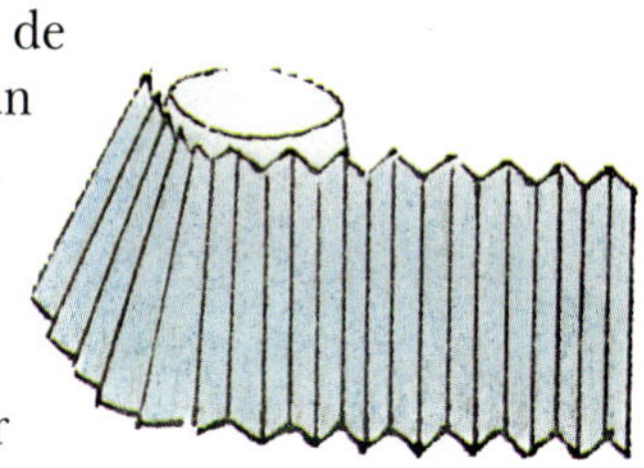

Version simplifiée : une bande rectangulaire de 15 x 150 mm plissée régulièrement.

Coller cet abat-jour plissé sur un abat-jour de papier non plissé (formé en arc de cercle comme les chapeaux de cotillon page 154) pour lui donner de la tenue.
Monter la lampe selon le schéma.

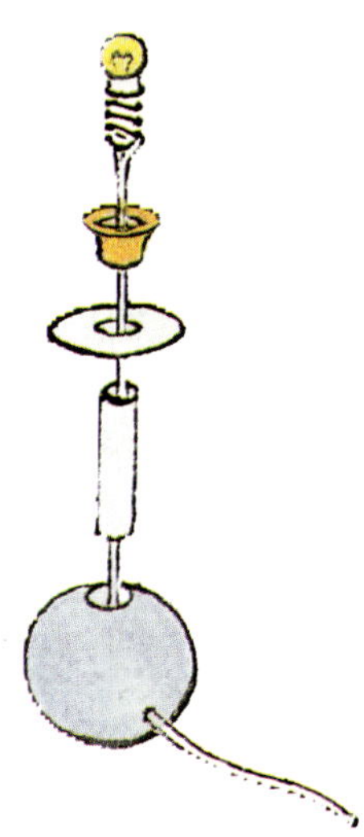

* Ou tout autre matériau souple ne s'effilochant pas.

** En vente dans les magasins pour maisons de poupée.

"Albert, passe-moi la clef d' douze !"

Le garage

Réalisation Mathias Soubzmaigne.
Mathias a réalisé ce garage à l'âge de seize ans en bénéficiant des conseils de ses parents, puisque chez les Soubzmaigne, la miniature est un passe-temps familial ! Il démarre une formation dans une école d'Arts appliqués pour devenir designer industriel.

Le gros œuvre

Les murs du garage sont un assemblage de carrelets 10 x 10 mm. Cette armature a été recouverte de baguettes de 15 ou 18 mm de large en laissant libres les emplacements des fenêtres et de la porte.
La façade : seul le haut est recouvert de baguettes : une vitre ferme la scène, permettant de la voir au travers de l'ossature.
Les murs sont teintés et vieillis avec un mélange très dilué de peinture marron, noire et blanche.
Les vitres : coller sur les deux faces du verre (ou plexiglass de 2 mm) un cadre en carrelet 2 x 2 mm et mettre en place dans les ouvertures. Coller un croisillon.

Le toit

Coller sur du carton bois ou contreplaqué de 20/10e du carton ondulé peint à la bombe couleur argent, puis vieilli et patiné avec de la peinture rouille et noire. Un emplacement a été découpé pour une vitre de façon à éclairer la scène par le dessus.

Le sol

Une planche d'Isorel peinte en gris et salie : traces d'huiles sous le moteur, traces de roues (rouler les roues de la maquette de voiture après les avoir passées dans la peinture noire)...

Les accessoires

La boîte à outils

est en bois de 10/10e. Faire une grande boîte pour le compartiment du fond et deux autres moins profondes et deux fois moins larges pour les compartiments du haut. Coller des cloisons de séparation et des couvercles en position ouverte. Peindre en rouge orangé brillant. Une petite bande de métal simule les fixations latérales, une autre plus rigide forme la poignée. Coller à l'intérieur de petites pièces récupérées sur de vieilles montres ou sur des maquettes de voiture.

Le tableau mural pour accrocher les outils

On trouve des plaques trouées dans les magasins de composants électriques ou électroniques. Peindre en rouge et coller des outils.

Le gros bidon rond

Tronçonner 70 mm dans un tourillon de 50 mm de diamètre (ex. tringle à rideau). Bien poncer les faces plates. Fixer deux élastiques ronds de préférence ou coller du fil électrique pour former les reliefs. Coller une bande de bristol de 2 mm en haut et en bas. Recouvrir les côtés de papier imbibé de colle à bois (diluée avec de l'eau) en évitant les plis. Plusieurs couches peuvent être nécessaires pour obtenir l'effet souhaité. Lorsque le papier est bien sec, couper ce qui dépasse en haut et en bas. Peindre et vieillir avec de la peinture plus foncée. Le bouchon est coupé dans un boudin de Fimo et collé sur le dessus.

Bidon d'huile

Dans une baguette ou planchette de 30/10e, couper 12 x 15 mm. Arrondir au papier de verre les arêtes verticales. Bien

poncer l'ensemble et peindre couleur argent. Découper une étiquette de 13 x 32 mm (ex. publicité dans un magazine automobile) ou la peindre à la main. L'enrouler et la coller autour du bidon. Le bouchon : un petit tronçon de Fimo collé.

Les affiches

Sélectionner des reproductions d'affiches dans des magazines. Les mouiller dans du thé pour leur donner une couleur patinée, les frotter un peu sur les bords et les coller aux murs.

L'extincteur

8 mm de tourillon de 10 mm de diamètre. Arrondir les deux extrémités au papier de verre. Peindre en rouge brillant. La poignée est en Fimo ou une pièce de métal récupérée sur un jouet. L'étiquette est une photocopie réduite.

La voiture

C'est une maquette au 1/12e (les modèles sont assez rares). La monter, la peindre et la vieillir avec de la peinture rouille. Démonter les roues.

"Les taupes donnent La Traviata ce soir. Nous ne rentrerons pas tard. Soyez sages !"

Le terrier des lapins

Lapins S. Lyons, céramiques D. Levy et V. Cornish, abécédaire bleu S. Lenoir.

Une scène que l'on peut adapter à d'autres animaux : renards, souris, blaireaux... La porte d'entrée du terrier est creusée dans la "terre" où les racines d'un arbre viennent se perdre. Tous les éléments en bois sont réalisés en peuplier. Le style de décoration s'inspire des intérieurs des pionniers américains : banc à haut dossier, vaisselier, pochoir,

sampler, Raggedy Doll... Le plus amusant sera de remplir la scène d'objets évoquant les lapins : soufflet de cheminée aux longues oreilles, broderie lapin, chou en céramique, voiture-carotte, etc.
Dimensions : L. 47 cm x H. 27,6 cm x P. 30,8 cm.

Décoration de panneaux

Le côté gauche nécessite quelques fournitures :
- une plaque de polystyrène extrudé* de 260 x 300 mm et 50 mm d'épaisseur
- un aérosol de mousse expansée (pour travaux d'isolation)
- bonzaï sec, ou petit arbuste (notamment de buis ou de thym)
- terre finement tamisée ou flocage marron (modélisme ferroviaire)
- colle blanche à bois.

Choisir une plaque de polystyrène non contrecollé sur une cloison en plâtre, ou sinon le décoller en passant une lame de scie. Le coller sur le contreplaqué de la boîte. Dessiner les emplacements de la porte et de la fenêtre et les évider (voir page 66). Sculpter le polystyrène au cutter et à la râpe à bois pour donner un effet de relief en diminuant l'épaisseur vers le devant de la scène.
Positionner le bonzaï de telle sorte que le tronc semble se continuer vers l'extérieur du terrier. Si les racines sont trop courtes, les prolonger par d'autres : on cachera les raccords par de la terre ou du flocage. Sculpter le polystyrène pour encastrer légèrement le tronc et les racines. Maintenir arbre et racines et les enserrer avec la mousse expansée en aérosol. Cette dernière se rigidifie très vite : il est préférable de procéder à un essai préalable, et nécessaire de nettoyer l'embout rapidement après utilisation.
Avant de passer à la finition avec la terre et le flocage, il reste à réaliser la porte et l'escalier, ceci pour permettre un bon ajustage de l'une et de l'autre.

* Le polystyrène extrudé est un matériau d'isolation dont on a chassé l'air : il se présente comme une mousse rigide et dense, souvent de couleur verte ou bleu ciel. Il est vendu en plaques de différentes épaisseurs ou contrecollé sur du plâtre. Il est très léger et se sculpte très facilement au cutter. Ne pas le confondre avec le polystyrène expansé qui est plus fragile et a tendance à se répandre en petites boules blanches quand on le coupe.

La porte d'entrée

Fournitures
Planchettes de 10 et 30/10e.
Réalisation
Dans la planchette de 30/10e, découper des baguettes pour obtenir un rectangle de 80 x 130 mm (ou découper le rectangle et le rainurer avec un objet pointu) et l'arrondir. Découper également le chambranle.
Dans la planchette de 10/10e, recouper les montants de 8 mm de large suivant croquis. Les coller en place.
Poser les charnières et peindre. Coller le chambranle sur le contreplaqué en creusant la mousse.
La porte de communication, plus petite que la porte d'entrée (85%), est réalisée sans les montants.

L'escalier

Au 1/12e, la hauteur courante d'une marche est de 15 mm, et sa profondeur varie de 20 à 25 mm.
Hauteur et profondeur doivent être pro-

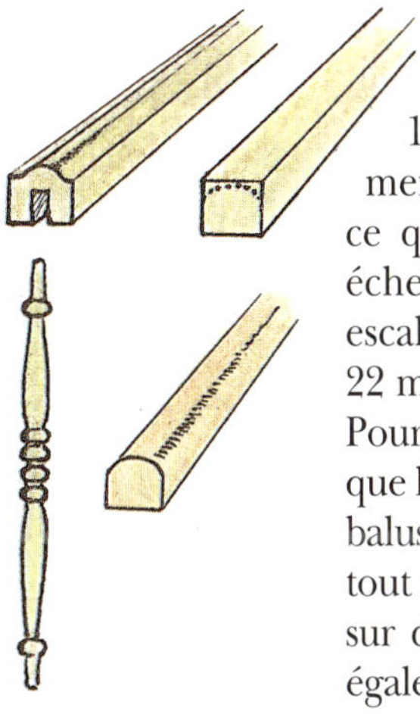

portionnées entre elle : il existe une règle dans le bâtiment : 2 hauteurs + 1 profondeur = 63 cm (ou plus rarement 1 hauteur + 2 profondeurs = 63 cm) ce qui donne environ 52,5 mm à notre échelle. La hauteur des marches de cet escalier est de 15 mm et la profondeur de 22 mm (15 + 15 + 22 = 52 mm).
Pour l'ossature, on a utilisé du polystyrène que l'on a recouvert de bois de peuplier. Les balustres et pieds de rampes ont été achetés tout faits ; la rampe est un tasseau arrondi sur deux arêtes (il en existe de tout prêts également).

Schéma réduit à 65 %.

Mea-culpa : c'est par erreur que la première marche de l'escalier est moins haute que les autres. On avait oublié de tenir compte de la hauteur du carrelage dans les mesures ! Rajouter cette dernière aux dimensions du croquis (aux 55 mm de hauteur).

Fond et côté droit

On peut les préparer ensemble : délimiter les espaces à tapisser et lambrisser en traçant un trait à 80 mm du sol. Tapisser ou peindre la partie haute (une cuillerée de colle à papier peint pour papiers légers suffit). Réserver l'emplacement de l'escalier sur le mur du fond. Positionner le mur de gauche pour vérifier le bon ajustage (s'assurer notamment que l'accès à la porte du fond n'est pas gêné par les racines). Il vaut mieux réaliser la cheminée avant de poser le lambris.

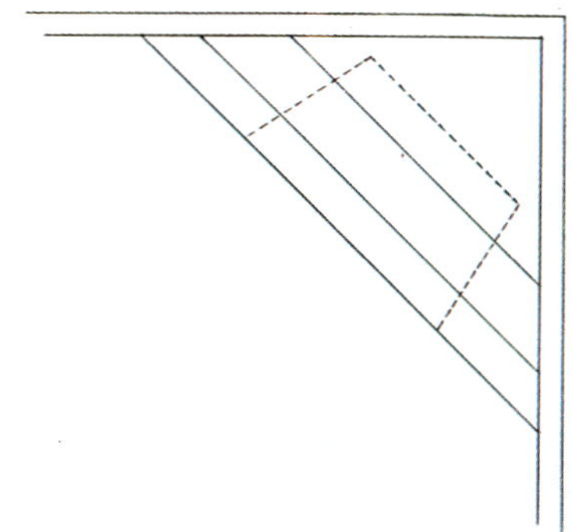

Schémas réduits à 25 %.

La cheminée

Comme un meuble, une cheminée se dessine d'abord sur papier de face et de profil avec les cotes. Cette cheminée d'angle et réalisée en trois parties superposées. Le conduit vu de haut se présente comme un triangle isocèle de 85, 85 et 120 mm env. de côté. L'étage intermédiaire, 115, 115 et 164 mm env., et l'étage inférieur 135, 135 et 192 mm env. Chaque étage est l'assemblage d'un triangle posé horizontalement et d'un rectangle en position verticale.
Chaque partie est découpée dans du contreplaqué de 20/10e (ou balsa ou polystyrène extrudé). L'aspect du matériau importe peu puisqu'on va l'enduire. A droite du foyer, on a aménagé une petite ouverture dont la porte arrondie est rainurée : un petit clou fait office de bouton.
La tablette en bois de peuplier de 50/10e a été coupée à 45° dans la boîte à onglet. La découpe arrondie a été faite à la scie électromagnétique et poncée (le papier abrasif étant enroulé autour d'un verre du bon diamètre). Les deux petites décorations sont des sections de moulures.
Le foyer est tapissé de briques noires (voir page 135). Le feu, (voir page 137) ; prévoir une sortie pour les fils des ampoules.

Le lambris

Une fois le bloc cheminée constitué, il devient possible de délimiter l'espace à lambrisser. On a utilisé des baguettes de 10/10e et 10 mm de large que l'on a tronçonnées à 80 mm pour obtenir une cinquantaine de lambris. Coller en place et peindre avant la pose de la moulure décorative de la partie supérieure du lambris que l'on peindra séparément (ainsi on risque moins de déborder sur le papier peint).

Le plafond

Il a été d'abord recouvert d'une feuille de parquet adhésif, puis décoré de grosses poutres vieillies au cutter.

Le carrelage

Il est fait en pâte Darwi qui sèche à l'air (voir page 32). On a fait une abaisse de 2 mm (avec 2 baguettes de 20/10e comme support du rouleau) puis on a coupé des bandes : pour aller plus vite, on a utilisé une règle métallique dont la largeur correspondait au côté du carreau soit 3 mm (2,8 après séchage) : on pose la règle, on coupe, on déplace la règle, on coupe, etc. Recouper ensuite les bandes en carrés. Une fois secs, les carreaux ont été jointoyés à l'enduit et patinés avec des jus divers.

Les meubles

Pour réaliser ces meubles, du bois ordinaire suffit (on a utilisé du peuplier).

Les arêtes ont été **légèrement** adoucies au papier abrasif (sur cale ou lime à ongles) pour accentuer le côté usagé.

Faut-il **teindre** ces meubles avant de les peindre ? On peut trouver cela superflu. Mais cela peut permettre des effets intéressants si on veut les patiner. La peinture va "s'écailler" par endroits, montrant la couleur d'origine du bois. Deux remarques : tout d'abord, la question ne se pose que si l'on a utilisé du bois blanc. D'autre part, si l'on teint, on pourra **exceptionnellement** le faire ici une fois les meubles terminés. Certes, nous savons que la teinture ne prend pas sur la colle, mais ces meubles ne seront pas laissés tels quels et cirés, mais peints : il ne s'agit que de créer une sous-couche. L'intérêt de cette entorse à la règle est de gagner du temps : il sera plus rapide de badigeonner rapidement le meuble au pinceau que de teindre chaque morceau l'un après l'autre sur toutes ses faces. Poncer légèrement après la teinture.

Pour **peindre**, on a utilisé les touches Essai de Valentine, vert sauge et vert céladon.

Les parties vert clair ont été travaillées ainsi (pour elles, la teinture foncée est facultative) : on a passé le vert céladon un peu délayé avec de l'eau de façon assez irrégulière (mais néanmoins dans le sens du fil du bois) et laissé sécher. Puis du blanc également délayé, en coups de pinceaux par-ci, par-là (toujours dans le sens du fil) : il ne s'agit pas de couvrir consciencieusement la surface. Sur la surface sèche et poncée, on passe de la patine brune et on frotte avec le doigt. Laisser bien sécher avant de décorer au pochoir (voir page 48).

Les parties vert foncé ont été d'abord teintées en noyer ; puis on a frotté les endroits d'usure avec une bougie d'anniversaire. On a peint ensuite sans trop lisser, et sur la surface sèche, on a "gratouillé" délicatement les endroits exposés à l'usure avec un cutter. On peut aussi passer une sous-couche de peinture d'un ton différent pour créer une patine plus intéressante (comme si le meuble avait été repeint plusieurs fois) : mais attention, pas de couches épaisses qui donneraient une impression de neuf !

Le vaisselier

Dimensions : hauteur 160 mm x largeur 146 mm x profondeur du plateau 41 mm. L'élément haut est conçu comme un meuble ouvert, et le bas un peu comme une table.

Fournitures

- bois 15/10^{e}
- carrelets de 2,5 x 2,5 mm (à défaut, poncer un carrelet de 3), 4 x 4 et 5 x 5 de section
- moulure pour souligner la corniche.

L'élément haut : découpe du bois

Dans la planchette de 15/10e couper des lattes de 85 mm de longueur pour obtenir 135 x 85 mm : ces **planches** peuvent être de largeur identique, ou irrégulière (entre 10 et 16 mm environ) pour un effet plus rustique comme ici.

Découper les **côtés** (85 x 15 mm).

Poncer le carrelet de 4 mm sur 2 faces pour le ramener à 3,5 mm de section : tronçonner un morceau de 131 mm, et deux morceaux de 28 mm. Sculpter ces deux derniers selon croquis.

Découper la **corniche** 145 x 19 mm et le fronton 133 x 10 mm. Découper le fronton à la scie à archet ou électromagnétique (voir page 14) selon le dessin.

3 x 10 mm. On peut les découper d'un seul tenant 39 x 10 mm dans une planchette de 30/10e ou coller en U trois morceaux de carrelet 3 x 3 mm (voir page 54). Découper également un rectangle de 137 x 34 mm qui sera le **support de tiroirs**. Pour la **tablette inférieure**, découper des lattes de bois et les coller les unes aux autres (comme les planches de l'élément haut), soit dans le sens de la longueur, soit dans celui de la largeur. Le rectangle obtenu doit mesurer 137 x 34 mm. Découper également deux bandeaux de 5 x 134 mm, et deux autres de 5 x 30 mm pour les côtés de cette tablette.

Assemblage

Assembler les trois tiroirs ainsi que les séparations en U.

Poser le bandeau arrière dans la plaque d'assemblage et coller les pieds arrière sans cale d'assemblage. Ensuite on va coller les bandeaux de côté aux pieds avec une cale de 15/10e sur l'extérieur. Coller les pieds avant.

Positionner ensuite les 3 tiroirs, les 2 séparations et le support de tiroirs : découper un petit carré dans chaque coin de ce dernier pour qu'il s'ajuste bien entre les pieds. Coller les séparations, le support et le bandeau avant, en veillant à ne pas coller les tiroirs.

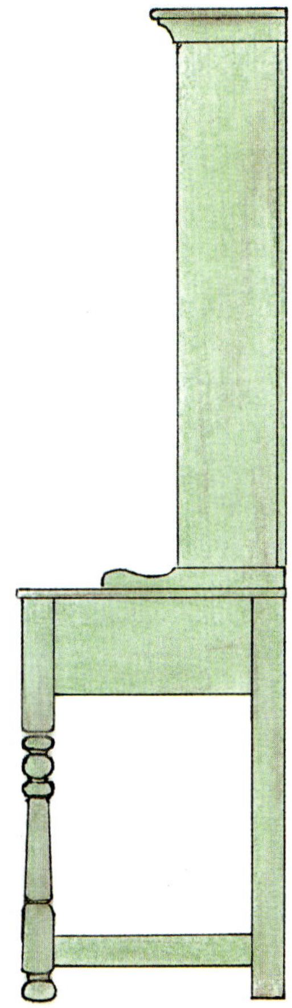

Schémas réduits à 75 %.

Découper 3 **étagères** : 133 x 13,5 mm.

Assemblage

Coller les planches entre elles pour constituer le panneau du fond et le coller aux côtés. En s'aidant du dessin, coller les carrelets de 3,5 mm. Dans la partie haute, coller la corniche et le fronton. Poser une moulure sous la corniche en coupant les angles à onglet. Ne pas coller les étagères avant de les peindre.

L'élément bas : découpe du bois

Dans le carrelet de 5 x 5, tronçonner 4 morceaux de 62 mm pour faire les pieds : on peut les laisser tels quels tous les quatre ou sculpter les deux pieds avant (cutter + lime à ongles et papier abrasif très fin).

Dans la planchette, découper le **plateau** : 146 x 41 mm, et ses **bandeaux** : ceux des côtés mesurent 15 mm de hauteur x 30 mm de longueur, et le bandeau arrière 15 x 134 mm. Du fait des tiroirs, la hauteur du bandeau de devant est ramenée à 5 mm (x 134 mm).

Les **tiroirs** : voir page 54 croquis aux cotes exactes. Découper les façades (10 x 43 mm), le fond plat (36 x 41 mm), les côtés (10 x 36 mm) et le fond vertical (9 x 41 mm).

Faire les **séparations entre les tiroirs** : leur partic visiblc mesure

Coller en place la tablette inférieure (encocher également les quatre coins) et ses bandeaux.
Enfin, poser le plateau à plat sur l'endroit et coller sur l'envers le bloc ainsi constitué. Peindre séparément les étagères. Peindre les deux éléments (voir supra) puis les solidariser en les collant ensemble. Poser des boutons en bois tournés au mini-tour.

La table

Pas de difficultés pour réaliser cette table dont la forme est simple et pourra être adaptée à d'autres modèles.

Fournitures

- bois de 15 et 20/10e,
- carrelet de 5 x 5 mm ou pieds tout faits,
- carrelet de 1 x 1 mm (facultatif).

Schémas de la table réduits à 75 %.

Réalisation

Dans le bois de 20/10e, découper le **plateau** 117 x 66 mm (assembler de préférence 2 ou 3 planches pour obtenir cette dimension).
Dans le bois de 15/10e, découper le **bandeau** : 101 x 11 mm (2 fois) et 50 x 11 mm (2 fois).

Dans le carrelet de 1 x 1 mm, couper le **filet** décoratif qui viendra souligner le bandeau : 101 mm (2 fois) et 50 mm (2 fois). A défaut de carrelet de 1 mm, couper dans une planchette de 10/10e.
Dans le carrelet de 5 x 5 mm, tronçonner 4 morceaux de 58 mm pour faire les **pieds**. Selon le style recherché, on peut les laisser en l'état, les tourner ou les sculpter au cutter.

Il existe aussi, dans les magasins spécialisés pour maisons de poupées, des pieds déjà tournés (pour un coût inférieur à un timbre-poste). On peut les recouper à la longueur souhaitée.

Les pièces étant découpées, poncées, dépoussiérées, nous allons maintenant les assembler en collant d'abord les filets sur le bord inférieur des bandeaux. Coller le bandeau aux pieds en alignant le pied et le filet décoratif (se reporter page 54).

Les chaises

Il s'agit de chaises rustiques : les pieds ne sont pas galbés mais droits. Les deux pieds arrière sont collés avec un angle de 10° avec l'assise pour donner une meilleure stabilité, de même que le dossier.

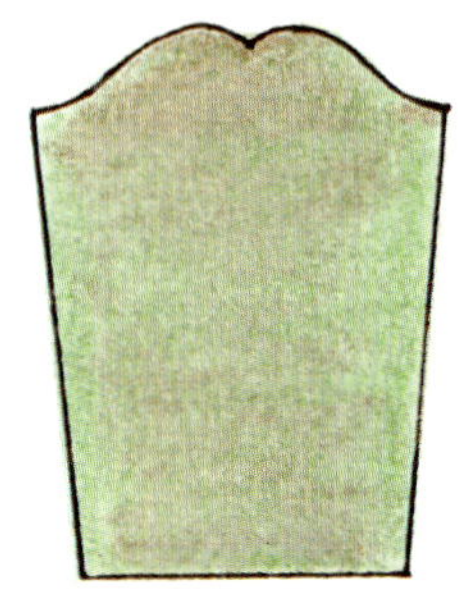

Les instructions sont données en italique pour une version simplifiée avec les pieds à angles droits.

Fournitures

- planchette de 20/10e,
- baguette de 15/10e en 5 mm de large (ou découper dans une planchette),
- carrelet de 2 x 2 mm.

Réalisation

Dans la planchette de 20/10e, reporter et découper le patron de **l'assise** et du **dossier**. Dans la baguette de 15/10e, découper 4 **entretoises** de 24 mm environ : couper d'abord 4 rectangles puis faire le dessin dans celle de devant à la scie à archet ou électromagnétique. Attention, sur les entretoises de côté, il y a une coupe à 10°, et deux sur celle de derrière. Pas besoin de boîte à onglet spéciale, il suffit de superposer le patron sur la pièce de bois et de la couper au cutter à plat.

Version simplifiée : supprimer les coupes à 10°.

Dans le carrelet, tronçonner 2 **pieds** avant à 33 mm et 2 pieds arrière à 34 mm (les 2 coupes des pieds arrière étant faites à 10°).

Version simplifiée : 4 pieds à 33 mm.

L'entretoise mesure 15/10e d'épaisseur, le pied 2 x 2 mm de section, il reste donc 5/10e que nous mettrons du côté exté-

rieur. Assembler les pieds et les entretoises comme s'il s'agissait d'une table (le fait que 2 pieds soient évasés ne compliquant pas le travail).

Se procurer deux cales de 15/10e d'épaisseur correspondant au débord de l'assise sur le pied. Poser l'assise à l'envers et coller le bloc en mettant les deux cales.

Pour coller le dossier à 10°, se confectionner un gabarit en polystyrène extrudé (ou carton mousse ou balsa). Poncer la tranche du dossier à 10° pour un bon assemblage avec l'assise. Coller le dossier sur l'assise en s'aidant du gabarit pour un bon positionnement.

La chaise terminée, nous allons égaliser les pieds qui sont peut-être bancals. Fixer sur la surface de travail du papier abrasif très fin avec du ruban adhésif : en tenant la chaise par l'assise (la main au-dessus de la chaise), lui imprimer doucement* de petits mouvements tournants.

Le banc à haut dossier

(Voir photo page 19).

Dimensions : hauteur 125 mm x largeur 129 mm x profondeur 32 mm.

Fournitures

- planchette de 20/10e,
- 125 mm de moulure pour le haut,
- 125 mm de baguette plate de 10/10e et 3 mm de large pour la décoration du bas.

Découpe du bois

Dans la planchette, découper les côtés 125 x 30 mm (2 fois), ainsi que les planches qui constitueront le fond : ce dernier mesure 129 x 125 mm de haut.

Comme pour le vaisselier, les planches peuvent être de largeur identique, ou irrégulière.

Puis l'assise : 28,5 x 125 mm et son bandeau 10 x 125 mm.

Réalisation

Faire la découpe dans les côtés (voir page 14) en s'aidant de la figure 1 à l'échelle.

Le fond étant constitué, coller d'abord la moulure décorative du haut. Attention : si cette dernière est une baguette plate qui vient se coller sur les planches du fond, la hauteur indiquée de 125 mm pour le fond est correcte. S'il s'agit d'une baguette d'encadrement qui vient se positionner à cheval sur les planches, il faut diminuer la hauteur des planches du fond en fonction (voir figure 2).

Enfin coller la baguette plate du bas.

Si l'on désire une décoration au pochoir sur le banc, il est plus facile de la faire avant assemblage, sans être gêné par les côtés ou l'assise.

Coller ensuite les deux parties de l'assise entre elles, puis sur le fond. Coller les côtés.

Ces bancs abritaient quelquefois un coffre dans leur partie inférieure (voir figure 3).

Version avec coffre : l'assise est en deux parties : un abattant de 23,5 x 125 mm et une partie fixe de 5 x 125 mm. Prévoir une base de 26,5 x 125 mm. Au lieu d'être réduit à 10 mm, le rebord inférieur est de 38 mm**.

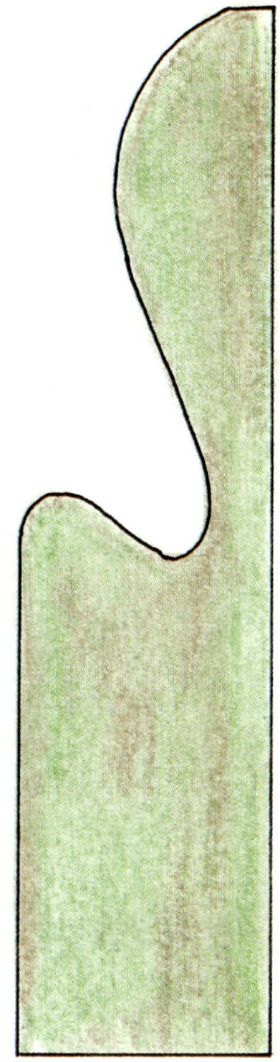

Figure 1.

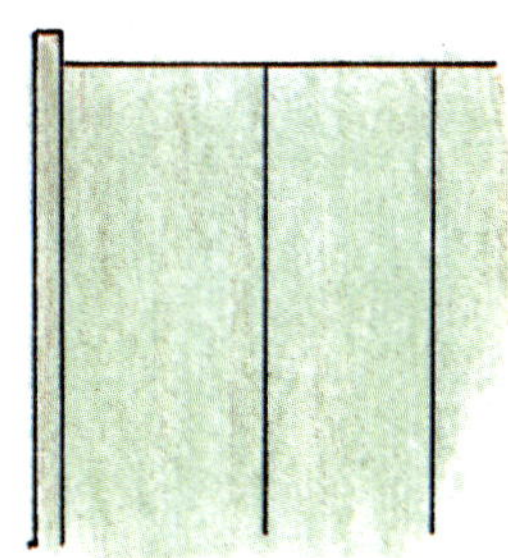

Figure 2.

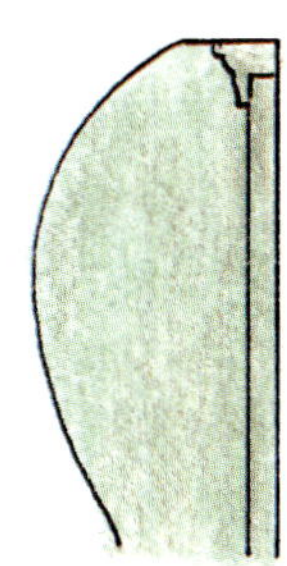

Figure 3.

* Parce que le collage n'est pas le plus solide des assemblages...

** Dimensions données en tenant compte d'un bois de 20/10e.

Les accessoires

Certaines **aquarelles** sont inspirées des illustrations de Peter Stevenson (*125 histoires de lapins*, Bias éditeur).
Les **samplers** ont été brodés d'après des diagrammes du commerce. Couffin de poupée et canotier, voir page 39.

Le panier de carottes

Vannerie, voir page 36. Le panier a été réalisé avec du fil de lin marron et 13 fils armés (disposés en croix de 5 et 8 brins) dont un a été coupé au 5e rang pour avoir un nombre impair, soit 25 tiges utilisables, dont deux laissées plus longues pour faire l'anse. Les carottes ont été faites en pâte Fimo (12 mm de long environ). A la sortie du four, on les a striées horizontalement avec une lame de rasoir, enduites au pinceau d'un peu de colle blanche délayée avec de l'eau, puis roulées dans de la terre tamisée pour obtenir un effet de carottes fraîchement déterrées (car les lapins cultivent eux-mêmes leur potager, n'est-ce pas ?).

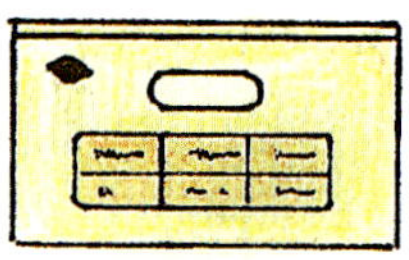

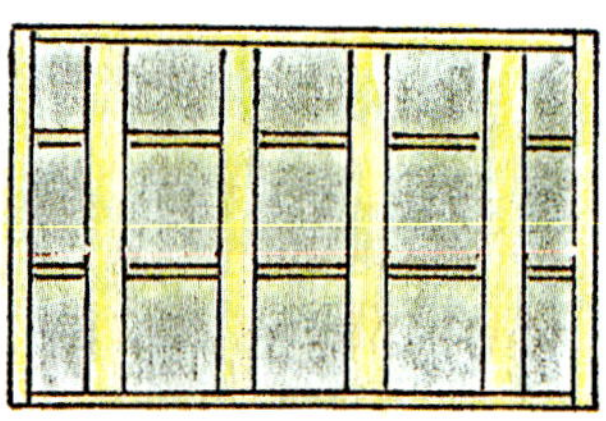

Le cageot d'oranges

est fait en bois blanc (5 et 10/10e). Renforcer les angles avec des carrelets de 2,5 x 2,5 mm coupés en diagonale dans le sens de la hauteur. Découper les poignées dans les petits côtés. Dessiner les agrafes au crayon de papier. Tapisser le fond de papier bleu et porter des inscriptions dans les "étiquettes". Les oranges : de petites boules de Fimo roulées sur du papier de verre : avec un cutter, fendre un peu en étoile autour du pédoncule (Fimo vert).

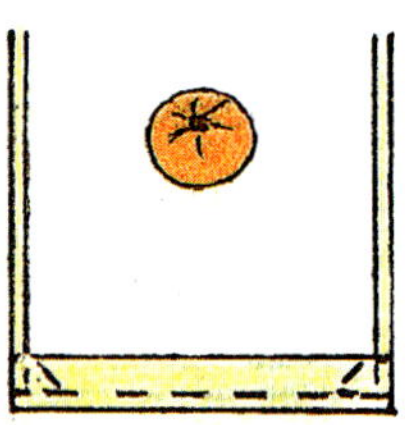

L'ouvrage dans le panier

Le tambour à broder est en papier-bois. Découper deux bandes de 2 x 66 mm. Former un premier anneau autour d'un tourillon de 20 mm de diamètre, fermer par un point de colle et laisser à l'extrémité du tourillon ; mettre en forme la broderie autour de cette extrémité, mettre quelques points légers de colle pour faire tenir la broderie sur l'anneau de papier et maintenir l'ensemble avec un élastique.
Après séchage, retirer l'élastique et former le deuxième anneau de la même façon en le positionnant sur le tissu et en le maintenant avec quelques points de colle. Avant de séparer l'ensemble du tourillon, on peut faire la "vis de serrage" du tambour avec une tête de mini-clou en laiton ou la suggérer avec un point au feutre doré ou au crayon de papier.

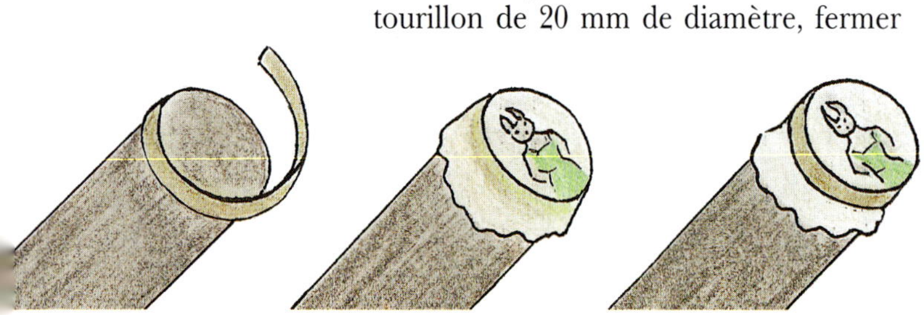

Le soufflet de cheminée

Découper 2 fois le gabarit dans du contreplaqué de 6/10e. Peindre des deux côtés. Découper un morceau de tissu gris foncé et le coller entre les deux côtés : serré vers le bas, plus lâche vers le haut de façon à permettre un battement comme avec un vrai soufflet. Coller un minuscule rectangle de tissu noir ou de cuir fin, et faire l'embout dans un métal souple.

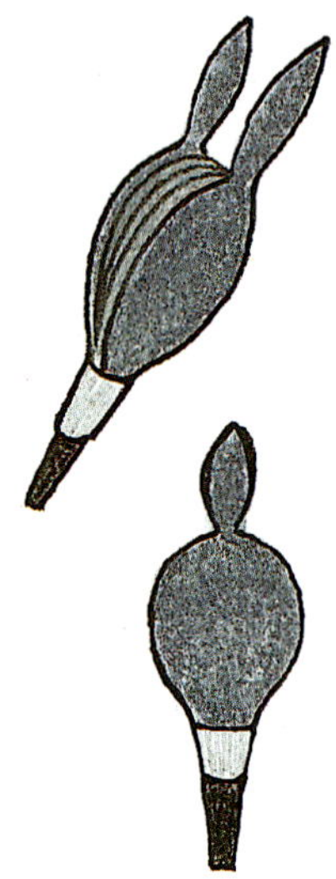

Le goûter sur la table

Paquet de biscuits, voir page 24. Les biscuits : superposer deux épaisseurs de Fimo (chocolat et caramel) et découper avec une grosse paille pour boisson. Cuire sans décoller du carreau. Le verre de lait : échantillon de parfum, voir page 23.

Le petit train

Il est très amusant de créer un train (ou un camion) en tourillons et carrelets. La locomotive : 7 mm d'un tourillon de 4 mm de diamètre, et 4 mm d'un tourillon de 6 mm de diamètre. La cheminée est une tige plastique Evergreen (ou épingle). Sur le petit tourillon, coller une silhouette de tête de lapin terminée par une minuscule bavette en cuir noir. Le wagon : 9 mm d'un carrelet de 6 x 6 mm. Avec un cutter et une petite lime à métal plate, creuser les fenêtres. Le toit du wagon : 10 mm d'un tourillon de 10 mm de diamètre coupé dans le sens de la longueur. Les roues : des rondelles de tourillons de 4 et 5 mm de diamètre et les essieux, des tiges rondes plastiques (ou épingles). L'articulation est un fin fil de fer vert (de fleuriste) mis en forme autour d'une épingle en métal : percer un trou avec un foret fin et coller.

La voiture-carottes

Une carotte en Fimo de 23 mm de long que l'on perce deux fois horizontalement de part en part avec un foret ; on y glisse deux fines tiges (Evergreen en plastique, ou fin fil de fer) sur lesquelles on enfile les roues (4 rondelles coupées à la sortie du four dans un boudin de Fimo blanc). Replier les extrémités du fil de fer. Percer un trou pour les fanes (lichen d'Islande). Modeler la tête du lapin en Fimo et la fixer avant cuisson sur un fil de fer. Peindre l'intérieur des oreilles en rose. Percer un trou dans la carotte pour y entrer la tige de la tête.

Le mini-berceau

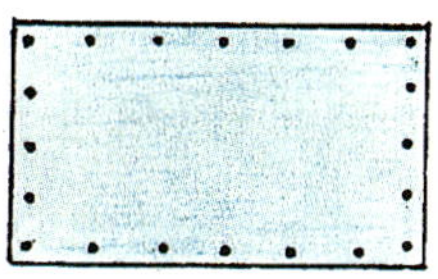

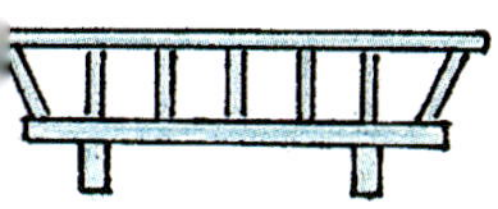

L'assemblage est un peu délicat car les barreaux sont collés en oblique. Découper un rectangle de 27 x 16 mm en bois de 15/10e. Faire un cadre de 30 x 19 mm *(27x 16 mm pour une version simplifiée à angle droit)* avec un carrelet 1 x 1 mm. Les barreaux sont des tiges Evergreen de 0,8 mm de diamètre : percer sur 0,5 mm les trous dans le rectangle et le carrelet. Les roues sont des rondelles de tourillon de 6 mm de diamètre, et les essieux des épingles coupées (pour des roues qui tournent, voir le chariot page 92).

Le jouet à tirer

Une planchette de 10/10e de 20 x 10 mm arrondie aux quatre angles. Les roues : 4 boutons pressions peints en noir à la peinture à maquette. Le lapin est découpé dans du contreplaqué de 4/10e enduit, poncé et peint. La canne à pêche : une tige Evergreen. Carottes en Fimo et arbre en lichen d'Islande. La petite attache pour le fil : un fil téléphonique mis en forme autour d'une épingle.

Le bilboquet

a été tourné en buis (hauteur 16 mm). On peut aussi sculpter un bois dur et utiliser une perle en bois. Percer un trou avec un foret très fin et coller le fil.

La "Raggedy Doll"

Ces poupées de chiffon que les mamans fabriquaient avec des restes de tissus ont beaucoup de charme. Pour les réaliser, pas besoin de se laver les mains : la poupée doit avoir été beaucoup aimée ! Hauteur environ 35 mm.

Il faut des restes de tissu, de petits ciseaux pointus et de la colle pour tissu qui ne coule pas.

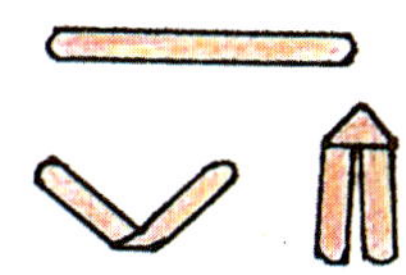

Bras. *Jambes*

Les membres : couper une petite bande de tissu d'environ 60 x 10 mm, l'enduire de colle et le plier en deux dans le sens de la longueur. Quand c'est sec, recouper pour obtenir deux rectangles de 25 x 3 mm et arrondir les extrémités. Plier comme indiqué et faire tenir par un point de colle.

La tête : dans un morceau de bristol, découper la forme de la tête et du cou. Coller un petit cercle de ouate hydrophile du même diamètre que la tête et le coller sur la face pour lui donner du volume. Dans le même tissu que les membres, couper un carré de 20 mm de côté qui va servir à recouvrir la tête : cranter les angles et rabattre les bords sur l'arrière. Peindre les traits. Broder les cheveux.

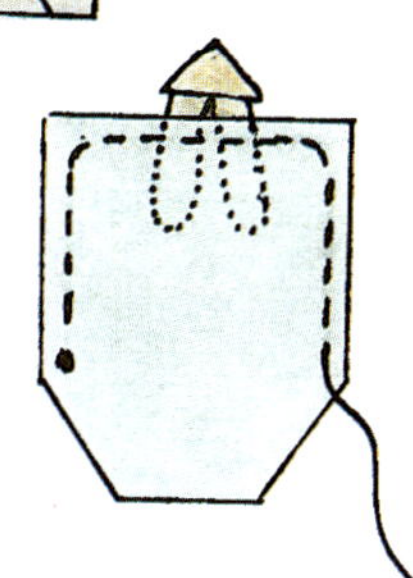

La robe : superposer endroit contre endroit deux rectangles de tissu de 25 x 20 mm et couper deux angles. Positionner les jambes et coudre comme indiqué (laisser pendre le fil).

Retourner sur l'endroit. Faufiler et froncer un fil à la taille. Positionner les bras. On peut mettre un petit bout de coton pour rembourrer le corsage. Positionner la tête et finir de coudre le haut de la robe (avec le fil libre) tout en rentrant le bord du tissu. Coller deux poches ou un tablier.

"Pas frais,
mon turbot ?"

Poissons, photos M. Gounot.

La poissonnerie

Poissonnerie et accessoires Catherine Soubzmaigne, poissons et tresses d'ail Claire Gounot. Collection Martine de Toledo "Lady M.".
Dimensions de la scène hors tout : L. 37 cm x H. 35 cm x P. 12 cm.
Catherine Soubzmaigne est une pionnière, puisqu'elle a découvert la miniature en 1977 aux Etats-Unis. Tout de suite séduite, elle a dessiné et réalisé une maison de poupée d'inspiration victorienne dans le style des Painted Ladies de Chicago. A l'époque, on ne trouvait pas de matériaux et de documentation pour la miniature et il lui a fallu faire preuve d'imagination et d'ingéniosité, deux qualités dont elle ne manque pas ! D'un père architecte, elle a hérité le sens de l'organisation de l'espace : elle visualise mentalement les volumes et n'a jamais besoin de corriger les proportions après réalisation. Au fil des années, elle s'est "spécialisée" dans les magasins français dont elle rend à merveille la patine laissée par le temps.

Cette scène est réalisée dans du contreplaqué de 8 mm. Peu profonde, elle peut être accrochée au mur. Les indications sont données pour une boutique ouverte, mais on peut les adapter pour une devanture fermée.

Le gros œuvre

Faire découper en contreplaqué de 8 mm :
Le fond 300 x 320 mm
Les côtés 70 x 320 mm (2 fois)
Le haut 70 x 316
Le bas 120 x 340 mm
Les cloisons intérieures 62 x 320 (2 fois)
Le fronton 85 x 316 mm
Et en 2 mm d'épaisseur :
Les panneaux de façade 40 x 240 mm (2 fois).
Coller et clouer les côtés contre le panneau du fond (comme un meuble fermé), puis le haut et le bas (en retournant l'assemblage) : le bas doit déborder de 50 mm sur le devant et de 12 mm de chaque côté. Fixer les cloisons verticales intérieures à 24 mm des côtés (voir croquis).
Coller les planchettes de 20/10e en recouvrant l'épaisseur d'une cloison intérieure et d'un côté, en s'alignant sur le bas de la boutique. Mettre l'ensemble à plat et poser un poids (un dictionnaire par ex.) sur cet assemblage : laisser sécher.
Sur chacun de ces panneaux, coller en bas un contreplaqué (ou balsa ou carton plume) de 40 x 70 mm de haut et 10 mm d'épaisseur. Sur un côté, coller une gouttière (un tourillon de 8 mm) et des bandes de carton ou de plomb (voir photo page 20).

Le fronton

Pour que le fronton soit incliné, il est collé sur deux triangles : 90 x 85 x 25 mm en contreplaqué de 8 mm. Coller chaque triangle en haut sur l'épaisseur des côtés (le plus long côté du triangle sur le mur du magasin). Lorsqu'ils sont bien secs, coller le fronton.

L'enduit

Enduire entièrement les surfaces extérieures et intérieures avec un enduit de lissage (tout prêt vendu en tube ou en pot, ou en poudre à préparer avec de l'eau). Une mince couche suffit pour dissimuler les fibres du bois. Lorsque l'enduit est bien sec (important), poncer légèrement avec une cale à poncer. Seuls la façade et l'extérieur des côtés doivent être parfaitement lisses. L'intérieur peut laisser apparaître des imperfections qui donneront un aspect rustique, et ressortiront à la peinture. La base est poncée de manière inégale pour marquer l'usure des bords.

Les baguettes décoratives

Juste sous le fronton, coller une moulure de 316 mm pour une meilleure finition.
Coller une plinthe (baguette plate de 10 mm de haut) en bas de la façade et partiellement sur les côtés (voir photo page 20) et de même, une moulure à 70 mm env. du sol en coupant les angles à onglet.

Avec une moulure plate (ou une baguette de 12 mm et 15/10e), faire un cadre sur le fronton de 60 mm de haut. Fixer ce cadre vers le bas du fronton afin de laisser un espace vers le haut pour le store de toile.

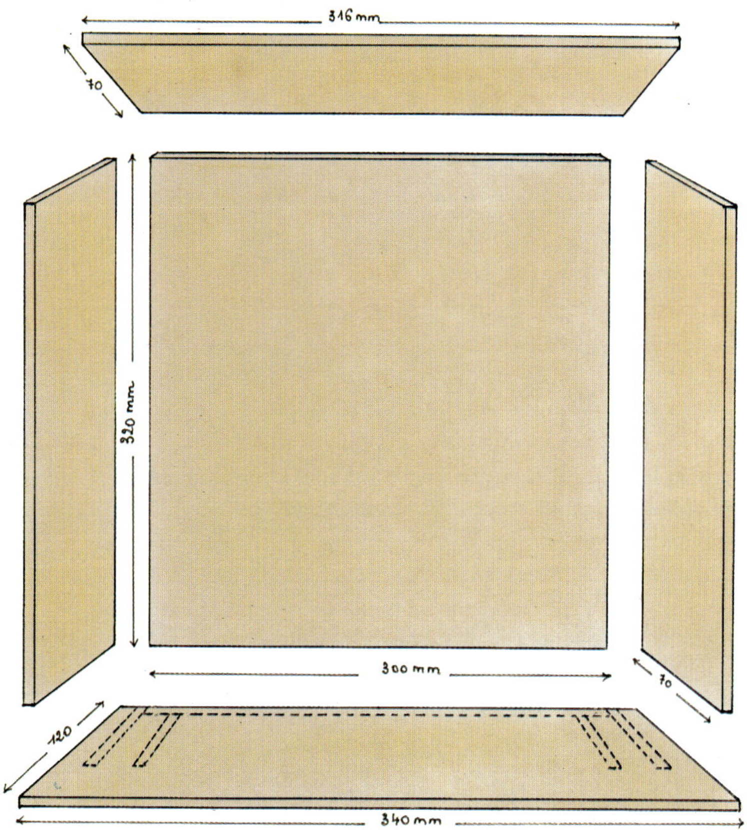

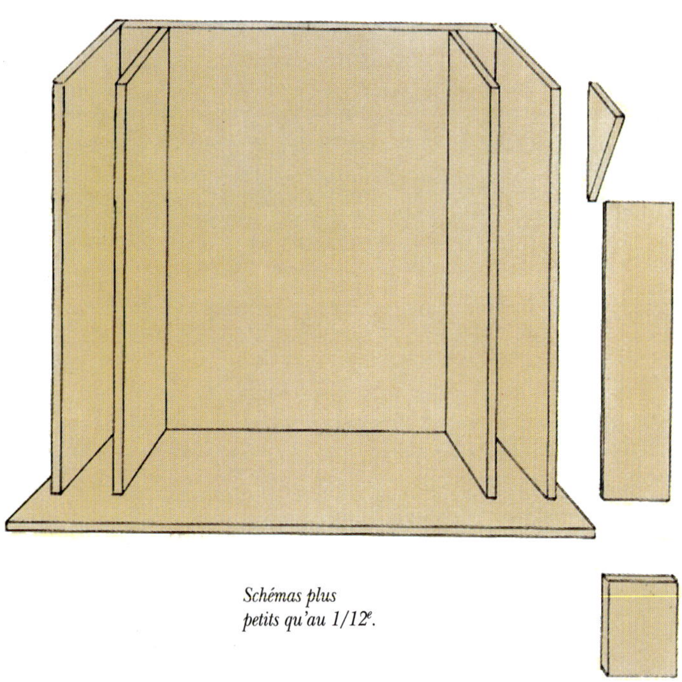

Schémas plus petits qu'au 1/12e.

Les lettres du fronton

Ce sont des lettres adhésives qui existent en bleu roi, blanc et rouge. Après les avoir disposées sur le papier huilé fourni avec les lettres, on peut les repeindre de la couleur souhaitée. Une fois la peinture sèche, les disposer sur le fronton.

Le store

Couper le tissu un peu plus grand que nécessaire, par exemple 350 mm x 40 mm. L'amidonner ou le tremper dans le Stiffener (voir page 25). Pour peindre les bordures avec de la peinture blanche, prendre quelques mesures en sachant qu'il faudra recouper plus tard le tissu à 310 x 30 mm en ne gardant que 2 mm de bordure. Pour un effet de vague, découper un pochoir dans un papier adhésif et le faire adhérer sur le tissu en pressant bien. Peindre une bande sur les côtés et en bas. Lorsque la peinture est sèche, recouper le tissu à 2 mm tout le long de la vague et sur les côtés. Avec des lettres transferts, écrire le nom du magasin en centrant bien les lettres sur le tissu en hauteur et en largeur. Les lettres transférées sont assez fragiles, manipuler ensuite le store avec précaution.

Plier ensuite le store à l'endroit désiré pour que les lettres soient bien centrées en hauteur. A l'aide d'un fer tiède, marquer le pli **sans toucher aux lettres**. Coller un petit carrelet sur l'envers le long du pli pour le maintenir. Recouper le tissu à 20 mm environ du carrelet et le coller en position sur le fronton : on peut maintenant coller le toit.

Le toit en "zinc"

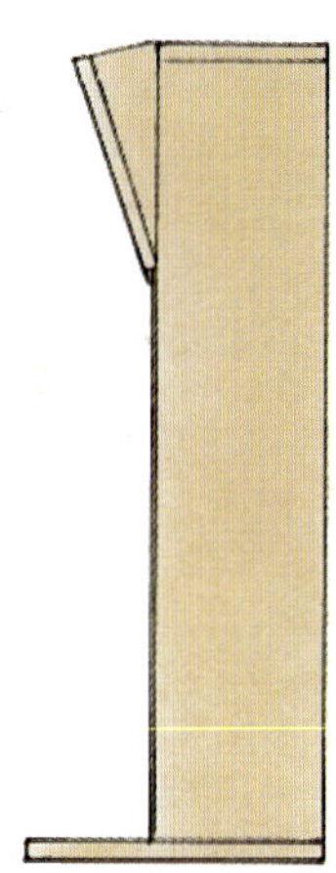

Une planchette de 335 x 50 mm en 20 ou 30/10e d'épaisseur, recouverte d'une feuille de plomb ou simplement peinte en gris (dans ce cas, arrondir les arêtes). Les joints sont des bandes de plomb ou de carton, pliées et collées en place. Vieillir en s'inspirant de la réalité : oxydation du zinc, poussière et... crottes de pigeons. Coller en place.

Les accessoires

L'éventaire

C'est un parallélipipède en balsa ou carton plume : le dessus est légèrement incliné et recouvert d'une fine feuille de plomb. Recouvrir de plomb une baguette de 10/10e et la coller (Araldite) contre le haut de l'éventaire en dépassant de 3 mm.
La glace a été obtenue en passant au mixer (robot ménager) du plastique transparent (type boîte de cassette audio) : ne pas mettre de morceaux trop gros et bien nettoyer ensuite le robot ! La glace est collée à l'Araldite sur le dessus en plomb.

Le torchon

Le couper dans un coton blanc : avec un stylo à bille rouge ou bleu, dessiner les lignes et/ou les carreaux. L'imbiber d'eau amidonnée (ou Stiffener) et, sur une plaque de liège ou de balsa, lui donner la forme voulue en le fixant avec des épingles. Une fois sec, le coller en place.

Les ardoises

sont en carton peint à la gouache noire. La petite ardoise est encadrée de bois et les angles sont arrondis à la lime à ongles.

Le carrelage

Il s'agit de photos prises dans un magasin parisien.
A quelle distance se placer pour obtenir des photos à la bonne échelle ? Catherine nous donne sa méthode. Si nous faisons tirer les photos en 10 x 15 cm, et que nous voulons les utiliser au 1/12e, cela signifie que cette surface de photo (10 x 15 cm) doit correspondre en réalité à 1,20 m x 1,80 m (12 fois plus). Il faut donc cadrer très exactement une surface de 1,20 m x 1,80 m pour obtenir en photo une réduction au 1/12e : marquer par des repères une surface de 1,20 m x 1,80 m en centrant bien l'objet à photographier, et se tenir à une distance telle que le cadrage dans l'objectif corresponde à ces repères. Bien sûr, cette méthode convient seulement pour un appareil reflex.
Catherine a photographié ce joli carrelage de grès mat (pour éviter les reflets du flash) bien à la verticale, perchée sur une échelle... Les photos ont été tirées en plusieurs exemplaires sur papier mat. Seuls, les carreaux du centre de la photo ne sont pas déformés et donc utilisables (à moins d'avoir utilisé un téléobjectif). Reconstituer le puzzle en recoupant les photos. La frise du bord a été photographiée de même.
Une couche de vernis mat donne de l'unité au montage.

La plaque de rue

a été photographiée à hauteur de regard pour éviter la déformation (certaines plaques de rue sont fixées assez bas). Tirage en papier brillant cette fois.

L'évier est en carton peint à la bombe de peinture blanche brillante. Les moules (voir page 27) ; la caissette de polystyrène a été recoupée dans du vrai. L'étiquette "Fermé le dimanche" est une photo. Le homard et les citrons ont été modelés en Fimo. Le persil est une variété d'immortelle teinte. Les algues : de la mousse passée à l'encre de Chine. Les étiquettes de prix sont deux rectangles de papier collés avec une épingle au milieu et recouverts de papier adhésif transparent. Les bourriches d'huîtres sont en bois de 5/10e.

Les poissons de Claire

Claire utilise du Fimo transparent et ajoute des détails après cuisson : elle cuit ainsi plusieurs fois. La brillance des écailles est suggérée par du vernis nacré dilué à l'acétone.

"Et les myrtilles ? Où sont passées les myrtilles ?..."

L'atelier des souris

Cuisinière en métal et cuivres Philippe Bordelet, rouet Pierre Dessert, poteries Elizabeth Bettler. Cette scène est inspirée de Brambly Hedge, l'univers créé par Jill Barklem : les illustrations de ses livres fourmillent de détails vivants et sont une merveilleuse source d'inspiration. Pour ce genre de scène, ne pas chercher à faire trop propre et rangé. Comme le dit un proverbe anglais, "un désordre créatif vaut mieux qu'une oisiveté bien organisée" !

Le mobilier et les menuiseries ont été réalisés à partir de carrelets, baguettes et planchettes de noyer, en choisissant du noyer "gris" à la texture serrée. Les boutons des portes, fenêtres, casiers et tiroirs (une cinquantaine) ont été tournés sur un minitour. Les charnières dorées ont été repeintes en gris métal (peinture pour maquette Humbrol n°53). S'agissant d'un atelier, les meubles n'ont pas été passés au bouche-pores ni cirés.

Le "gros œuvre" :

Dimensions de la scène : L. 50 cm x H. 31 cm x P. 30 cm.
La boîte a été réalisée avec du contreplaqué de 8 mm d'épaisseur. Comme toujours, du fait des multiples aménagements (niches, poutres, etc.), les panneaux n'ont pu être assemblés que tardivement.
L'épaisseur de la paroi du fond a été renforcée sur ses 2/3 ainsi que la cloison latérale gauche avec du matériau d'isolation récupéré (mousse dense, placoplâtre ou autre) pour obtenir des appuis de fenêtre profonds et pour pouvoir créer des niches. On a creusé ensuite l'emplacement des niches de gauche et des fenêtres et encastré des tablettes, petits linteaux et potences en bois. Le plafond et les murs ont été recouverts d'un enduit non poncé (pour un aspect rustique).

► *Les aménagements de premier plan comme ici la potence rendent toujours les scènes plus difficiles à photographier.*

Le plafond et les potences

Le plafond a été enduit et décoré de poutres vieillies au cutter, râpe à bois, etc. Dans les poutres, on a percé de petits trous au foret pour recevoir de fines attaches en fil métallique (enrouler le fil sur un tourillon et torsader) afin d'y suspendre les paniers. Tout ce travail a été fait sur le panneau posé à plat avant assemblage. Lorsque l'on a besoin d'intervenir sur le plafond après assemblage, penser à retourner tout simplement la boîte pour éviter le torticolis !

Pour animer la poutre transversale entre les deux potences, on l'a d'abord sciée puis raccordée sur ses quatre faces avec un morceau de métal et deux clous peints en noir.

La petite niche de la cloison gauche

On a creusé dans le matériau d'isolation une niche de 43 x 30 mm x 12 mm de profondeur et on l'a "tapissée" intérieurement de noyer de 10/10e. Important : poser les charnières avant de coller cet habillage. La niche est encadrée par de fines baguettes de noyer de 10/10e et 5 mm de large coupées à onglet et simplement collées sur le mur (adoucir les angles). La porte est réalisée sur le même modèle que celles du grand meuble : un rectangle de bois de 20/10e que l'on rainure au cutter, et sur lequel on colle un encadrement en 5/10e d'épaisseur. Adoucir légèrement les angles et fixer un bouton en bois.

Les fenêtres

On peut choisir des fenêtres totalement fixes ou articuler le battant du milieu.
Quelle que soit la version choisie, la décoration (l'effet vitrail) va se faire avant la réalisation des menuiseries, sur le verre nu. Le dessin à échelle de la fenêtre et les explications pour la réalisation sont don-

nés page 47. Coller ensuite les menuiseries sur le verre sans oublier d'"habiller" l'extérieur de la fenêtre de gauche.

Le sol

Il est constitué de grandes dalles de "pierre" irrégulières, posées bord à bord sans joint. Utiliser de la pâte à modeler blanche auto-durcissante, type Darwi ou Das Pronto. L'étaler sur une épaisseur de 2 mm environ : voir photo page 136 pour obtenir une épaisseur régulière.
En s'aidant d'un réglet plat métallique, découper au cutter les dalles aux dimensions souhaitées (ici, environ 4,5 cm x 5,5 cm). Réserver sur la plaque de base l'espace de la "mezzanine" qui ne doit pas être recouvert de carrelage. Disposer les carreaux bord à bord : si nécessaire, poncer ou retailler les bords. En revanche, ne pas chercher à unifier la surface au papier de verre : toutes les irrégularités sont les bienvenues pour créer un effet de pierre usée par le temps.
Coller. Patiner les dalles avec des jus divers : de la gouache fortement délayée, de l'aquarelle, du thé, ou quoi que ce soit qui se rince à l'eau. On peut passer l'éponge pour atténuer ou effacer une couleur : la peinture va se fixer dans les interstices pour créer un effet de poussière et d'usure, et le résultat n'en sera que meilleur.

Les meubles

Le grand meuble du fond

Dimensions : 255 mm de hauteur x 160 mm de largeur x 55 mm de profondeur.
Il est réalisé en noyer et ses portes articulées sur charnières sont réalisées sur le même principe que la porte de la petite niche (voir supra).

Fournitures
Planchettes de noyer de 10, 15, 20, 30 et 50/10e.
Baguettes de 5/10e et 10 mm de large pour la décoration des portes.
L'élément haut est conçu comme un meuble ouvert (voir page 52).

Découpe du bois
Dans le bois de 50/10e, découper **les côtés** 190 x 30 mm et **la corniche** 37 x 160 mm.
Dans le bois de 30/10e, couper **le fronton** 140 x 15 mm, **les étagères** 140 x 30 mm et **les séparations verticales** du haut 32 x 30 mm.
Dans le bois de 20/10e, découper **le fond** 150 x 190 mm, **le support de tiroirs** 68 x

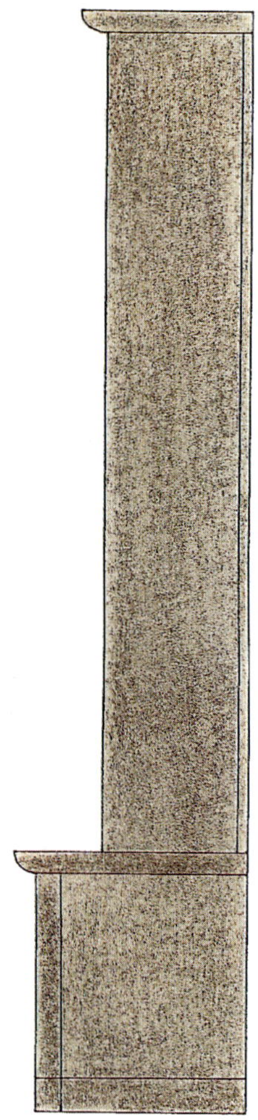

Schémas réduits à 50 %.

30 mm, **les séparations verticales du bas** 50 x 30 mm (2 fois) et **les portes** 32 x 45 mm (2 fois) et 34 x 50 mm (2 fois).

Dans le bois de 15/10e, découper les façades des 4 **tiroirs** 1,7 x 1,7 mm.

Réalisation

Graver si on le désire la date de réalisation dans le fronton.

Rainurer les portes et les décorer avec la baguette de 5/10e.

Réaliser les tiroirs selon les indications de la page 54 : l'intérieur est en bois de 15/10e.

Avec un cutter et une lime, retravailler les trois côtés de la corniche.

Creuser les emplacements des charnières dans les panneaux des côtés et dans les portes, puis fixer les charnières aux portes.

Assemblage

Poser le fond dans la plaque d'assemblage et coller les divers éléments en mettant des cales pour les étagères ; ne coller la corniche qu'en dernier pour pouvoir travailler dans l'angle de la plaque d'assemblage.

L'élément bas

Il est conçu comme un meuble fermé (voir page 52).

Découpe du bois

Dans le bois de 50/10e, découper les côtés 43 x 47 mm (2 fois) et le soubassement : 156 x 8 mm (devant), 146 x 8 mm (derrière) et 43 x 8 mm (les côtés, donc 2 fois). Egalement les montants verticaux de chaque côté 47 x 8 mm (2 fois), et le plateau 53 x 166 mm (de préférence en deux planches).

Dans le bois de 30/10e, couper l'étagère support de tiroirs 146 x 46 mm.

Dans le bois de 20/10e, découper le panneau du fond 47 x 146 mm, les séparations verticales du bas 34 x 46 mm (3 fois) et les portes 33 x 34 mm (4 fois).

Dans le bois de 15/10e, découper les façades des tiroirs 33 x 10 mm.

Réalisation

Préparer le plateau, les portes, les tiroirs et l'emplacement des charnières comme pour l'élément haut. Fixer les charnières aux portes.

Assemblage

Assembler d'abord le soubassement et fixer sur le bord intérieur supérieur une plaque de bois de 146 x 41 mm : ce sera le fond plat sur lequel on posera les objets dans le placard. Coller un carrelet à l'intérieur du soubassement peut faciliter l'opération.

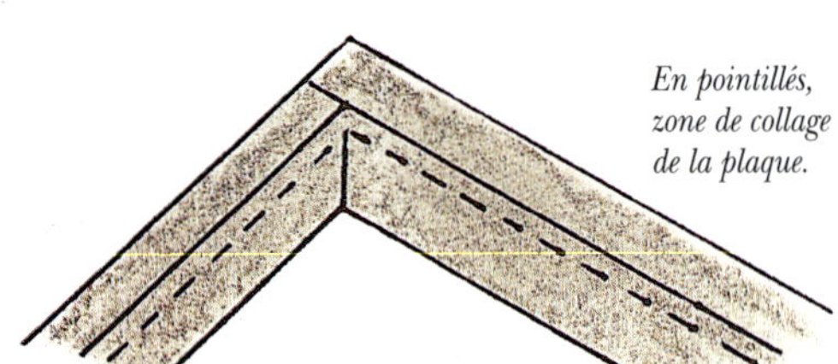

En pointillés, zone de collage de la plaque.

Coller les montants verticaux et les côtés l'un après l'autre. Coller les séparations verticales des portes, l'étagère support de tiroirs, puis les séparations de tiroirs. Enfin, coller le panneau du fond et le plateau en dernier.

Le coffre

Il est conçu comme un meuble fermé et mesure 95 mm de largeur x 50 mm de hauteur x 42 mm de profondeur. Il est réalisé en noyer de 30/10e sauf le couvercle (50/10e). Les panneaux sont habillés de baguettes de 10/10e.

Le meuble avec porte et tiroirs dans la niche à gauche :

Dimensions : 120 mm de largeur x 50 mm de hauteur x 22 de profondeur.

Il est conçu comme un meuble fermé et sur les mêmes principes que le grand meuble.

Le coin teinturerie

Il est réalisé en contreplaqué et habillé de noyer. Laisser libre cours à son imagination pour l'agencement des étagères, casiers et tiroirs. Le plancher de l'étage est réalisé avec de fines lattes de noyer collées sur le contreplaqué : pour la finition, une baguette de 10/10e a été collée sur deux côtés. La rampe est un tasseau de 20/10e arrondi sur deux arêtes. Pour percer les trous qui recevront les extrémités des balustres (magasins pour maisons de poupées), positionner la baguette et le tasseau côte à côte bien à plat (sur le même principe que les barreaux du lit page 74).

L'escalier à claire-voie

Le calcul des dimensions de cet escalier ressemble un peu au calcul d'une hotte. Pour réaliser celui-ci, on a dessiné sur papier une vue de profil en partant des dimensions connues : la hauteur (c'est celle de la mezzanine, 80 mm) et l'empattement total au sol autorisé (en comptant le palier, 130 mm). Il est alors possible de définir la profondeur du palier souhaitée (50 mm) et par voie de conséquence de tracer l'inclinaison de l'escalier, soit 115 mm.

La largeur des marches est de 35 mm.

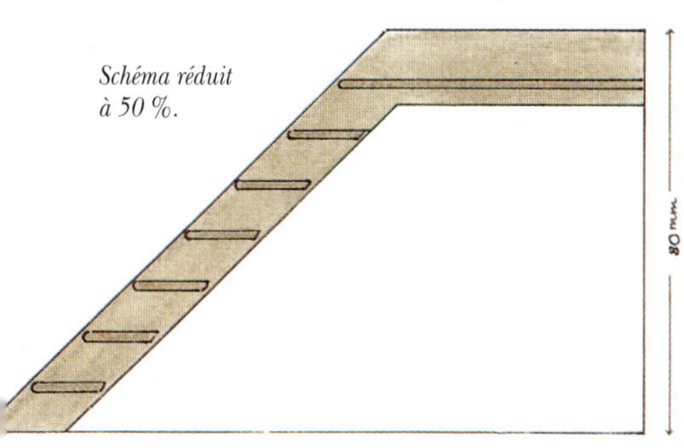

Schéma réduit à 50 %.

La rampe est un tasseau de 5 mm de large et 30/10e, arrondi sur deux arêtes : on y a percé des trous pour recevoir les balustres (voir page 103).

La hotte

Pour calculer les dimensions d'une hotte murale (de cuisinière ou de cheminée), il faut partir des deux dimensions connues : la largeur de base et la hauteur souhaitées et les reporter sur papier. Ici, on voulait une base de 100 mm identique à la largeur de la cuisinière et, compte tenu de l'espace à laisser entre la cuisinière et la hotte, il restait 77 mm jusqu'au plafond : une fois réservé 22 mm pour le conduit, il restait donc 55 mm pour la hauteur de la hotte. Il devenait alors possible de définir sur le dessin la largeur du conduit pour que la hotte ne ressemble ni à un cône ni à un rectangle. En reliant la base du conduit avec la base de la hotte, on obtient un trapèze qui correspond à la face cachée de la hotte adossée au mur : nous avons donc déjà un élément.

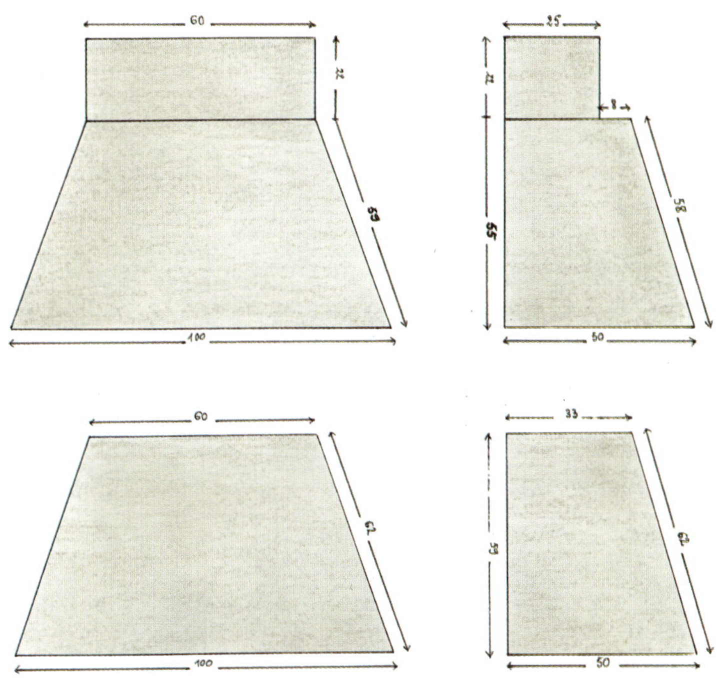

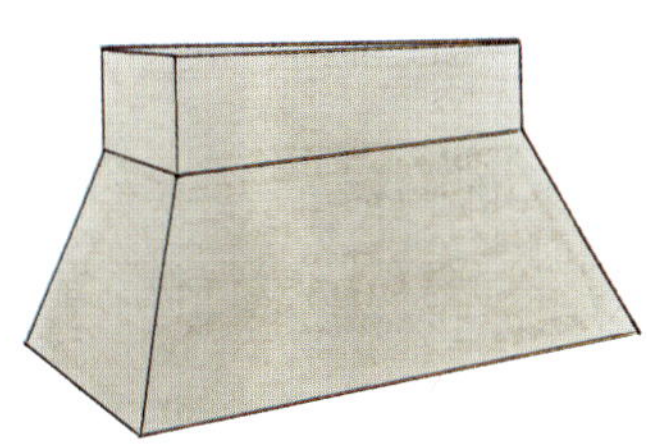

Schémas réduits.

Mais la face visible de la hotte étant inclinée par rapport au mur, sa hauteur sera supérieure à 55 mm. Pour la calculer, nous allons procéder de la même façon que précédemment en considérant la hotte vue de côté. Nous avons déjà la hauteur : reportons-la sur un dessin. Nous pouvons définir la profondeur souhaitée pour la base de la hotte (calculée par rapport à celle de la cuisinière), soit 50 mm, et celle du conduit, soit 25 mm.
On aurait pu comme précédemment relier simplement les deux bases, mais on s'est autorisé un rebord pour poser quelques pots.

Une fois défini sa profondeur (8 mm), il devenait facile de trouver l'angle d'inclinaison de la façade. Nous avons maintenant les dimensions des côtés et la hauteur de la façade, 58 cm. On peut donc découper les 4 panneaux du conduit et de la hotte (plus un cinquième pour le petit rebord) dans un contreplaqué de 20/10e (qui risquera moins de se déformer que le bois). Pour calculer les dimensions à découper, tenir compte de l'épaisseur du contreplaqué : ici, en raisonnant comme pour un meuble fermé, les dimensions du conduit sont 23 x 22 mm (côté), 60 x 22 mm (devant) et 56 x 22 mm (arrière).
L'ensemble est recouvert de fine feuille de plomb de 5/10e (Weber Métaux). Sur les côtés, on a fixé après perçage deux tringles pour suspendre les écheveaux : un fil de fer de 10/10e recourbé à ses extrémités.

La table est très simple : 4 pieds de 50 mm dans un carrelet de 5 x 5 mm, un plateau 95 x 45 mm en 30/10e, et un bandeau de 10 mm de haut. Voir pages 53 et 54 comment la réaliser.
Le meuble à étagères est assemblé comme un meuble ouvert bien sûr contrairement au **mini-meuble** de droite. Pour lui, on a privilégié le côté puisqu'on le voit de profil.

Les souris

Elles ont la taille de personnages au 1/12e (et non de souris au 1/12e) : les têtes et les corps sont fabriqués en pâte blanche auto-durcissante de type Darwi, tandis que les oreilles, les pattes et les queues sont en Fimo coloris chair. Pour les articuler, on s'est servi de cure-pipes (fil de fer recuit entouré de fil chenille, en vente dans les bars-tabacs).

Lors du modelage, s'entourer de livres d'enfants ouverts sur des illustrations de souris. Voir page 32 le modelage et les instruments.

Pour faire la tête, malaxer une grosse noisette de pâte. Faire un petit trou en dessous qui servira à relier la tête au corps avec un cure-pipes. Pincer pour allonger le museau. Ajouter une minuscule boule de pâte pour le nez. Avec un outil pour repousser les cuticules des ongles, faire le dessin de la lèvre supérieure et les fentes pour les oreilles. Pour les yeux, faire deux petits trous et y mettre une petite boule de pâte à modeler noire (en Fimo, cuite au four) ou une minuscule perle noire ou une épingle à fine tête ronde en porcelaine. Les yeux sont petits, ronds et brillants : selon le matériau utilisé, ajouter une touche de peinture noire. Avec l'aiguille, strier la surface dans le sens des poils en partant du museau. Prévoir quelques trous près du nez pour les moustaches (mais il sera plus pratique de les fixer plus tard après le travail de peinture pour ne pas être gêné par elles).

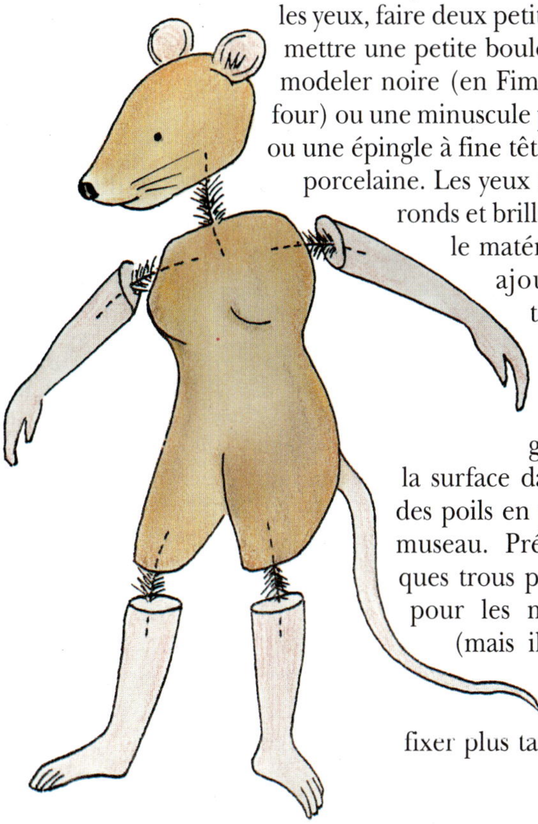

Modeler le corps dans la position désirée en faisant des trous pour y enfoncer les cure-pipes pour les membres et la queue. Laisser sécher tête et corps 24 heures environ. Peindre ensuite à la peinture à l'eau : les souris domestiques en gris et celles des champs en marron "chaud" (en laissant le museau et autour des yeux plus clair ou même blanc, ainsi que le ventre). Mettre un soupçon de colle dans les trous des moustaches et y coller des cheveux fins et raides.

Faire les mains, les pieds et la queue en Fimo coloris chair. Penser aux activités qu'auront les souris : si elles doivent tenir un objet, prévoir la position des mains. Faire un trou dans les avant-bras pour le cure-pipes.

Les bras des souris sont minces, il faut donc utiliser ici un cure-pipes le plus fin possible et, par la suite, ne pas trop manœuvrer les membres. Certains cure-pipes sont minces à un bout, et vont en s'épaississant.

Les vêtements

Tissus (voir page 24). Avant de décider de la forme des vêtements, il faut penser aux contraintes de l'enfilage : cette phase est un peu délicate, les membres n'étant pas très coopératifs ! On peut habiller la souris sans ses pattes (le corps seul), ou introduire les cure-pipes seuls (et y relier les pattes plus tard) : choisir ce qu'on préfère en fonction des formes des vêtements. Choisir les tissus les plus fins (attention au choix des motifs) : si ce sont des tissus de récupération comme des sous-vêtements teints, tirer parti des fronces et des jours. Coudre tout ce qui peut l'être avant habillage et coller en dernier recours seulement ce qui ne peut pas être cousu.

Les accessoires

Il s'agit de remplir les étagères de toutes sortes d'objets, utiles ou inutiles, pour créer cette impression de joyeux fouillis : mini-coquillages, quelques soupçons de lichen d'Islande, un ou deux "bonnets" de glands de chêne remplis de poudres colorées, des dessins de Beatrix Potter, des piles de linge, des contenants divers... Les écheveaux de laine sont réalisés avec un fil de mouliné DMC.

Le tamis

Il est réalisé avec du papier-bois (voir page 15). Les dimensions sont données pour un tamis de 20 mm de diamètre.

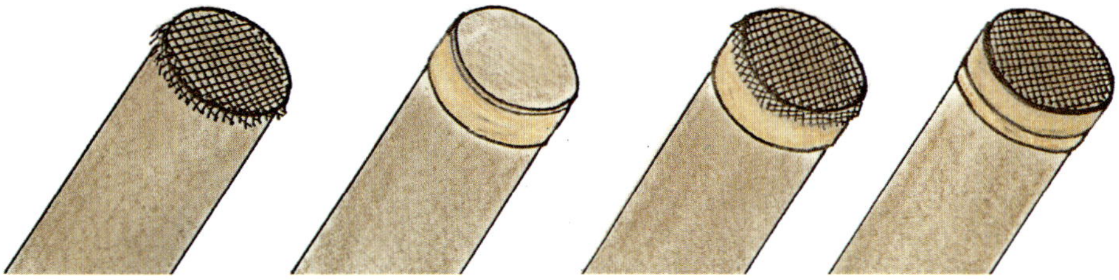

Dans du papier-bois imprimé recto-verso, découper 65 x 6 mm et 67 x 5 mm. Pour le fin grillage, on s'est servi d'un filtre à café métallique (pour cafetière actionnée à main style Bodum) : y couper un cercle de 23 mm de diamètre.

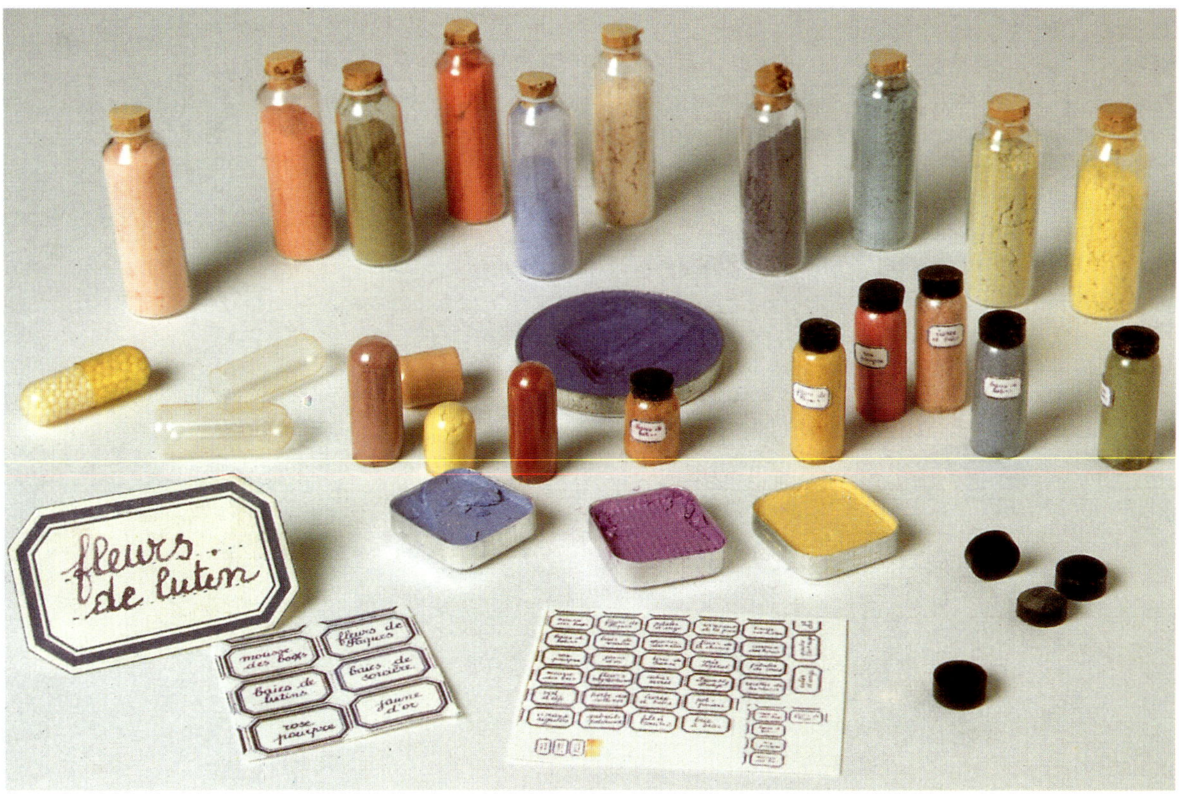

Le mettre en forme sur un tourillon de 20 mm de diamètre : c'est-à-dire le plaquer à une extrémité et rabattre le bord (1,5 mm). Réserver. Prendre le rectangle de 65 x 6 mm : faire un anneau en entourant le tourillon et coller le papier sur lui-même. Faire glisser ensuite l'anneau de papier sur le tourillon pour s'assurer que le papier n'est pas collé dessus, puis le positionner tout au bord du tourillon. Positionner le filtre en rabattant bien les bords (déjà préformés) autour de l'anneau en papier-bois et les y fixer à l'Araldite. A présent, former et coller par-dessus la deuxième bande de papier-bois en l'alignant bien sur la précédente. Peindre deux petits clous au feutre ou dessiner les agrafes au crayon.

Les petits bocaux

Si possible varier les tailles. Les plus grands ont été obtenus à partir d'"ampoules" de médicaments injectables (il y en a de diverses tailles, les plus petites utilisées ici font 20 mm) et d'échantillons de parfums en verre coupés (voir page 23). Les petits bocaux ont été faits avec des gélules pharmaceutiques **incolores**. Les ouvrir précautionneusement, garder les deux parties. Se procurer toutes sortes de poudres colorées : épices, sables pour tableaux, fards à joues, à paupières... et pourquoi pas, le contenu des gélules. Remplir chaque gélule **complètement**. Avec le doigt, déposer sur le dessus un peu de colle blanche et laisser sécher sans toucher car, à ce stade, la gélule est ramollie par l'humidité de la colle. Quand c'est bien sec, on peut percer l'extrémité arrondie avec une épingle pour vider un peu de poudre et créer des niveaux différents de remplissage (il n'est pas possible de procéder en remplissant moins la gélule au départ, car elle est alors trop fragile). Les bouchons ont été obtenus en faisant un petit boudin de Fimo noir, cuit au four et découpé en petites rondelles avec une lame de rasoir dès la sortie du four. Ce bouchon est alors collé avant de recevoir un petit coup de peinture brillante noire pour imiter la bakélite. Les petites étiquettes ont été faites à partir d'étiquettes d'écolier à l'ancienne sur lesquelles on a écrit à l'encre violette avant de les réduire à la photocopieuse : il est possible aussi de les réaliser sur ordinateur avec une toute petite police de caractères.

La partie la plus courte des gélules a été utilisée pour le petit placard du mur de gauche, et la plus longue pour garnir les autres étagères.

Les livres et cahiers

Pour écrire sur les tranches des livres en cuir, plutôt que le feutre doré qui est trop épais, utiliser une plume d'écolier trempée dans une goutte d'encre dorée.

Avec des cartons de couleurs, confectionner des chemises, cahiers, etc. Ne pas oublier surtout les petits détails sympas, tels que les petits motifs découpés, les chromos, les étiquettes, anneaux de classeur, etc. Pour faire des mini-chromos, réduire une planche de petits motifs à la photocopieuse, puis déposer une minuscule goutte de vernis sur chaque motif sans déborder (c'est important pour créer cet aspect brillant un peu bombé caractéristique des chromos). Laisser sécher, découper.

Les torchons :

Découper un rectangle de coton blanc de 30 x 50 mm et passer les lisières au produit anti-effilochage (voir page 25). Avec un feutre fin pour tissu (ou ordinaire ; faire alors un essai pour vérifier qu'il ne fuse pas) et une règle, dessiner soigneusement les carreaux et laisser sécher. Faire des taches (nous sommes dans une teinturerie) en passant par exemple le pouce sur une brosse à dents imprégnée de peinture. Pour que le torchon garde la forme désirée, on l'a doublé de métal : découper dans une fine feuille de métal mou un rectangle légèrement plus petit (ça ne fait rien si le "rectangle" est en plusieurs morceaux). Le coller sur l'envers du tissu (adhésif double face ou colle). Maintenant le torchon gardera la forme que l'on va lui donner.

Il faut soigner autant qu'on le peut les textiles dans les scènes miniatures. Ce sont souvent eux qui trahissent l'échelle : les rideaux qui flottent, les textiles trop gros et raides nuisent à l'effet de réalisme recherché.

Le ballot de laine à carder

Envelopper de la ouate dans une grande compresse chirurgicale préalablement trempée dans du thé. Ficeler avec un fil de lin ou à coudre couleur ficelle et glisser une étiquette.

Les paniers tressés

Voir page 36 comment réaliser un panier en vannerie. Pour varier, on a utilisé ici divers matériaux : fil de lin, mais aussi fibres et longues herbes...

Les paniers en bois

Ils sont réalisés en bois de 10/10e.

Le modèle à deux côtés évasés

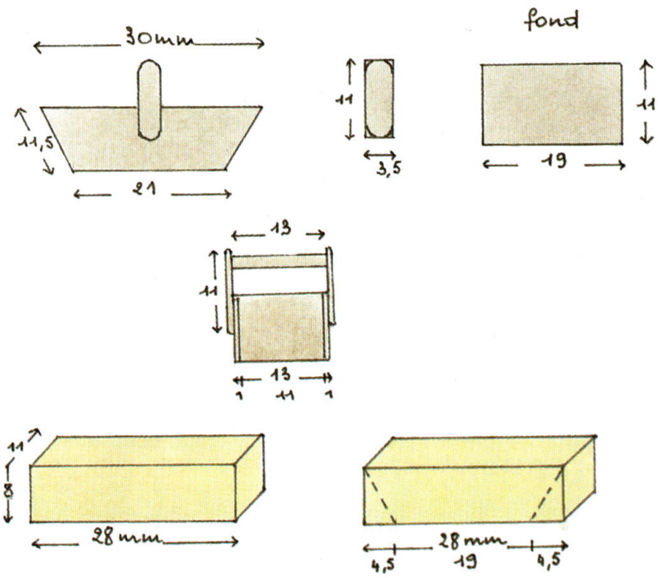

Découper les 4 côtés* et la base selon croquis ainsi que les 3 éléments de l'anse (pour la partie ronde, 1,3 mm d'un tourillon de 2 mm de diamètre ou brindille). Pour tenir à la bonne inclinaison les côtés du panier durant le séchage, il nous faut confectionner un gabarit. Mais comment calculer ses proportions ? La façon de procéder décrite ici ressemble à celle utilisée pour la hotte. Regardons notre croquis du panier de face et de profil : nous avons tous les éléments pour calculer les mesures de notre gabarit en tenant compte, comme toujours, de l'épaisseur du bois. Découper le gabarit dans un matériau tendre (carton-mousse, polystyrène extrudé ou balsa). Confectionner d'abord un rectangle de 28 x 11 mm et 8 mm d'épaisseur. Regardons maintenant ce gabarit sur son plus grand profil : si nous voulons qu'il rentre dans le panier, il faut ramener sa base à 19 mm (21 - 2 mm d'épaisseur du bois). Il ne reste plus qu'à joindre les angles pour obtenir la bonne inclinaison.

Le panier à quatre côtés est réalisé sur le même principe. Mais le gabarit devra être aussi recoupé sur son profil le plus petit puisque les 4 côtés sont évasés. L'anse est réalisée avec une fine tige de bois vert qui va durcir en séchant et garder la forme qu'on lui aura donnée ; ici on a utilisé du lilas coupé au printemps (et donc très souple) mis en forme sur un tourillon.

* Attention, le petit côté mesure 9 mm sur le dessin mais 11,5 en réalité car il est incliné.

D'autres modèles

Le panier style cageot, le panier en écorce, ovale en papier-bois (fond en bois), en châtaignier (des bandes de papier kraft), en brindilles...

Garnir les paniers

C'est le plus amusant ! Pour faire les baies, se procurer des brindilles de thym et du Fimo rouge (pour faire les baies de cynorhodon) ou

Dessin plus grand qu'au 1/12^{e}.

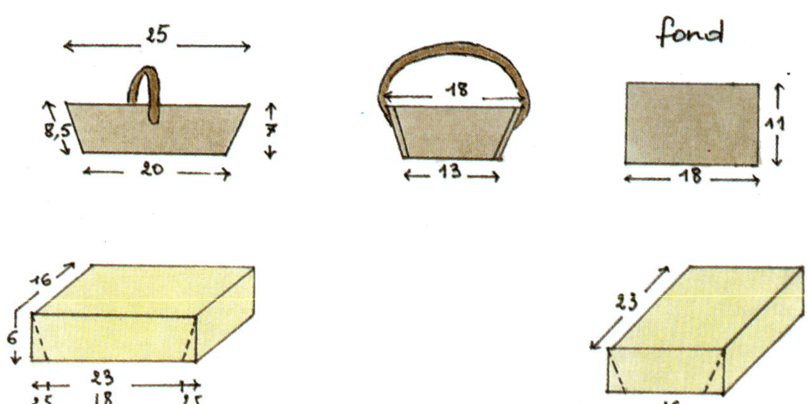

violine : faire de minuscules boules et les piquer au bout des tiges en les allongeant un peu en forme d'olives. Faire cuire au four à 100° pendant 10 mn, porte entrouverte. Laisser refroidir et poser un soupçon de peinture noire ou de feutre.

Les lanternes

Il faut du métal que l'on puisse mettre en forme sans qu'il soit trop mou (voir page 22) et pour l'embosser, divers outils : aiguille à canevas à bout rond, petites gouges à sculpter le linoléum si l'on en a... Il faut également du plastique transparent pour les vitres de la lanterne carrée, et de l'Araldite pour le collage.

Les bougies

Tremper du fil blanc épais dans de la bougie blanche fondue. Attendre quelques secondes et recommencer plusieurs fois jusqu'à obtention du diamètre désiré. Allumer la bougie et la laisser brûler un petit peu pour qu'elle coule de façon naturelle. On peut aussi modeler du Fimo blanc autour d'un fil dont on brûlera le bout qui dépasse.

Il existe aussi de très fines et longues bougies d'anniversaire.

La lanterne ronde en "fer-blanc"

Dessiner un rectangle de 50 x 20 mm et un cercle de 15 mm de rayon sur la feuille de métal et embosser (ici gouges en V, demi-rondes et poinçon). Découper au cutter. Evider la fenêtre. Pour suspendre la lanterne, couper une bande de métal de 15 x 1 mm. Mettre en forme le chapeau en le collant sur lui-même et en glissant l'attache au centre.

Couper deux rondelles de 2 mm dans un tourillon de 12 mm de diamètre et les peindre en gris. Coller la bougie dans un rivet peint (ou entourer la base de la bougie avec un rectangle de métal).
Mettre en forme le rectangle de métal sur le tourillon, retirer ce dernier et le remplacer par les rondelles de bois que l'on colle aux 2 extrémités. Coller le chapeau.

La lanterne carrée

On la réalise sur le même principe avec un carrelet de 1,2 x 1,2. Dessiner sur le métal un rectangle de 50 x 20 mm. Réserver 1 mm (pour le rabat collé) de chaque côté.

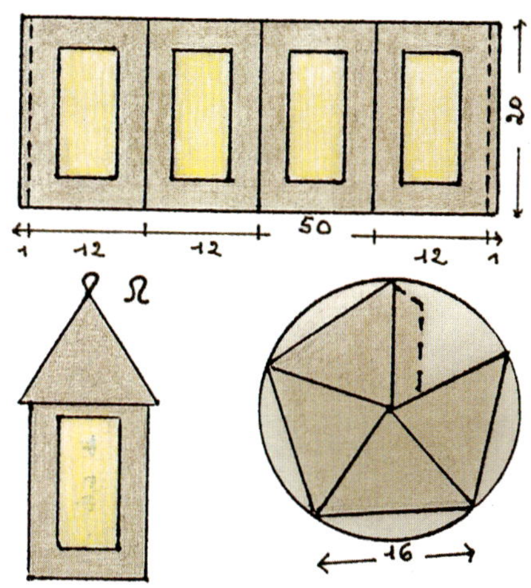

Il reste 48 mm soit 4 fois 12 mm : dans chaque panneau de 12 x 20 mm découper une fenêtre selon dessin. Dessiner le chapeau dans un cercle de 13,5 mm de rayon. Découper les 2 éléments : plier le rectangle autour du carrelet en centrant bien les fenêtres dans chaque côté. Tronçonner deux morceaux de 2 mm dans le carrelet. Peindre à la peinture à maquette noire le bois et le métal recto-verso. Coller les vitres (plastique transparent) : on peut les peindre à la peinture vitrail. Finir comme la lanterne ronde. L'attache est un fil de fer mis en forme autour d'un fin tourillon.

Le baquet

Fournitures

- baguettes de noyer de 5 mm de largeur et 15/10e et planchette de même épaisseur,
- métal (voir page 22).

Réalisation

Dans les baguettes, couper environ 25 morceaux de 27 mm de long, et dans la

planchette 7 x 35 mm (2 fois) : dans ces dernières, découper les trous des poignées en perçant des avant-trous avec un porte-foret et en finissant à la scie à chantourner ou à la lime ronde.

Choisir un verre de cuisine légèrement évasé et dont le fond a un diamètre qui convient. Couper dans la planchette un rond de même diamètre (amorcer la découpe au compas-cutter et finir au cutter + ponçage). Fixer ce fond sous le verre avec de l'adhésif double face.

Le diamètre de notre verre mesure 40 mm, sa circonférence à la base est donc de 125 mm environ. A 27 mm de haut (la hauteur souhaitée pour le baquet), cette circonférence est de 140 mm. Il faut donc poncer très légèrement chaque latte de façon à perdre au total 15 mm, soit **approximativement** 0,5 mm par latte et donc 0,25 mm de chaque côté de cette latte : nous conservons en haut une largeur de 5 mm et ponçons chaque côté pour obtenir en bas une largeur de 4,5 mm environ.

Les lattes poncées sont positionnées autour du verre en les glissant sous un élastique sans oublier d'intercaler les deux montants avec poignées.

Vérifier que les lattes s'ajustent bien les unes aux autres : éliminer celles que l'on a trop poncées, rectifier celles qui le sont trop peu.

Quand on est satisfait (ou quand on en a assez...), on peut enfin coller les lattes entre elles et sur la base circulaire en bois (en veillant à ce que la colle ne déborde pas trop sur le verre, peu réceptif à la colle à bois, mais quand même).

Après séchage complet, retirer l'élastique, et coller les bandes de métal en mesurant avec un trusquin (voir page 16). Retirer le verre en opérant un mouvement tournant. Patiner (voir page 20) en évitant de trop mouiller le bois, ce qui risquerait de dissoudre la colle à bois.

La toile d'araignée

Elle est faite en fil téléphonique (plus fin que le fil électrique) collé à l'Araldite rapide (ou soudé) et peint en gris.

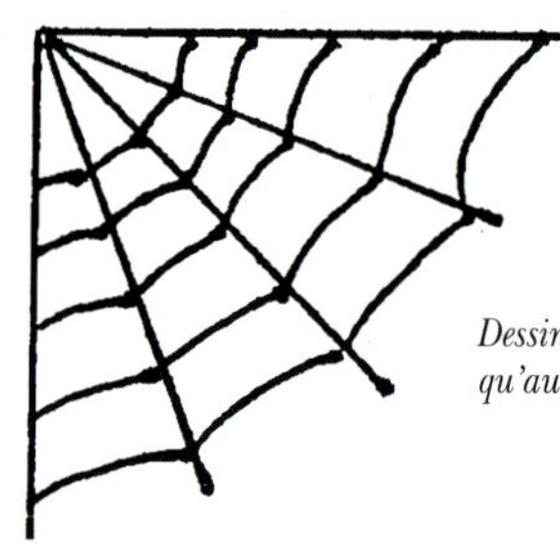

Dessin plus grand qu'au 1/12e.

Les pinceaux

Ils mesurent 25 mm environ et sont réalisés dans un tourillon de ramin de 1 mm de diamètre. Couper 30 mm dans le tourillon : sculpter le manche et le peindre. Planter la partie non sculptée dans un bloc de mousse et peindre éventuellement en 2 tons (comme les pinceaux Raphaël orange et noir).

Après séchage, retirer le pinceau. Sculpter le reste du manche. Pour les poils, se procurer 1 cm de cheveux très fins ou fils de soie ou mohair. Plonger l'extrémité de la touffe dans la colle blanche et laisser sécher. Recouper ensuite en ne laissant que le minimum de colle indispensable pour tenir les poils ensemble et coller sur le manche. Retailler la pointe des poils. Peindre la virole couleur argent.

On peut aussi sculpter "les poils" dans le bois.

Les marmites qui fument

Mettre le fil à broder dans la bassine et remplir avec de la colle Scotch (qualité qui coule) qui va sécher en gardant ses bulles. Disposer au-dessus en effilochant un peu de fibre polyester de rembourrage.

La boîte à sel

Le sel fixe la teinture : pour l'avoir toujours à portée de main, les petites souris l'ont réalisée (en bois de 10/10e) avec un couvercle collé en position ouverte. Tailler la base sur 3 côtés en biseau (cutter en biseau pour passe-partout).

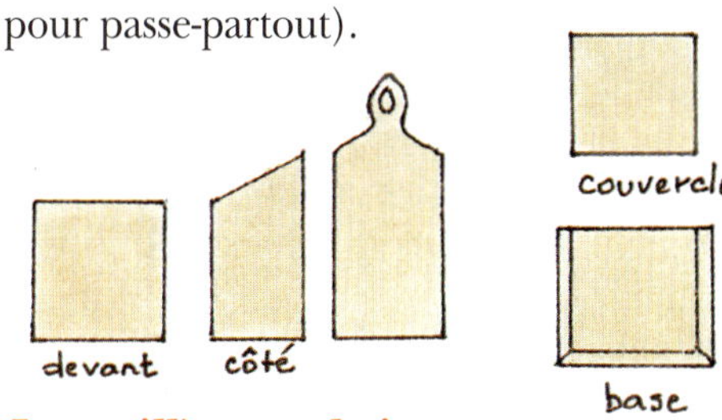

Dessins agrandis à 200 %.

Les baies

qui s'égouttent dans la passoire.
Des boules de Fimo collées à la colle transparente en tube. Le jus qui s'écoule : de la peinture brillante.

Le carrelage mural

De la pâte Darwi étalée entre 2 baguettes de 15/10es et découpée avec une règle en métal de 1 cm de large (voir page 104). Après séchage, on a collé les carreaux sur un bristol, passé la cale à poncer et peint à la bombe brillante : les motifs ont été rajoutés au pinceau.

On peut aussi strier un carton lisse (contrecollé) avec un cutter et dessiner les motifs au feutre.

Les cuillères en bois

sont sculptées dans un carrelet de 5 x 5 mm (cutter + lime à métal + ponçage).

Dessins agrandis à 200 %.

Et encore : un nuancier peint à l'aquarelle, une petite bouteille verte (une ampoule de guirlande de Noël), un porte-écheveau pendu au plafond et lesté de petits sacs faits en compresse patinée...

"Je me demande ce que j'aurai à mon anniversaire..."

Mode de
Paris.

La chambre de Marjorie

Céramiques D. Levy.
Le style de Marie-Pierre Gratias est unique. Grâce à une utilisation astucieuse de matériaux simples trouvés dans les brocantes, elle crée des objets et des scènes attendrissants aux couleurs douces, souvent liés à l'enfance. La touche Marie-Pierre, c'est une minuscule guirlande de roses peintes, quelques mm de dentelle, un apprêt ancien... Ces détails donnent beaucoup de charme à ses créations et font dire d'elle qu'elle a un goût exquis.
Dimensions de la scène : L. 42 cm x H. 25 cm x P. 22 cm.

Une petite scène aux dimensions bien équilibrées. Marie-Pierre a utilisé du contreplaqué de 6 mm et remplacé le plafond par une plaque de verre pour donner plus de lumière à cette petite scène non électrifiée (on peut aussi utiliser du plexiglass). La moquette est un adhésif suédiné (rayon encadrement et cartonnage).
Les peintures utilisées dans cette scène sont des couleurs Valentine acryliques dont Marie-Pierre modifie les teintes en faisant des mélanges. En dehors de la colle à bois, elle utilise beaucoup la colle Scotch verte mais recommande d'en mettre très peu pour éviter les bavures. Elle aime également les frises qu'elle découpe dans des papiers peints en taille normale et avec lesquelles elle crée des associations, et les apprêts de bijouterie (magasins de perles et fournitures pour bijoux fantaisie).

Les meubles

L'armoire

Dimensions : 178 mm de hauteur x 108 mm de largeur x 42 mm de profondeur.
Les portes sont articulées sur pivots, les pieds sont des perles en bois, aucune moulure n'est nécessaire. On peut utiliser du bois blanc ordinaire poncé et enduit de gesso. La fabrication de cette armoire est très simple, mais elle a beaucoup de charme grâce à son chapeau de gendarme et à ses motifs peints.

Fournitures

- planchettes de 20, 30 et 50/10^{e}
- tourillon de 3 mm de diamètre.

Découpe du bois

Dans la planchette de 50/10e :
- 2 fois 102 x 39 mm (socle et dessus)
- 2 fois 140 x 38 mm (côtés).

Dans la planchette de 30/10e :
- 2 fois 140 x 44 mm (portes)
- 108 x 42 mm (le dessus le plus large)
- 91 x 17 mm (chapeau de gendarme)
- 140 x 88 mm (panneau arrière)
- 88 x 30 mm (étagère intérieure).

Dans la planchette de 20/10e ou baguette de même épaisseur et 6 mm de large :
- 4 fois 140 x 6 mm (montants décoratifs verticaux de la porte)
- 4 fois 32 x 6 mm (*idem* mais horizontaux).

Dans le tourillon, tronçonner 92 mm (88 + 2 mm de chaque côté) pour la tringle.

Réalisation

Recouper le chapeau de gendarme selon croquis à l'échelle. Coller les montants décoratifs sur les portes. Installer les pivots d'articulation (voir page 55).

Assemblage

Poser dans la plaque d'assemblage le panneau arrière. Coller l'étagère et les côtés sans oublier de poser la tringle en perçant un trou de 2 mm dans chaque panneau latéral. Se rappeler qu'il est plus facile de peindre l'intérieur de l'armoire à ce stade qu'après la pose des portes. Positionner le socle et le dessus ainsi que les portes. Coller le dessus, le chapeau de gendarme et les pieds.

La coiffeuse

Dimensions : 92 mm de hauteur x 87 mm de largeur x 43 mm de profondeur.

Fournitures

- bois de 15/10e (planchette et baguette de 10 mm de large)
- dalle plastique imitation marbre 87 x 45 x 1,5 mm d'épaisseur (magasins de bricolage)

- 4 balustres pour **les pieds**
- 2 petits balustres d'escalier pour **les porte-serviettes**
- 2 apprêts de bijouterie pour les poignées du tiroir.

Découpe du bois

- **le chapeau de gendarme** : 78 x 20 mm (1 fois) et 27 x 10 mm (2 fois)
- **le bandeau** : 73 x 10 mm de large (2 fois) et 32 x 10 mm (2 fois), et les surfaces horizontales 75 x 34 mm (2 fois)
- **le faux tiroir** 68 x 8 mm
- **la tablette inférieure** 81 x 41 mm

Réalisation

Recouper le chapeau et la tablette inférieure selon les croquis à l'échelle.

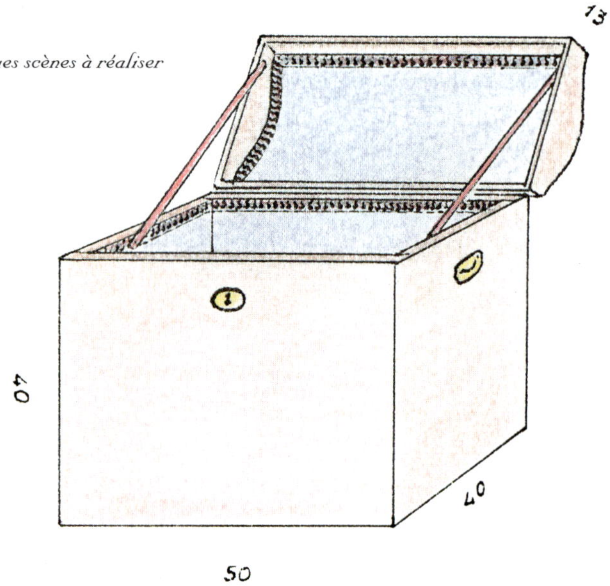

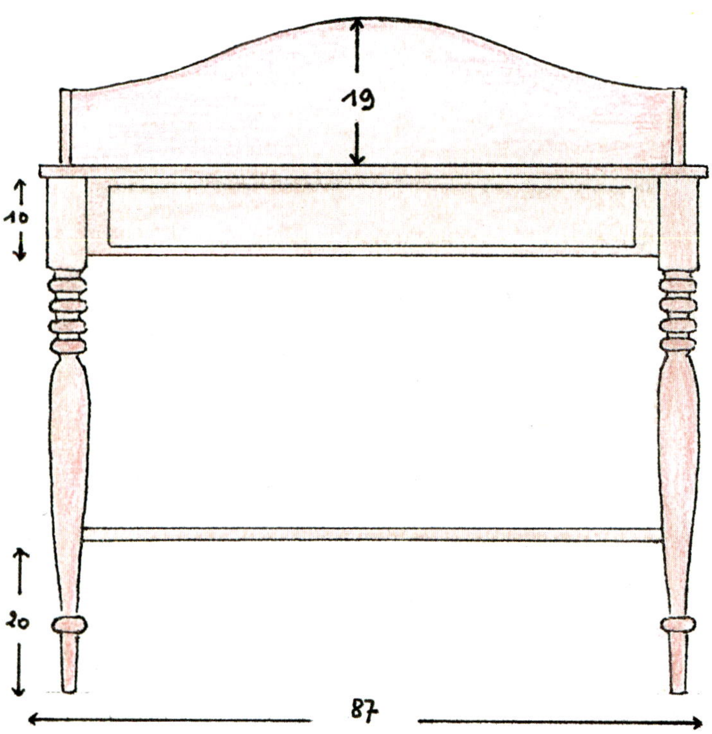

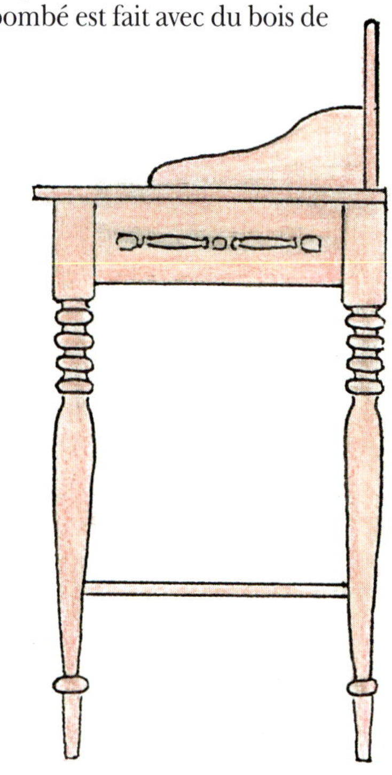

Les porte-serviettes : recouper les deux petits balustres à 30 mm de longueur, y percer deux trous à 2 mm de chaque extrémité, y enfoncer deux petits tourillons.
Les pieds : recouper si nécessaire les 4 balustres à 66 mm de hauteur.
Préparer le bois. On pourrait attendre que le meuble soit assemblé pour le peindre, mais il serait alors plus difficile de peindre les motifs (la guirlande et le filet décoratif sur le chapeau, le faux tiroir et la tablette inférieure).
Poser un rectangle de 75 x 34 mm dans la plaque d'assemblage : arrondir légèrement les angles pour qu'ils s'ajustent avec les balustres s'ils sont ronds et coller. Coller ensuite les bandeaux et le deuxième rectangle de 75 x 34 mm en arrondissant également les angles. Coller ensuite la tablette inférieure toujours en arrondissant si nécessaire. Coller le "marbre" et les 3 éléments en chapeau de gendarme. Enfin, fixer les deux porte-serviettes sur les bandeaux des côtés, et les apprêts faisant office de poignées sur les tiroirs.

Le coffre à jouets

est réalisé en bois de 20/10e. Il mesure 50 mm de largeur x 40 mm de profondeur x 53 de hauteur. Il est articulé par du ruban adhésif posé comme des charnières (voir page 56). Marie-Pierre a ajouté deux morceaux de ruban pour retenir le couvercle.
Le couvercle bombé est fait avec du bois de 15/10e qui, après avoir été trempé dans l'eau tiède, a pris la forme sans difficulté (voir page 15 comment cintrer le bois).

Les accessoires

La tringle à rideaux est une tige de laiton de 2 mm de diamètre et les extrémités des semences de tapissier.

La maison de poupée

Son charme vient de ses couleurs pastels et des petits détails qui l'animent. Elle mesure 90 mm de hauteur et repose sur une base de 33 x 54 mm et 60/10e d'épaisseur. Elle est réalisée en bois de 20/10e. La façade (50 mm de largeur x 45 mm de hauteur) est articulée sur charnières de ruban adhésif (voir page 56) : à l'intérieur, chaque pièce est tapissée d'un papier différent et meublée.

Les petites fenêtres, la porte et la grille se trouvent dans les magasins de modélisme (marque MDK) : tous ces éléments peuvent être recoupés selon les besoins. Lorsque Marie-Pierre veut faire une grille d'appui de fenêtre, elle utilise du papier dentelle découpé au laser (voir page 24) qu'elle repeint en noir mat.

Les clochetons sont des extrémités de pique-olives, les rebords de toit sont soulignés de papier dentelle découpé au laser.

Les meubles de poupée

Pour **la petite cuisinière**, le choix du carton est important : le dessus provient d'un emballage d'échantillon de parfum. Le corps est un morceau de balsa de 25 mm de largeur x 14 mm de hauteur et 14 mm de profondeur que Marie-Pierre a recouvert de papier imprimé mini-briques (magasins de modélisme).

Les portes sont découpées dans des feuilles de cuivre très fines (magasins de modélisme) et les autres détails dans des apprêts divers ou du papier doré. Le tuyau est un tourillon de 12 mm de long et 3 mm de diamètre qu'elle a peint puis souligné d'un anneau de papier doré. La tringle porte-torchon est un fil de laiton enfilé sur 3 perles collées sur le carton. Les pieds sont des apprêts de bijouterie.

Le petit lit en bois peint : le sommier (34 x 18 mm) et les deux panneaux (34 mm de largeur) sont en bois de 10/10e. Les pieds sont des carrelets de 1 x 1 mm de section.

La petite armoire est faite sur le même modèle que la grande, avec un “petit” tiroir en bas. Les portes sont articulées avec du ruban adhésif comme le coffre.

La boîte de poupée à habiller : Marie-Pierre réduit par photocopie une reproduction trouvée dans un livre, carte postale ou autre et la découpe soigneusement.

Accessoires photographiés plus grands qu'au 1/12e.

Le sac de voyage est un bloc de balsa de 21 mm de large x 13 mm de profondeur x 10 mm de hauteur, recouvert de cuir (ou papier imitation cuir) clouté ; la partie haute est en rembourrage recouvert d'un ruban brodé dont les bords sont pincés sous une fine feuille de cuivre. Le fermoir est un apprêt.

Le cartable est un rectangle de papier imitation cuir (28 x 50 mm), les soufflets et rabats sont de couleur différente, les fermoirs et attaches, des apprêts. Ne pas oublier le petit détail attendrissant : la règle en bois qui dépasse...

"J'ai oublié la galette !"

Le Petit Chaperon rouge

Poupée M.-F. Beglan, fauteuil et rouet P. Dessert, chaise C. Durand, figurines V. Cornish, tricot en cours M. Herpin, bassinoire P. Bordelet.

Pour cette scène inspirée du conte de Charles Perrault, on a recherché une ambiance provinciale française du début du siècle : meubles en noyer ciré, cheminée rustique, photographies jaunies, lampe tulipe, crucifix, petit napperon en dentelle, pot de chambre et... dentier (en Fimo) dans le verre de chevet.

Le gros œuvre

Pour **crêpir** les murs, on a mélangé un enduit en poudre avec du sable très fin tamisé (si l'on habite loin d'une plage, penser au sable blanc pour tableaux) et de la colle blanche à bois pour rendre le crêpi plus résistant. Mettre d'abord la poudre dans le récipient avant d'ajouter l'eau petit à petit puis la colle. En variant la quantité de sable, on obtient un aspect plus ou moins rustique. Etaler le mélange avec une spatule.
Pour déterminer les proportions de **la cheminée** style "province française", on a regardé les revues de décoration. Une amie a donné une belle pierre blanche très tendre qui a pu être sciée très facilement. Les jambages et corbeaux ont même pu être "sculptés" à la lime à ongles ! A défaut de pierre, on aurait pu faire un moulage en plâtre, ou enduire une forme (en balsa, en polystyrène extrudé ou autre) ou utiliser du béton cellulaire (laissé tel quel ou légèrement enduit). La hotte est en contreplaqué de 20/10e enduit comme les murs : pour calculer les dimensions d'une hotte, voir page 119.
Le fond de la cheminée a été réalisé avec des **briques** en terre cuite, après avoir hésité avec un fond en "pierre" (le fond du foyer aurait été enduit pour imiter la vraie pierre). On a finalement préféré les briques qui rappelaient les tomettes. Ces briques au 1/12e se trouvent chez certains marchands de jouets et se scient facilement à la scie à métaux. Le mortier de jointoiement a été obtenu avec le résidu du sciage de la pierre que l'on a mélangé avec de la colle blanche.
Pour faire des briques maison, il existe de nombreuses méthodes : l'une d'elles

(à cause du nettoyage à l'eau qui aurait pour effet de délayer les couleurs).

Il existe du papier imprimé briques, mais le résultat est très pauvre malheureusement.

Les **tomettes** ont été découpées avec un ingénieux emporte-pièces fabriqué par Roger Boulay (voir *Magazine de la Maison de Poupée*) : une clef à pipes de 15 dont les bords ont été soigneusement limés pour devenir tranchants. Les tomettes ainsi obtenues ne pourraient être plus réalistes ! A défaut d'emporte-pièces, voir comment découper rapidement des carrés page 104. On a utilisé de la pâte à modeler Terracotta : il existe diverses nuances selon les marques. Celle-ci "tire" sur l'orange, d'autres sont plus roses ou beiges. Travailler sur une planche de découpe en caoutchouc (exemple Cutting Mat), jamais sur une surface dure qui abîmerait le tranchant de l'emporte-pièces. Disposer de chaque côté une baguette de bois de l'épaisseur désirée pour les tomettes (10/10e ou 15/10e). A l'aide d'un gros tourillon faisant

consiste à découper du bois ou du cartonbois en bandes de 5 mm de large. Puis on entaille ces bandes sur 1/3 de l'épaisseur tous les 16 mm (ne pas couper complétement). Il ne reste plus qu'à décaler les bandes au moment de la pose, de façon à disposer les "briques" en quinconce. On peint en variant le plus possible les tons ; si la peinture utilisée est acrylique, fixer les couleurs avec du vernis mat ou du fixatif pour fusain avant de jointoyer au mortier

office de rouleau à pâtisserie, aplatir la pâte entre les deux baguettes. Déplacer les baguettes et aplatir à nouveau. Découper les tomettes et les poser sur un papier journal qui absorbera l'humidité. Laisser sécher plusieurs jours en lissant de temps à autre la surface avec un doigt mouillé pour égaliser et aplatir (si les bords ont tendance à se décoller).

Après séchage complet, les tomettes ont été collées (colle blanche à bois) en laissant un léger espace pour le joint (un reste d'enduit quelconque que l'on passera au doigt) en intercalant un bristol. Patiner avec ce que l'on a sous la main : gouache, Terres décor ou pastels secs utilisés tels quels, ou en les frottant sur du papier abrasif pour obtenir une poudre fine que l'on passe au doigt ou au pinceau.

La fenêtre est fixe (pour une fenêtre ouvrante, voir page 85).

Faire couper un verre de vitre (ici 120 x 120 mm)et coller dessus les baguettes et meneaux (10/10e d'épaisseur) selon croquis. Les meneaux doivent être encochés pour pouvoir se croiser sans surépaisseur. Bien que ce ne soit pas indispensable, on peut encadrer l'ensemble d'une fine baguette de 5/10e qui facilitera le collage avec le dormant.

Le feu

On a superposé et collé ensemble des morceaux de Fimo anthracite, des morceaux de plastique rouge d'un feu stop de voiture (ou papiers rouges de bonbon, cellophane ou métallisé), des morceaux de tiges un peu ligneuses (lilas, vigne...) en intercalant des ampoules (peintes avec de la peinture vitrail orange, jaune et rouge). Poser quelques touches de peinture grise pour imiter les cendres. Noircir l'âtre à la gouache.

Les meubles

Ils sont réalisés en noyer gris de 15/10e : le bois a été poncé, passé au bouche-pores, reponcé, puis à nouveau passé au bouche-pores. Ils n'ont pas été cirés.

Le lit

assez court et peu large comme l'étaient les lits conjugaux au début du siècle a été réalisé en 15/10e. Ses dimensions : 155 mm de longueur x 105 mm de largeur x 90 mm de hauteur. Voir page 87 comment sculpter les boules et assembler les panneaux.

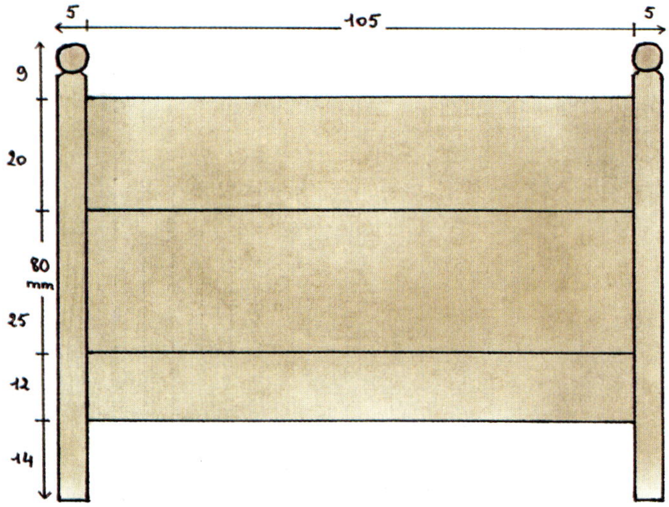

Schémas réduits à 75 %.

La table de chevet

Ses dimensions : 61 mm de hauteur x 32 mm de largeur x 30 mm de profondeur. Elle est réalisée en noyer de 15/10e.

Découpe du bois

La façade :

- les montants verticaux : 3,5 x 60 mm
- entre les montants verticaux en partant du haut :

• 2 x 23 mm
• 7 x 23 mm (le tiroir)
• 3 x 23 mm

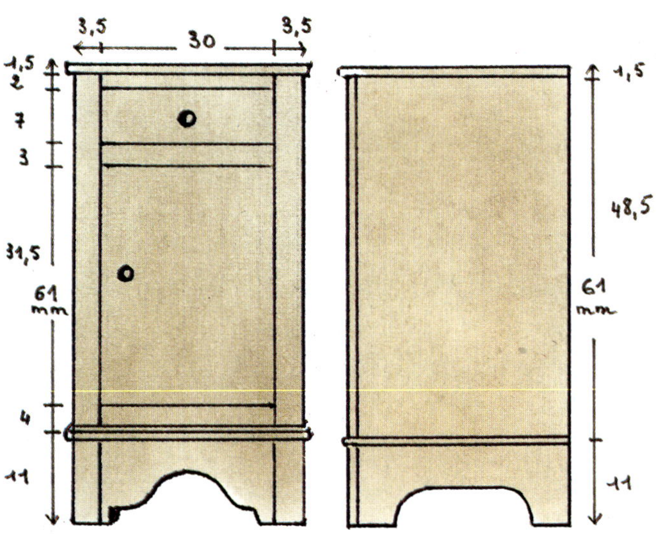

• 31,5 x 23 mm (la porte)
• 4 x 23 mm
• 11 x 23 mm.

Les côtés : 27,5 x 60 mm

Le panneau arrière : 27 x 60 mm.

Le plateau : 32 x 30 mm

Réalisation

Le meuble est assemblé comme la table de chevet de Petit Ours (voir page 90).

La baguette décorative : amincir un carrelet de 1 x 1 mm et le couper à onglet. Les poignées sont en noyer tourné.

Le loup

Le corps et la tête ont été modelés en Fimo, et les yeux et les dents peints. La tête et les membres sont reliés au corps par un morceau de cure-pipes, ce qui permet de les mobiliser. La charlotte est un rond de tissu bordé de dentelle sur lequel on a faufilé un fil élastique à 1 cm du bord.

Les accessoires

La tringle est un tourillon de noyer de 3 mm de section et les extrémités ont été sculptées dans un tourillon de 7 mm, de même que les extrémités des supports de tringle. Les anneaux ont été réalisés selon une idée de Bernard Desportes en enroulant un fil de laiton autour d'un tourillon puis en coupant selon une ligne droite. Il ne reste plus ensuite qu'à resserrer les anneaux à la pince et, si l'on est équipé pour cela, à consolider par un point de soudure. Les rideaux ont été mis en forme avec de l'amidon en bombe en lestant avec des pinces à linge tout le temps du séchage.

La literie
Le drap de dessus a été coupé dans une combinaison de grand-mère dont l'ourlet était bordé d'un jour fait main. Le couvre-lit a été réalisé au crochet par Isobel Hockey selon la technique dite des carrés afghans.

Les cadres photos en métal
(au mur et posés sur la tablette de cheminée)
- stencil plastique avec formes ovales (Minerva n°44, dans les papeteries)
- une feuille de métal un peu brillant pour imiter le métal argenté
- une photo à l'échelle (s'il s'agit d'une photocopie trop mate, vernir ou passer du bouche-pores).
- un morceau de bois, carton ou contreplaqué de 10/10e.

Dans la feuille de métal, découper un rectangle de la dimension souhaitée pour le cadre + 4 mm tout autour pour le rabat sur l'arrière. Poser dessus le stencil bien à plat en le centrant. Avec un poinçon ou une aiguille, perforer le métal en suivant le contour de l'ovale. Retirer l'ovale de métal. Pour régulariser la découpe, on peut ensuite positionner la feuille de métal sur la forme ovale du stencil qui est juste un peu plus grande que celle choisie et, avec un petit tourillon que l'on fait coulisser, rentrer un peu les bords de la découpe.
Coller la photo sur le bois et positionner par-dessus la feuille de métal en centrant bien l'ouverture ; rabattre les bords du métal sur l'arrière (couper ou cranter les angles). Avec le poinçon, décorer le cadre. Coller un petit morceau de bois comme support sur l'envers si le cadre doit être posé.
On s'est servi du même stencil pour découper les passe-partout ovales des cadres en bois.

Le massacre
Les écussons ont été découpés dans du noyer (le plus grand en 15/10e, le plus petit en 10/10e) puis superposés. Les andouillers ont été récupérés sur un jouet trouvé aux puces et repeints (à défaut, on peut les modeler). L'inscription sur l'écusson en métal : piquer avec une épingle et patiner.

Le fusil
C'est un jouet Playmobil repeint (Humbrol). Vernir la crosse. Ajouter une bretelle en cuir (fixée comme l'anse de la valise page 95). Le socle est fait comme l'écusson, en superposant deux rectangles de noyer dont l'un est légèrement plus petit. Ajouter deux tourillons.

Le panier porte-bûches
Il est réalisé en vannerie. Découper un rectangle de bois de 15/10e et 19 x 47 mm. Y percer un nombre de trous impair et y coller des tiges de fil armé : faire quatre tours complets au point devant-derrière puis continuer sur un grand côté seulement

jusqu'à 15 mm de hauteur. Couper le fil (mettre un point de colle) et reprendre de l'autre côté. Couper les tiges de fil armé, mettre un point de colle, coller une tresse (le fil de lin ciré utilisé a été dédoublé pour que la tresse ne soit pas trop grosse) et une anse (réalisée en entourant de fil de lin un fil armé).

Le crucifix
Encocher les deux morceaux de la croix pour qu'ils s'encastrent l'un dans l'autre. Le Christ a été récupéré sur une croix de chapelet.

"J'aime mieux faire des miniatures !"

Jour de lessive

Réalisation Florence Lazzari.

Florence Lazzari a commencé à faire des scènes miniatures en 1992 pour participer aux concours organisés par le Club de la miniature française. Au fil des réalisations, elle s'est lancé le défi de tout faire elle-même comme dans cette buanderie qui a obtenu le 1er prix en mars 1997. Est-ce parce qu'elle travaille dans la métallurgie qu'elle est attirée par les matériaux modernes comme le métal et le plastique ? Cette pièce contemporaine lui a paru à la fois plus facile et plus difficile à réaliser qu'une pièce ancienne : plus facile car c'est notre environnement quotidien et il est facile d'observer, de mesurer et de copier les meubles et accessoires qui nous entourent, sans parler des magazines de décoration. Plus difficile, car les plastiques et métaux ou alliages sont plus durs à travailler sans un matériel approprié : il faut la plupart du temps trouver un moyen de remplacement pour reproduire l'aspect de ces objets. C'est pourquoi Florence cherche dans les rayons de plomberie ou d'électricité des magasins de bricolage des accessoires à détourner.

Dimensions de cette scène : L. 40 cm x H. 26 cm x P. 28 cm.

lumineuse souple trouvée dans un magasin de bricolage. Ces rampes servent à éclairer les bibliothèques, elles existent en 35 et 65 cm de longueur et mesurent 1 cm de large. Deux précautions à observer : ce type d'éclairage est alimenté en 220 volts et ne doit pas être relié au transformateur 12 volts. D'autre part, pour éviter la surchauffe, percer impérativement des trous d'aération (de préférence en partie haute, la chaleur montant). Placer quelques buissons et plantes dans le "jardin" pour animer le paysage.

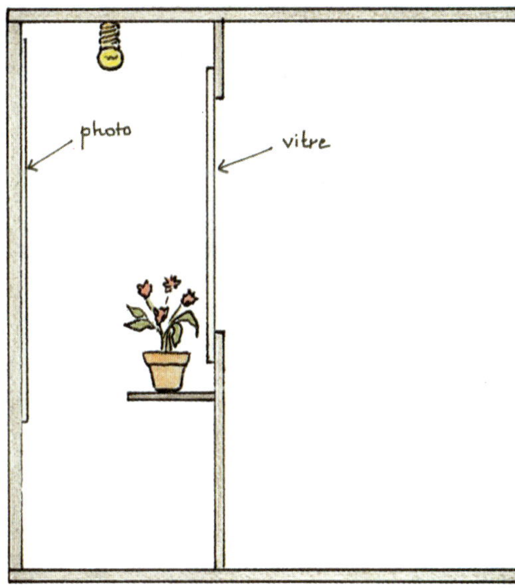

Les murs en briques

Ils ont été réalisés selon un procédé simple et bon marché : Magic Brick de Magic Systems. Le kit comprend des bandes adhésives faisant office de pochoir et un enduit en poudre à diluer dans l'eau. Il existe aussi des "pierres" sur le même principe. On colle les bandes sur le mur préalablement peint de la couleur souhaitée pour le joint ; on les recouvre d'une fine couche d'enduit. Avant séchage de l'enduit, on décolle les bandes adhésives et il ne reste plus que la forme des briques en relief sur le mur. Malheureusement, ce kit ne semble pas encore distribué en France : à défaut, on peut utiliser des planches en plastique moulé à peindre (acrylique mat ou satiné), ou des bandes de carton peint (voir page 136).

Le paysage

Pour donner de la profondeur à sa scène, Florence a prévu une fenêtre s'ouvrant sur un jardin, vu au ras de la pelouse. Elle a donc aménagé un double fond de 30 mm : dans la paroi du fond, elle a collé la photo d'un jardin prise au ras du sol (elle suggère d'utiliser un appareil panoramique jetable si la fenêtre est très large, et recommande un tirage mat pour éviter les reflets). Elle a percé une ouverture dans la paroi intermédiaire et posé une fenêtre fixe. Entre les deux cloisons, dans l'espace de 30 mm, elle a placé une petite rampe

Le sol

Ce n'est pas le summum du chic, mais quoi de plus pratique qu'un bon lino pour recouvrir le ciment du sous-sol, surtout dans une buanderie ? Au 1/12e, un revêtement de sol plastique peut être reproduit avec du Vénilia, de préférence uni ou moucheté très fin comme ici.

La machine à laver

Florence a réalisé un gabarit en balsa de 30/10e et l'a recouvert de laiton qu'elle a ensuite laqué. L'effet est très réussi ! A utiliser aussi pour les autres surfaces émaillées : réfrigérateurs, cuisinières, etc. Dans le balsa, découper au cutter 2 panneaux de 50 x 70 mm (la façade et le panneau arrière), 2 panneaux de 44 x 70 mm (les côtés) et un carré de 44 x 44 mm (la base). Dans le panneau avant, découper au compas-cutter un cercle de 22 mm de diamètre à 20 mm du bord inférieur. Coller ensuite les 4 panneaux ensemble, puis

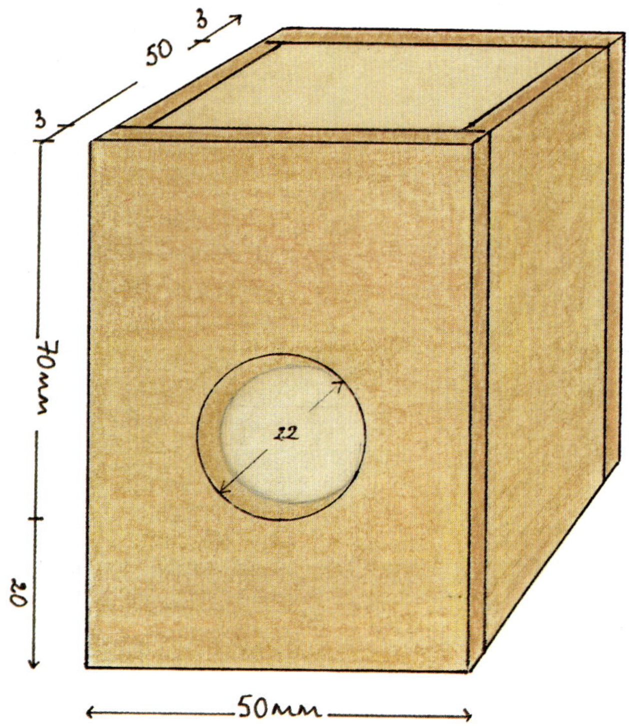

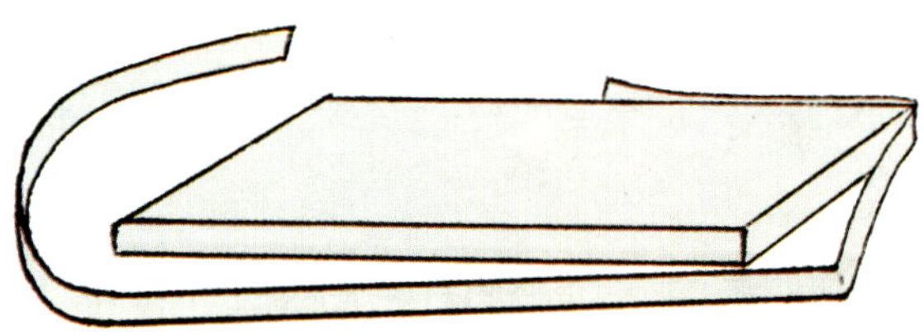

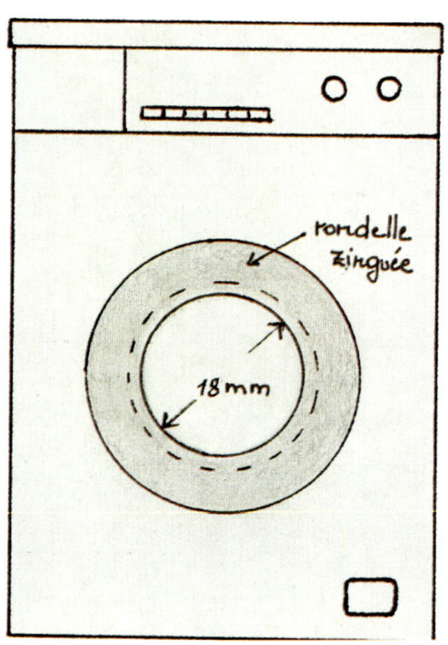

avec la base qui contribue à les solidariser. Plaquer maintenant ce gabarit avec une feuille de laiton de 1/10e (elle doit être souple et bien lisse). Coller à l'Araldite la feuille de laiton en commençant par le milieu du panneau arrière et procéder panneau par panneau en pliant le laiton à chaque angle.

Après séchage, découper le laiton au niveau du trou : faire une incision en croix puis faire glisser le cutter bien perpendiculairement contre le bord de l'ouverture. Découper un petit rectangle de laiton de 10 x 8 mm : en arrondir les angles et le coller dans le coin en bas à droite de la machine. Voilà notre trappe de vidange.

Peindre entièrement avec une peinture brillante en aérosol.

Le hublot : coller une vitre (30 x 30 mm) derrière le trou du hublot, et derrière elle, une demi-boule à thé en acier inox qui sera le tambour (choisir le modèle cylindrique plutôt que rond). Pour habiller le hublot, coller sur la façade une rondelle métallique dont le trou central mesure 18 mm de diamètre (trouvée au rayon bricolage où elle était vendue sous le nom de "rondelle zinguée").

Le tableau de commandes : dans une baguette de bois ordinaire de 10/10e et 10 mm de large, couper 15 mm (pour le tiroir à lessive) et 35 mm (pour le tableau de commandes). Les recouvrir sur 5 côtés avec du Vénilia blanc satiné et les coller en place. Modeler quelques boutons carrés et ronds en Fimo blanc et y ajouter quelques inscriptions (la marque de la machine, les programmes...). Coller en place.

Le plan de travail est un rectangle de 50 x 52 mm (il y a un débord de 2 mm sur le devant). Le recouvrir de Vénilia satiné quadrillé (à défaut, dessiner le quadrillage au crayon de couleur sur du Vénilia blanc). Coller le Vénilia sur le dessus du plateau. Pour habiller la tranche : découper une fine bande de laiton de 200 x 3 mm, la peindre à l'aérosol et la coller en place après séchage complet.

Les sièges en Formica

Pour imiter le stratifié, Florence a placé une feuille de Vénilia blanc satiné sur une surface légèrement grenue et l'a coloriée

avec un crayon de couleur vert et/ou bleu clair. Eventuellement, atténuer la couleur en frottant avec le doigt.
Coller le Vénilia sur l'assise et le dossier découpés dans du bois de 20/10e et recouvrir les tranches de ruban adhésif noir (rayon électricité).
Les pieds sont réalisés avec un tube d'aluminium de 3 mm de diamètre (magasins de modélisme) dont une extrémité est aplatie et collée sous l'assise. L'autre extrémité est entourée de ruban adhésif noir pour imiter les embouts en caoutchouc.

La planche à repasser

Ses pieds sont réalisés avec le même tube d'aluminium que les sièges (attention à ne pas l'écraser). Florence l'a laqué après l'avoir mis en forme. Les embouts caoutchouc sont également en ruban adhésif noir.
Le plateau est en bois capitonné de ouatine et recouvert de tissu. Le support du fer à repasser a été réalisé avec du fil de cuivre argenté imitant bien le chrome (trouvé Au Bon Marché) : à défaut, remettre en forme un trombone chromé.

Le fer à repasser

Le corps du fer a été modelé en Fimo blanc. La semelle a été découpée en bois de 5/10e délicatement perforé, puis recouverte d'une feuille d'aluminium. En passant le doigt, on doit sentir les trous pour la vapeur et donc pouvoir perforer la feuille d'aluminium aux mêmes endroits. A défaut de feuille, essayer le papier aluminium ménager (plus fragile). Le fil électrique est du fil 12 volts pour scènes miniatures. La prise est en Fimo avec 2 morceaux d'épingles pour les fiches.

Le sèche-linge

L'armature est faite dans le même tube d'aluminium ; les fils à linge sont en fil de fer plastifié (rayon jardinage) et collés à l'armature. L'ensemble est laqué. Les pinces à linge sont de petits morceaux de plastique découpés au cutter dans les pièces d'un jeu de construction.
A défaut, les modeler en Fimo ou les découper en mousse (Créa-Mousse).

Les vêtements

Voir page 24 les généralités sur les tissus.

Les chemises pliées

Découper la base en carton (type boîte de céréales).

Découper un morceau de tissu de même forme, mais légèrement plus grand. Le cranter aux angles et recouvrir le carton : bien tendre le tissu et ne pas mettre de colle sur le devant.

Découper un deuxième morceau de tissu identique au précédent : y découper une encolure en V et le coller sur le précédent de la même façon.
Découper une petite bande de tissu, la plier en deux dans le sens de la longueur et la tailler en biseau aux extrémités pour faire le col.
Le mettre en place autour de l'échancrure en V et ajuster les pointes.

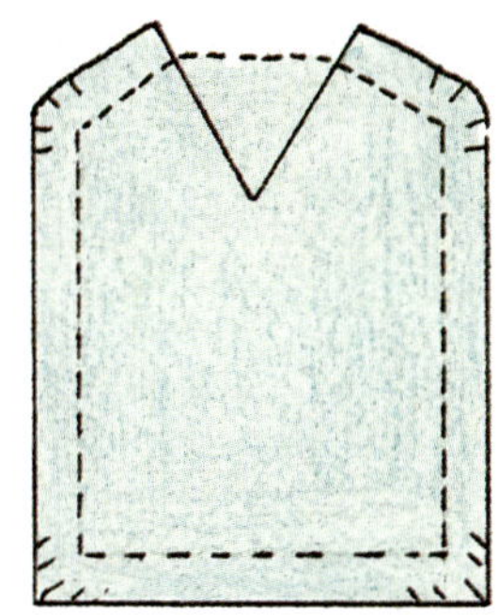

Pour faire la bande de boutonnage, découper une fine bande de tissu, la plier en deux et la coller sur le devant de la chemise, depuis la pointe en V jusqu'en bas. Replier l'extrémité sur l'envers.
La manche : découper un petit rectangle de tissu, l'enrouler autour d'un tube, puis le coller dans le sens de la longueur. Froncer légèrement une des extrémités et y coller une bande de tissu pliée en double pour constituer le poignet.

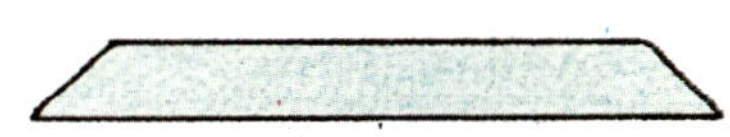

Coller une manche en biais sur un côté de la chemise, la partie haute derrière et le poignet devant.
Finitions : recouvrir le dos de la chemise du même tissu. Coller les boutons : petites rondelles de plastique, paillettes, têtes d'épingles...
Varier les corsages : manches courtes, col de dentelle, empiècement à petits plis, rubans ou petits nœuds pour les dames...

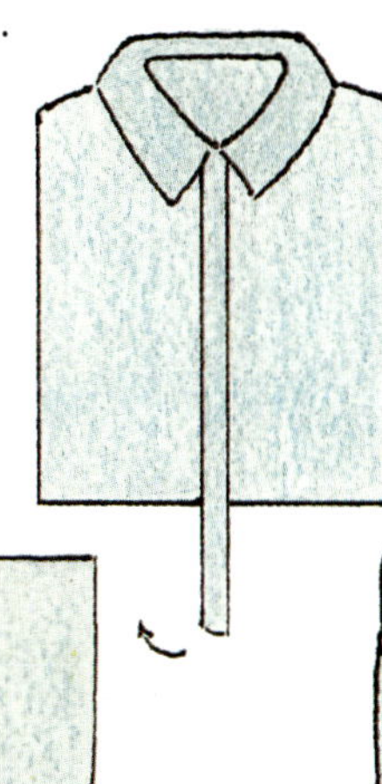

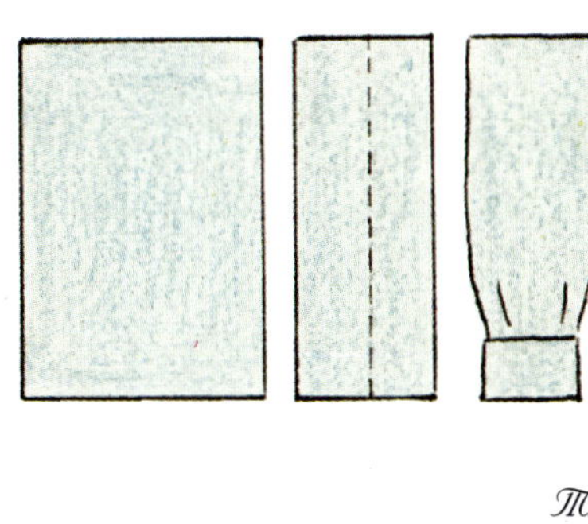

"La concierge n'est plus dans l'escalier"

Galeries
Lafayette

La loge de concierge

Réalisation Elise Morizet.
La loge de concierge est la première scène miniature d'Elise Morizet ! Elle témoigne de son sens de l'observation et de l'humour. Elise suit une formation d'architecte : c'est ce qui explique sans doute que sa démarche soit plutôt celle d'une maquettiste. Tous les meubles sont en carton à maquette de 1 mm d'épaisseur, dit "contrecollé". Elle aime travailler ce matériau fin et lisse, qu'elle superpose pour obtenir une plus grande épaisseur. Elise utilise exclusivement pour ses assemblages de la colle transparente Tesa pour carton (magasins Beaux-Arts).
Dimensions de la scène : L. 55 cm x H. 25 cm x P. 35 cm.
Le papier peint a été trouvé au rayon de papiers pour reliure et cartonnage.

Le mobilier en Formica

Pour réaliser les structures métalliques, Elise a utilisé du fil de laiton ou de cuivre de 2 mm de diamètre, du type fil électrique, qu'elle a argenté. Le fil de laiton ou de cuivre se travaille moins facilement que le tube d'aluminium, mais il ne s'écrase pas et prend très bien la soudure à l'étain.

Les structures métalliques

Couper la tige de laiton (les dimensions sont estimées largement car il vaut mieux donner d'abord sa forme à la pièce et couper l'excédent après assemblage par soudure).
Pour la table : 300 mm (2 fois)
Pour les chaises : 130 mm (2 fois) et 150 mm
Pour le tabouret : 130 mm (2 fois)
Former les structures est un peu délicat : pour courber la tige aux angles, prendre appui sur un foret du bon diamètre (ici 6 mm), puis passer la paille de fer sur l'endroit à souder pour optimiser la soudure. Fixer les pièces à souder ensemble sur des cales en bois en les faisant tenir à l'aide de ficelle, serre-joints, bande adhésive et d'autres cales de bois en laissant dégagés les endroits à souder. On peut utiliser un petit fer à souder classique ou poser l'objet sur une plaque électrique, ce qui permet de réaliser toutes les soudures en une seule fois. Les soudures doivent absolument être les plus petites possible car l'argenture ne se fixe pas dessus.

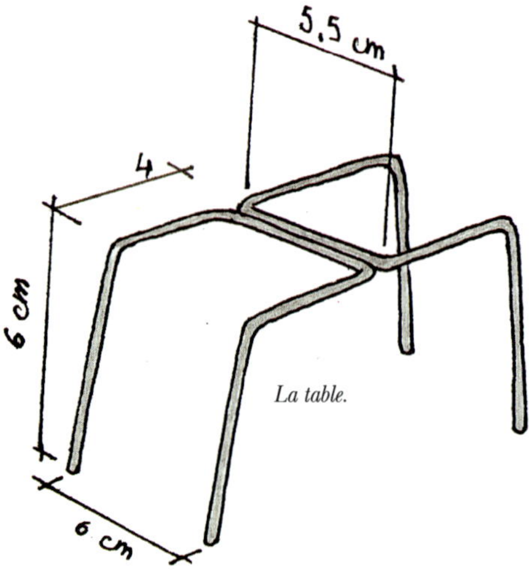

La table.

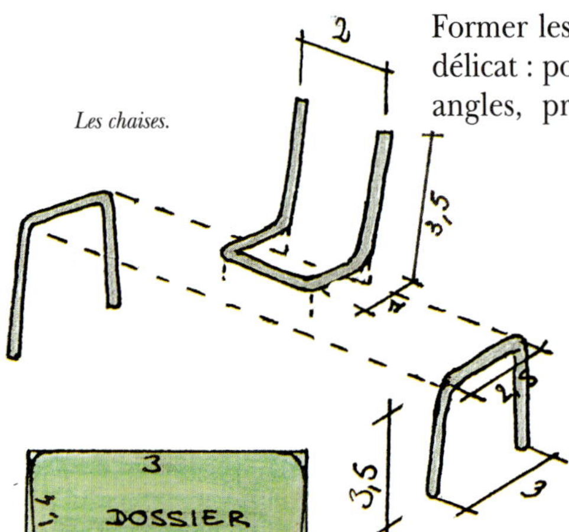

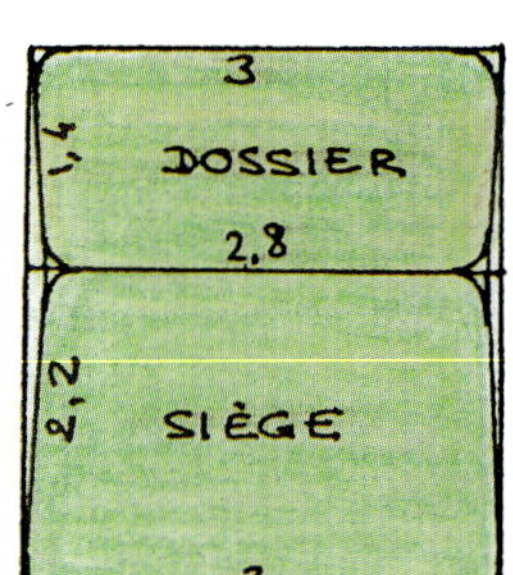

Les chaises.

Une fois les soudures faites, ajuster les pieds et limer les soudures pour obtenir des supports parfaitement plans pour les plateaux en carton. Puis dégraisser à l'alcool, passer au coton l'argenture à froid liquide, et enfin vernir l'ensemble : Elise a utilisé du vernis mica pour cuivres qu'elle avait sous la main.

Le Formica

Dessiner le gabarit de chaque pièce sur papier millimétré et reporter sur du carton lisse de 2 mm d'épaisseur (superposer deux cartons de 1 mm à défaut). La coupe doit être très nette. Poncer finement si ce n'est pas le cas.
Le plateau de la table : 80 x 100 mm.
Les chaises : l'assise 30 x 22 mm, le dossier 30 x 14 mm.
Le tabouret : 25 x 25 mm.
Recouper l'assise et le dossier des chaises en trapèze suivant croquis. Arrondir légèrement tous les angles et poncer à nouveau les tranches.
Le choix de la peinture est très important pour obtenir un effet Formica : pastels bleus, verts ou faux bois. Choisir la peinture à maquette brillante (ou vernir si la peinture est mate). La surface doit être extrêmement lisse : appliquer plusieurs couches fines et poncer avec le papier abrasif le plus fin possible en respectant scrupuleusement le temps de séchage. On peut laisser l'envers blanc.
Pour recouvrir les tranches du Formica, on peut découper une lamelle de 2 mm de large dans une feuille de métal à repousser

et le coller, ou peindre avec la peinture à maquette noire brillante. Avec cette dernière, peindre un anneau de 1,5 mm aux extrémités des pieds ainsi que sur les sections métalliques des dossiers de chaise.
Il ne reste plus qu'à coller les découpes en Formica sur les structures métalliques.

La concierge

Son anatomie et sa physionomie sont étonnantes de réalisme !
Elise conseille de dessiner les personnages aux bonnes dimensions de face et de profil et de s'aider de photos. Tout le corps est modelé en Fimo couleur chair. Les cheveux sont des fils de soie (soie en bobine pour broder) qu'Elise a enroulés autour des bigoudis (des tubes de coton-tiges sectionnés entre 4 et 6 mm).
Les vêtements sont coupés dans des tissus à fleurs, pois et rayures, mariés ensemble quels que soient les motifs et les couleurs (le bon goût n'est pas de rigueur).
Les semelles des mules sont sculptées au cutter dans du liège et adaptées aux pieds du personnage, ainsi que le cuir couvrant le pied.
Enfin, penser aux détails : rouge à ongles, trousseau de clefs, bande à varice, lunettes...

Les accessoires

C'est l'accumulation de petits détails qui créent l'atmosphère : la télévision fin des années 60, le caniche (modelé en Fimo et recouvert de peau de mouton très fine), les chromos, les cartes postales et les souvenirs rapportés de vacances par les habitants de l'immeuble, le traditionnel panneau "La concierge est dans l'escalier", le courrier du jour...

Le souvenir de Concarneau

(voir photo page 27)
Découper une base en bristol et y coller une photo de paysage maritime : coller tout autour de minuscules coquillages et quelques grains de sable.

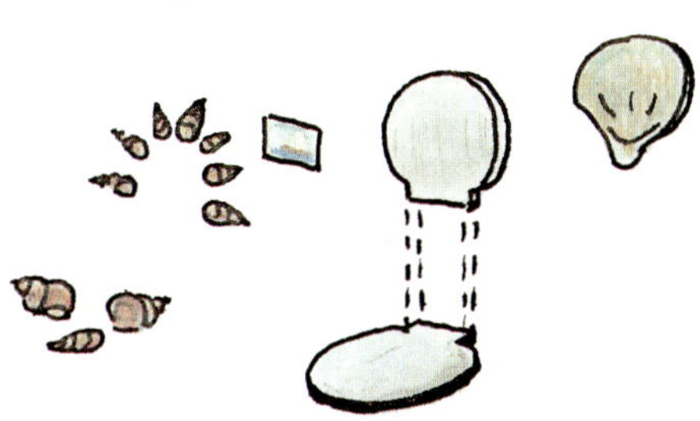

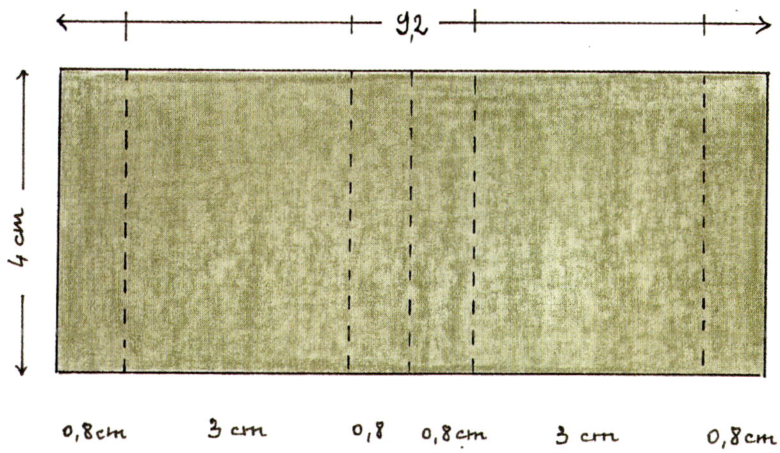

Le cabas

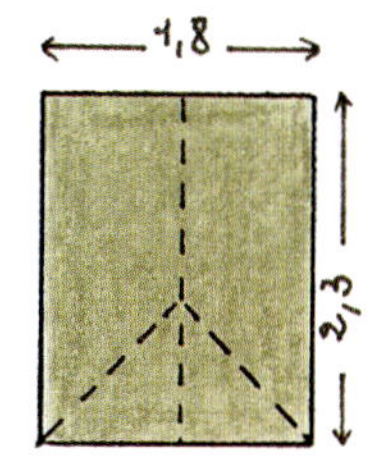

Choisir une toile collante (matériau pour reliure) à la fois fine et relativement rigide. Y découper un rectangle de 92 x 40 mm. Faire des rabats de 8 mm en collant les plus petits bords sur eux-mêmes. Plier en deux toile sur toile et plier dans l'autre sens deux fois à 8 mm de cette ligne médiane, pour former le fond à soufflet.
Couper les côtés : 18 x 23 mm, les plier en deux dans le sens de la longueur toile contre toile, puis rentrer une des extrémités de la bande en la pliant vers l'intérieur pour obtenir un angle à 45° aux coins. Coller les côtés au cabas en mettant le moins de colle possible.
Les anses sont des bandes de toile de 4 x 40 mm pliées en deux et collées dans le sens de la longueur. Percer 2 trous de 2 mm de diamètre sur chaque rabat pour y fixer les anses à l'aide de fil de fer fin.

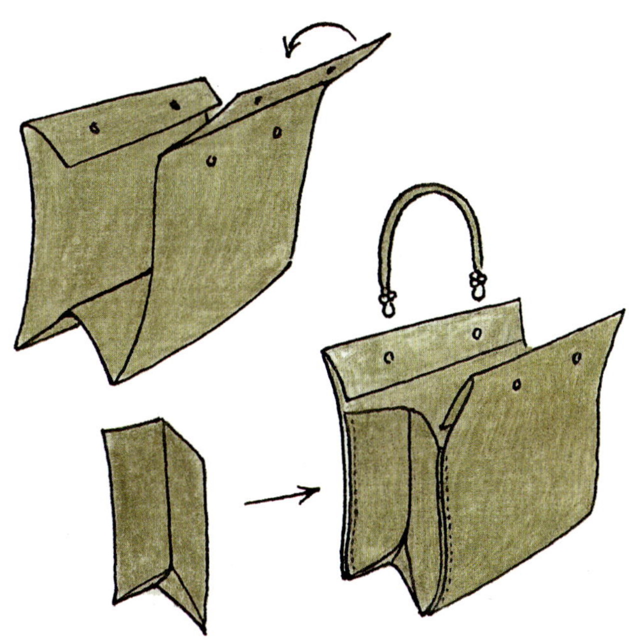

"Hé bien! dis donc, tu vas manger tout ça ?"

Joyeux Anniversaire

Enfants C. Munière. Commode P. et B. Herbillon.
Cabriolet M. Teilhet. Tableau K. Bird.
Pare-feu Kummerow. Barbotines D. Levy.
Gâteaux M. Van Der Dussen.
Dimensions : L. 49 cm x H. 33 cm x P. 25 cm.

La boîte est réalisée en contreplaqué de 8 mm. Les murs ont été peints en blanc mat à l'aérosol après préparation soigneuse (ponçage et sous-couche d'apprêt). Le plafond est tapissé de papier peint blanc à relief. Les moulures et la cheminée en kit sont anglaises (Borcraft dans les magasins pour maisons de poupées). Le marbre est du Vénilia adhésif. Le parquet est en fines lattes de bois de 8 mm de large : les contours de la pièce et de la cheminée sont soulignés de 3 lattes pour une finition plus soignée (les angles sont coupés à onglet). Le parquet a été teinté couleur chêne, passé au bouche-pores et non ciré (pour éviter les taches grasses). Les deux appliques lumineuses (modèles du commerce) étant fixées sur le mur du fond, l'électrification a été réduite au minimum : les fils sortent directement sur l'extérieur (voir page 68). La marqueterie de la petite table a été réalisée durant un stage donné par Denis Hillman pour les membres du Club de la Miniature Française. Le tapis a été brodé au petit point avec du fil de soie (voir page 40).

Les guirlandes d'anneaux en papier

Il faut :
- du papier 80 g : varier le plus possible les couleurs
- un tourillon de 3 mm de diamètre
- de la colle blanche qui devienne transparente au séchage, un pique-olives.

Couper au cutter dans le papier des bandes de 2 mm de large et les recouper pour obtenir des rectangles de 13 x 2 mm. Mettre en forme un rectangle autour du tourillon, fixer par un minuscule point de colle et fermer l'anneau **en rabattant bien les deux extrémités l'une sur l'autre**. Maintenir en pression entre le pouce et l'index pendant quelques secondes. Une fois sec, faire glisser l'anneau hors du tourillon.

Introduire un 2e rectangle dans le 1er anneau ainsi constitué. Comme précédemment, mettre en forme ce rectangle autour du tourillon, coller et fermer l'anneau. Maintenir

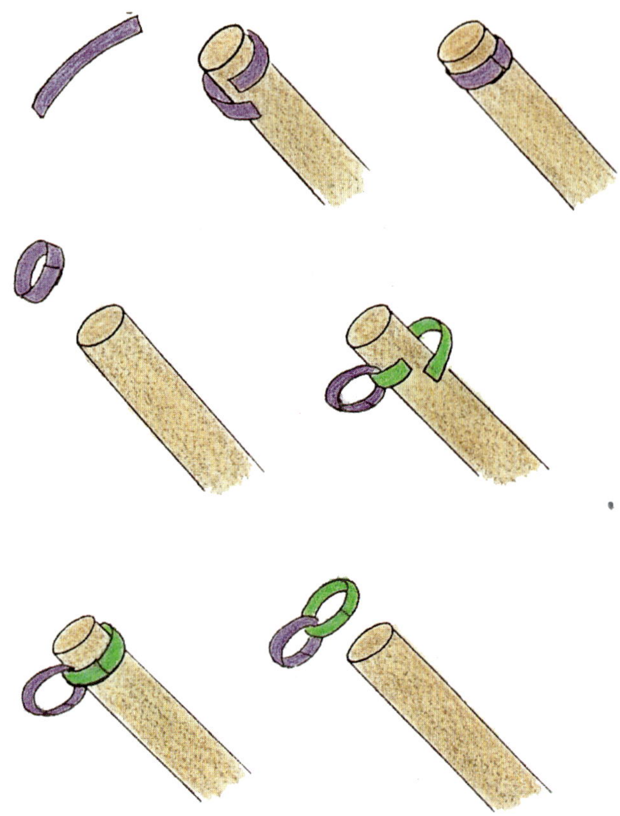

en pression quelques secondes **en faisant attention de ne pas écraser le 1er anneau**. Faire glisser l'anneau hors du tourillon : nous avons deux anneaux entrelacés. Il ne reste plus qu'à continuer en faisant toujours bien attention de ne pas aplatir la chaîne déjà constituée pendant que l'on maintient l'anneau en cours de séchage : on peut d'ailleurs utiliser des brucelles (pinces longues et fines) si l'on préfère.

Les guirlandes sont fixées au plafond avec de la pâte collante transparente (GripWax) en vente dans les magasins spécialisés ; la pâte Point à la Ligne pour fixer les bougies dans leur support a les mêmes propriétés (à défaut Blue Tack ou Patafix).

La nappe

Calculer le rayon de la **nappe** à partir du rayon de la table plus la hauteur désirée. Reporter avec un compas. Découper, passer du produit anti-effilochage (voir page 25) avec le doigt sur le bord, laisser sécher (ou recouvrir toute la surface de durcisseur à tissu très délayé, ce qui dispense de l'amidon). Recouvrir la table de film transparent avant de disposer la nappe pour protéger le tissu des taches que pourrait provoquer l'amidon. Centrer la nappe sur le plateau et en s'aidant d'un aérosol d'amidon, former les plis : procéder progressivement en vaporisant une petite surface à la fois. Laisser sécher.

Pour former une guirlande comme ici, piquer des épingles qui serviront de repères pour répartir les nœuds. Nouer ensemble 3 rubans de 3 mm et les torsader doucement. Fixer cette torsade avec les épingles. Quand on est satisfait du résultat, remplacer les épingles par un point de couture. Former les nœuds en nouant 2 rubans ensemble. Les mettre en place par un point de colle, arranger les pans.

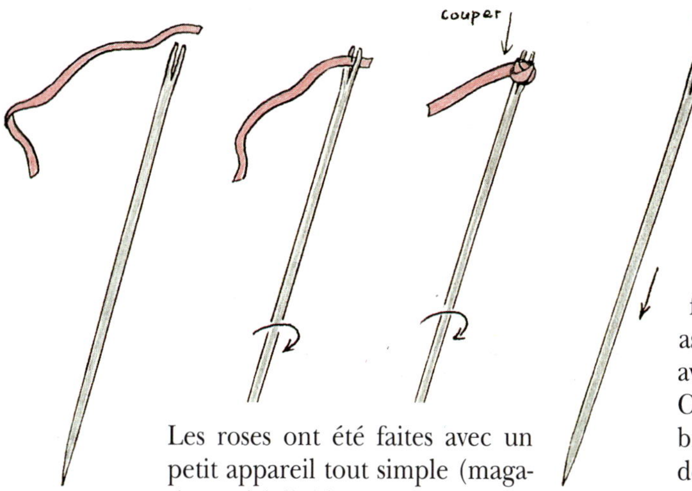

Les roses ont été faites avec un petit appareil tout simple (magasins spécialisés) : une grosse aiguille dont le chas a été scié à mi-hauteur, et du ruban de soie de 2 ou 3 mm de large (seule la soie convient).

Former les **roses** en entourant le ruban sur lui-même et en le retournant de temps à autre pour varier les effets : mettre régulièrement un point de colle avec un pique-olives. Quand la forme convient, couper l'extrémité du ruban et la coller. Faire glisser du support sans attendre. Tasser le fond de la rose contre une surface dure. Les feuilles sont en ruban vert : on peut couper le ruban légèrement en biais pour obtenir de petits losanges que l'on colle simplement, ou replier le ruban sur lui-même comme ici. Fixer les roses sur les feuilles par un point de colle. Disposer selon son goût.

Assiettes et verres en carton

Pour former ces **assiettes** en carton, on s'est servi d'assiettes en métal (magasins de miniatures). Découper un petit morceau de papier 110 g, l'humidifier des deux côtés et le presser fortement entre deux assiettes en métal. Bien écraser pour obtenir la forme. Quand c'est sec, sans retirer les assiettes en métal, couper ce qui dépasse avec un cutter (voir photo page 152).

Ces assiettes ont été peintes à l'acrylique brillant (Plaka Lack). On peut aussi les décorer avec des mini-décalcomanies (magasins de miniatures), y coller de tout petits motifs découpés dans des revues, des photocopies de chromos, etc. On peut aussi former les assiettes avec un joli papier imprimé.

Pour peindre avec le plus de précision possible, prendre toujours appui sur la table de travail. On peut aussi utiliser des feutres à pointe fine.

Pour faire les **gobelets** en carton (diamètre 6,5 mm en haut, 5 mm en bas et 10 mm de hauteur), tracer un arc de cercle de 35 mm de rayon, et sans déplacer la pointe du compas, augmenter le rayon de 10 mm et tracer un 2e arc de cercle parallèle au 1er. Découper. Pour mettre en forme, l'idéal est de se fabriquer un petit gabarit en cône en tournant ou ponçant un tourillon de bois (vernir pour éviter que la colle n'attache). Coller le gobelet. Quand c'est sec, mettre un peu de colle sur le fond du verre et le poser sur un papier. Laisser sécher et couper au cutter ce qui dépasse. On peut aussi découper le fond à la poinçonneuse si le diamètre convient. Les serviettes sont des carrés de papier de soie de 30 mm de côté.

Pour imiter les boissons : mélanger de la colle liquide de type transparente en tube qui coule (pour une fois, on la préfère !) avec une goutte de peinture vitrail (brun ou orange selon les boissons). En mettre un peu dans un gobelet ; éventuellement en remettre si le niveau diminue après séchage, ça dépend de la colle utilisée. Y plonger une paille (coupée dans la tige de plastique qui retient l'étiquette d'un vêtement neuf ou tige plastique Stripstyrène). La paille peut être peinte à la peinture vitrail pour un effet transparent.

Les gâteaux en Fimo : voir le modelage page 32.

Les masques en papier, les chapeaux, sarbacanes, etc.

Les lettres de la guirlande "Joyeux Anniversaire" ont été imprimées sur papiers de couleur à l'ordinateur, et les cœurs découpés à la mini-poinçonneuse à motif.

Les mini-serpentins ont été recoupés au cutter (une bande de 1 mm) dans des vrais (le bolduc est trop brillant) et enroulés autour d'un pique-olives pendant 5 minutes. Les cadeaux : de petits morceaux de carton ou de balsa enveloppés de papier (attention pas de ruban adhésif, mais un point de colle si nécessaire). Pour faire les sarbacanes, enrouler du papier autour d'une fine tige de métal, coller et faire glisser du support. Les boules de cotillon sont des carrés de 8 mm de côté en papier de soie mouillé que l'on roule dans la paume de la main avec l'index (faire de petits ronds en tournant, plus le rond est large, plus la forme est ovale).

Les masques

Décalquer les différentes formes. Pincer le nez et arrondir le masque autour d'un tube. L'élastique (le plus fin possible) est collé à l'intérieur. On peut décorer avec des plumes, des strass, etc.

Les chapeaux

sont fabriqués avec du bristol (ex. carte de visite) et du papier de soie (vendu à la feuille dans les magasins Beaux-Arts ou bonnes papeteries). Les formes en cônes sont réalisées à partir d'un simple cercle. Les autres à partir d'un rectangle (ou arc de cercle pour les formes évasées) de bristol sur lequel on colle un autre rectangle en papier de soie. Pour fermer le chapeau, il faut un gabarit de forme cylindrique (tube de médicaments, gros marker, etc.) de préférence en plastique ou en métal ; ainsi si l'on met trop de colle, le chapeau n'y restera pas collé. Les dimensions sont données pour une tête de grand enfant : on a utilisé un tube de 20 mm de diamètre et coupé des rectangles de 66 mm (20 x 3,14 = 62,8 mm plus 3 mm pour le rabat du collage). On peut bien entendu adapter ces dimensions. Pour cacher le sommet du chapeau (là où les plis du papier de soie se rejoignent), découper à la poinçonneuse une rondelle en papier de soie et la coller.

Les chapeaux à base de rectangle

(Voir photo page suivante.)

Le chapeau jaune et noir de coolie chinois : découper un rectangle de cartonnette noire de 2 x 66 mm. Le coller au bord d'un rectangle de papier de soie jaune de 14 x 66 mm. Mettre en forme autour du tube, coller le carton. Pour former le fond du chapeau qui est un peu bombé sur les bords, on a collé un bouton de plastique (ou de bois verni). Rabattre le papier de soie en formant de petits plis réguliers. Coller une pastille de papier de soie noir. Coller une natte en fil noir à l'intérieur de la coiffe.

La coiffe d'indienne : même principe, mais le bandeau doré est plus large (4 mm).

Le képi rouge : même principe mais au lieu de tube, utiliser un ovale (ici un bouchon en liège retaillé). La forme de la visière doit être adaptée à l'ovale utilisé.

Le béret de marin : sur un rectangle de bristol blanc de 5 x 45 mm de large, coller du papier de soie bleu de 3,5 x 45 mm de large. Y dessiner une ancre (au porte-plume avec de l'encre dorée). Pour avoir l'ampleur nécessaire au fond du béret, le rectangle de papier de soie blanc doit être froncé et donc plus long : ici 200 x 22 mm de large. Le coller en fronçant ou plissant sur le rectangle blanc. Mettre en forme autour du tube et coller l'anneau. Ecarter les plis du papier de soie et poser sur l'extrémité du tube un cercle de carton de 28 mm de diamètre. Rabattre le papier de soie par-dessus en arrangeant les plis. Retirer le carton avant de coller la pastille. Coller un pompon :

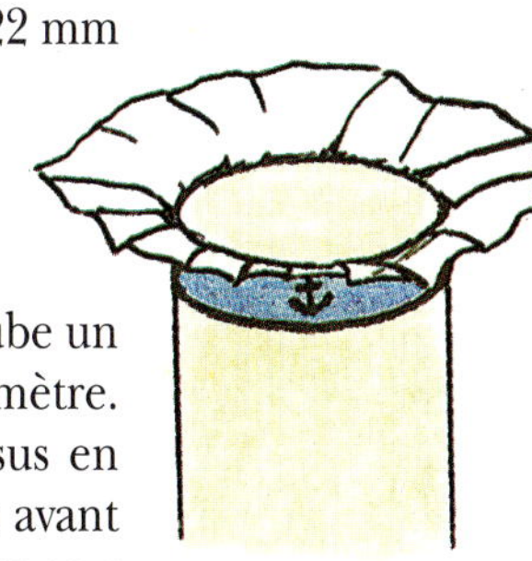

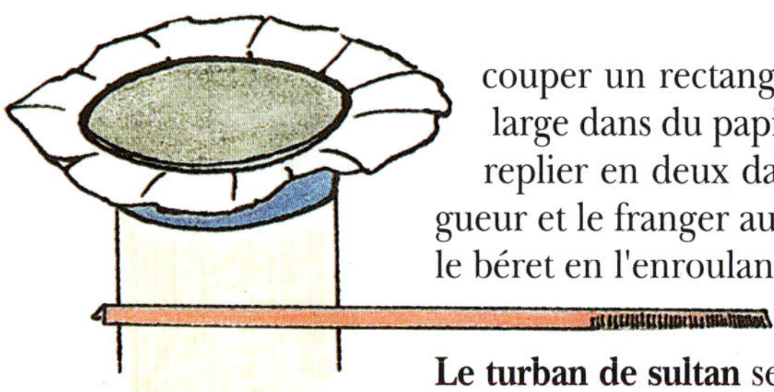

couper un rectangle de 60 x 4 mm de large dans du papier de soie rouge. Le replier en deux dans le sens de la longueur et le franger au cutter. Le coller sur le béret en l'enroulant en spirale serrée.

Le turban de sultan se fait plus facilement si l'on travaille directement sur la poupée. Découper un rectangle de bristol de 75 x 4 mm que l'on colle en le mettant en forme en ovale (tester la dimension sur la tête de la poupée). Faire le fond en papier de soie. Couper ensuite un rectangle de papier de soie de 180 x 40 mm. Le froncer dans le sens de la largeur comme s'il s'agissait d'une écharpe souple. En commençant par la nuque, le mettre en forme en recouvrant souplement l'ovale de bristol et fixer par quelques points de colle. Torsader les deux extrémités sur le devant en coinçant une plume. Rabattre les pans sur l'arrière et rentrer ce qui reste à l'intérieur de la nuque en collant. Décorer de quelques brillants colorés ou, à défaut, de points à la peinture ou au feutre dorés.

Les chapeaux à base d'arc de cercle

(évasés en haut)

Le chapeau rouge de mandarin chinois : dans un papier fort rouge ou violet, découper avec le compas-cutter un arc de cercle de 70 mm de rayon. Porter ce rayon à 78 mm et découper un deuxième trait parallèle au premier. Ecrire quelques caractères "chinois". Coller en fronçant une bande de papier de soie noir de 120 x 15 mm de large. Finir comme pour le chapeau de coolie mais en utilisant un gabarit pour le fond du chapeau plus arrondi que le bouton (comme une grosse perle).

La toque russe : procéder comme pour le chapeau de mandarin chinois (12 mm de hauteur au lieu de 8). Le fond peu bombé, est formé sur le bouton du chapeau de coolie. Recouvrir entièrement le bandeau de bandes de papier de soie frangées (voir pompon). Décorer d'une étoile (rouge ?).

Les chapeaux en cône

Le chapeau tonkinois jaune : découper au compas-cutter un cercle complet de 30 mm de diamètre, border d'un filet au feutre noir, couper et retirer une petite part du "gâteau", glisser la natte dans le trou du sommet avant de coller.

Les autres chapeaux sont faits sur le même principe mais en fermant davantage le cône ; le bas est décoré de papier de soie très finement frangé.

Découpages au 1/12^{e}

Voir page 24 comment
reconstituer les emballages.
Ces reproductions
peuvent être photocopiées
pour un usage personnel
non commercial.

Avec l'aimable autorisation de
Albert Ménès, Benckiser-St Marc,
Club de la Miniature Française,
C.P.C. Banania, Editions Massin,
Générale Biscuit.

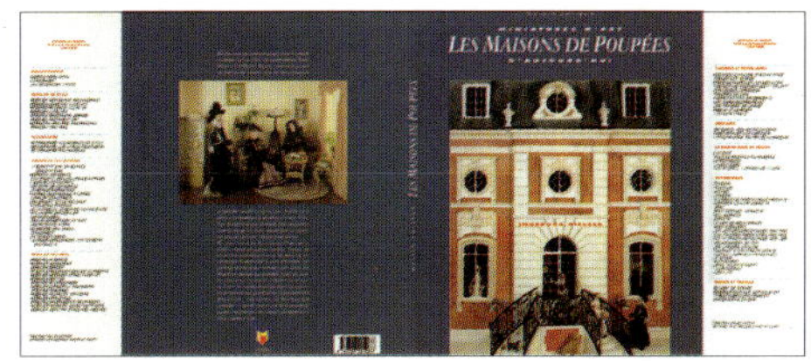

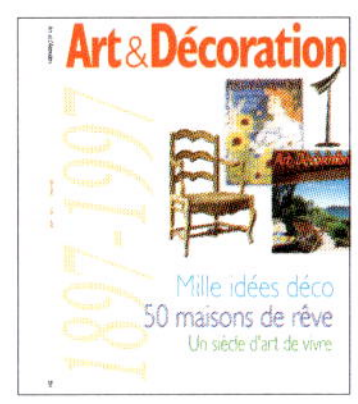

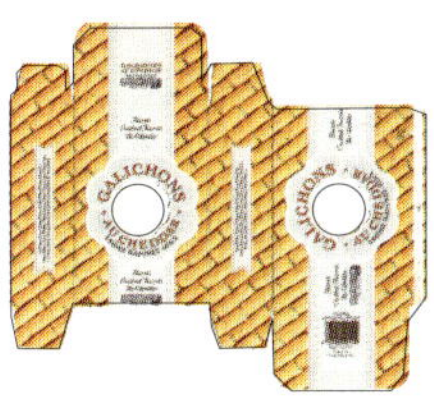

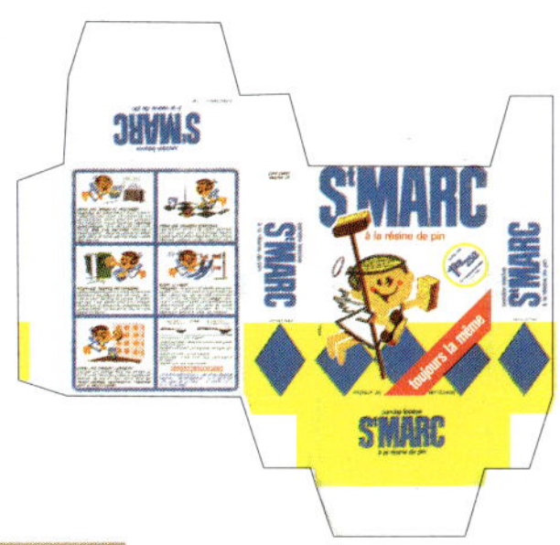

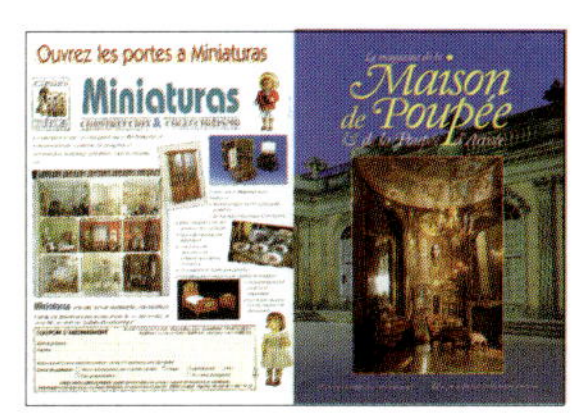

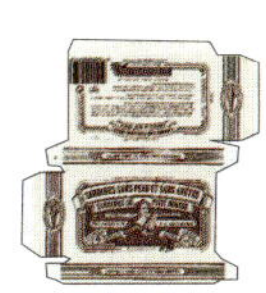

Le Club de la Miniature Française

Passionnée de miniatures, **Ingeborg Riesser** a ouvert à Paris en 1985 une boutique entièrement consacrée à la maison de poupée, et a cofondé en juin 1986 le **Club de la Miniature Française** dans le but de développer ce hobby, à l'époque presque inconnu en France.

Meuble réalisé par Bernard Desportes durant un stage donné par Barry Hipwell pour les membres du C.M.F.

Un an plus tard, elle créait le ***Magazine de la Maison de Poupée***, pour informer les adhérents sur les activités du club. Des 8 pages en noir et blanc de ses débuts, il est devenu aujourd'hui un superbe magazine trimestriel en couleurs d'une cinquantaine de pages qui renseigne ses lecteurs sur tous les aspects de leur hobby : calendrier des manifestations et expositions, portraits d'artisans, articles et conseils techniques, stages, adresses de magasins et de musées spécialisés, etc.

Entretemps, et sous l'impulsion de son infatigable fondatrice et présidente, que de chemin parcouru ! Des dizaines d'expositions temporaires ont eu lieu, parmi lesquelles la prestigieuse exposition à la Bibliothèque Forney au printemps 1994. De nombreux salons spécialisés ont vu le jour, comme le Festival International de la Miniature à Montélimar, la Fête des Plantes et de la Miniature à Vendeuvre en Normandie, le Salon de Betton en Bretagne et le Salon international de la Miniature parisien dans le cadre de Toymania. Depuis novembre 1995 avec **Paris-Création**, le Club a désormais un Salon parisien entièrement consacré à la maison de poupée, la poupée et l'ours contemporains.

Cuisinière Philippe Bordelet. Edition limitée pour les membres du C.M.F.

Le Club est ouvert à tous : professionnels, amateurs, collectionneurs, sympathisants... Il est le trait d'union reliant des centaines de membres qui veulent réaliser leurs rêves en trois dimensions, et leur permet de partager leur passion.

Club de la Miniature Française
9, rue Poussin
75016 PARIS.
Tél. 01 45 20 90 60.

Ours d'Odette Conley. Edition limitée pour les membres du C.M.F.

Collection Musée Rêve et Miniatures.

Carnet d'adresses

Où voir des miniatures en France ?

Musées spécialisés en maisons de poupées de collection au 1/12ᵉ

Musée Rêve et Miniatures
8 rue Puyjoli 24310 Brantôme.
Tél. 05.53.35.29.00.
Maisons meublées, nombreuses vitrines et scènes. Expositions temporaires à thème. Stages.

Musée de la Miniature de Montélimar
19 rue Pierre-Julien 26200 Montélimar
Tél. 04.75.53.79.24.
Objets et scènes. Expositions à thème.

Palais de la Miniature
2 rue Juiverie 69000 Lyon.
Tél. 04.72.00.24.77.
Grandes réalisations, scènes et objets.

Château de Meillant
18200 Meillant (sur la route J. Cœur).
Tél. 02.48.63.30.58.
Un parcours découverte à travers les siècles.

Salons et expositions

Paris-Création. Paris.
Tél. 01.60.03.20.59.
Un dimanche de mars et de novembre. Salon spécialisé en miniatures de collection au 1/12ᵉ pour maison de poupée.

Festival International de la Miniature de Montélimar (F.I.M.M.).
Tél. Mairie 04.75.00.25.00.
Durée et période variables dans l'été.

Fête de la Miniature, Château de Vendeuvre, 14170 Saint-Pierre-sur-Dives.
Week-end de Pentecôte. Exposition permanente de meubles de maîtrise à échelles réduites.

En dehors de ces grands rendez-vous, on peut rencontrer des artisans miniaturistes dans certains salons d'artisanat régionaux, salons de modélisme et salons de jouets anciens.

Les boutiques spécialisées en maisons de poupées

Très peu de boutiques sont entièrement consacrées à la miniature de qualité ; en revanche beaucoup de magasins lui consacrent un rayon plus ou moins important. Leurs adresses sont dans le ***Magazine de la Maison de Poupée***
9 rue Poussin 75016 Paris.
Tél.. 01.45.20.90.60.

Outillage et matériaux

Une petite sélection de fournisseurs qui vendent par correspondance

A.B.C. Loisirs Créatifs
43 rue Quincampoix 75003 Paris.
Tél. 01.40.27.88.18.
Catalogue gratuit sur demande.
Travaux manuels.

Au Ver à soie
102 rue Réaumur 75002 Paris.
Tél. 01.42.33.52.92.
Soie à broder.

Ets Maréchaux
37 rue de Lagny 94300 Vincennes.
Tél. 01.48.08.02.81.
Filets marquetés, bois massifs et de placage.

Philbois
47 bd Bernard Trans 83300 Draguignan.
Tél. 04.94.68.82.32.
Outillage adapté à la miniature.

Rougier et Plé
13-15 bd des Filles-du-Calvaire 75003 Paris.
Tél. 01.42.72.82.91.
Magasins en province. Travaux manuels.

S.T.A.B.
35 rue des Petits-Champs 75001 Paris.
Tél. 01.42.97.44.76.
Modélisme, bois et profilés.